何存中
何启明
——
著

第三部

如痴如醉

长江出版传媒 | 长江文艺出版社

目　录

上卷

锋从磨砺

第一章

一

搬家的车过了上巴水河大桥，朝古城开。车下的路在走，路边的水在流。天地感觉是新的。何括坐在车上想，这叫梦想成真。写作之人，有什么值得一说的哩？不就是成天把梦儿做真吗？把梦儿做真了，才是幸福。

想来想去，还是商教授那话说得好。他说："如果天上掉馅饼，你得把嘴张着。把嘴张着的人，那馅饼才有可能掉在你的嘴里。这才叫机遇。机遇从来是给有准备的人。"你看那伙计，早何括三年把嘴张着了，所以从县师范学校调到了师院文学院。前者空间多么可怜，拼到老，才可以评个中级职称。县级师范那时候原则上是不设高级职称的。后者舞台何其宽阔？经过几年的努力就可以评上教授哩。这叫什么呢？这叫识时务者为俊杰。

商听电话里的何括说，他搬家的车已经出发了，自然高兴不过。在他想来，两个伙计都如愿以偿调到古城了，在以后的日子里，水乳交融，一个写，一个评，写的水平有多高，评的水平就有多高，可以随时商榷，水涨船高。这就是文人安身立命之本。何括搬家的车开到黄州时，他就赶到指定的地点——文化路来迎接。车停住，二人会了面，你看他那高兴劲。他站在车边，搓着手儿对何括说："未来之期皆可期，未来之梦皆可梦。'长风破浪会有时，直挂云帆济沧海。'"士别三日，那口气比他在县里时更狂了。接车的童主席就在旁边笑。童主席问何括："他是谁？"何括就报出他的名字。童主席"啊"了一声，就伸出手来，同他握。先前对于商，童主席只是听说，没见过真人。那天经过何括进一步的介绍，总算见识了庐山真面目。童与商一见如故，惺惺相惜，握着的手儿，半天不放松。童对商说：

"久仰，久仰。"商说："岂敢，岂敢。"这时候才见谦虚。

何括调来时，原来的地区，已经改成了市。何括心里明白，童主席经过两年的考察，将他从下面县里调上来，首先是从大局考虑的。本地不是一向认为本地才是本省文学创作的高地吗？除了武汉市，就是黄冈哩。这在本省文艺界是有说语的，叫作："唱不过鄂西，写不过鄂东。"那时本市的优秀创作人才，也就是后来那两个"茅奖"的作家，还有得过全国短篇小说奖的一个，在国内文坛崭露头角后，先后被省里和武汉市"挖"走了。那么同时代出生的，还在本市工作的，还算优秀的作者，算来算去，何括是其中的一个。既然在"数"之内，必然是调动之选。这叫基本条件。没有这个基本条件，一切免谈。身为文人，童主席一生风清气正，见不得鱼目混珠，这不是能开后门的。他将何括调上来，办本市文联的文学刊物《鄂东文学》，同时从事小说创作，这在全市文学创作界有"领军"的意思。至于能不能起到"领军"的作用，当然还说不准。不是说"宝剑锋从磨砺出"吗？那就待以时日，以观后效吧。

童主席问何括："《鄂东文学》的历史和现状，我想你也是知道的。"何括说："当然知道。"市文联的刊物，叫《鄂东文学》，是由原地委宣传部副部长兼地区文联主席丁创办的。主编是他，执编的是后来的那个企业家。现在市文联的刊物，叫《东坡文艺》。终于不再改名了，说明苏东坡还是压得住秤的。刊物先后换人，办到了如今，经过几任主席的努力，越办越好。文联刊物叫《东坡文艺》，这说明黄冈文艺界领导还是有文化操守的。何括调上来时还叫《鄂东文学》。童主席说："你知道我调你上来的苦衷吗？"何括说："知道。"

童主席将何括调上来办《鄂东文学》，还有另一个原因，那就是"掺沙子"。何括没调上来之前，文联的刊物《鄂东文学》已经有三个人在办。两个女的，一个男的，都年轻得很。女的漂亮，男的潇洒。男的是耘者，他是编辑部主任。耘者是他的笔名，他的本名叫张金，五行缺金，父亲在他的名字中，依照传统观念，嵌上了金字。这叫希望所在。耘者也是后来的那个大企业家面临绝境决定孤身一搏到省城自主创业、文联刊物无人办时，从县文化馆"挖"过来的。当时地区与那县设在古城，同城"挖"人，比较方便。丁部长发一句话，他就调到了市文联，接手办《鄂东文学》。耘者那时是活跃在鄂东诗群中的代表人物之一。

当时的鄂东诗群，活跃于全国诗坛，各种人物齐聚，有教书的，有从政的，还有在文化馆搞文学创作兼办县级刊物的。他们那时年轻气盛，志趣相投，举旗相约，每有杰作出世，便引起诗坛阵阵喝彩，将鄂东诗群闹得风生水起，有许多如今还让人记得住的名字。后来他们继续写诗或者不写诗了，不愿再冒那股"酸水"，或者继续冒那股"酸水"，这都不重要。在人生的道路上，他们后来各有各的选择，无可厚非。

耘者那时候以乡土诗出名，同时也写小说。他比何括小十岁，正是风华正茂、大有作为的年纪。他身长个大，在人前一站，那是玉树临风。虽为农家子弟，谈吐之间，却是潇洒人物。那时候市里办刊物，财政正是困难时期，没有拨款，全靠创收。用什么创收呢？帮人写报告文学，同时以苏东坡的名义，举办全国精短文学作品征文大奖赛，拉赞助，搞钱付刊物的印刷费，同时补助三个人每月百分之三十的工资和年终奖。那时候上级提倡各个单位创收，每人每年都有创收任务，从事什么职业就用什么来补，尤其是文场，叫作以文补文。说到拉赞助，那就叫人难为情，见了老板，你就得自觉矮三分，再清高的人，也清高不起来。他肩上的压力自然不小。

年长月久，刊物的印刷费不能按时付出，耘者难免在领导面前叫苦，给领导出难题，特别是在单位副职面前意气用事，敢于拍桌子叫板。正职当然心里不悦，禁不住副职的建议，动了"掺沙子"的念头。耘者对正职说："刊物难以为继，办不下去了，需要增加一个能人拉赞助，共同完成创收任务才行。"此事提多了，引起了正职的注意。正职就问他："你认为谁合适？你推荐一个人。"他就犯了一个致命的错误，当领导的面，推荐了比他大十岁的何括。

耘者以为只是说说而已，就是推荐了，何括也不见得愿意来。他没有想到何括就愿意来。耘者以为领导调何括上来，当他的副手，可以为他分忧。没想到何括调上来后，领导就任命何括为编辑部主任，主持编辑部的工作，也没有免他的职，只是把他闲置起来，让他成了事实上的副手。任命何括为编辑部主任，这事不难。《鄂东文学》是事业单位，编辑部相当于正科级，文联打个报告，用不着送组织部，送到宣传部报批就行。何括在县里时，已经是县文联副主席副科级了。调动的档案里，有县委组织部任命的红头文件。文联从上到下是参公单位。"公"是什么呢？"公"指公务员系统，法定的全额拨款单位。从公务员系统调到差额拨款事业单位的人，可以高配，宣传部的领导就下文，批他为《鄂东文学》编辑部主任。正是用人之际，简单得很。

童主席说："知道了就好！刊物就拜托你了。'路遥知马力，日久见人心。'"童主席是会做工作的人。一句话就使何括感动，结束了交心谈心。

于是何括就随一纸公文，摇身一变，成了何主任。人家这样叫他，他就如此答应。符号而已。何主任走马上任之后，编辑部刊物的创收任务，还是得按人分的，耘者也得有。只是领导说不要他再负主要责任了，并不担心他想不通。领导心里想，调来的人，不是你推荐的吗？你不是说他合适吗？这叫请君入瓮，用你的拳头塞你的嘴。写诗的人还是过于天真，没有想到事情搞成了这个样子。于是耘者成了那个时代经济的"牺牲品"。牺牲不牺牲这还好说，主要是与何主任同一个编辑部办公，以往是朋友，称兄道弟，现在变成了上下级，叫他情何以堪！事情来了，他说也不是，不说也不是。在他看来，他耘者没有功劳，也有苦劳哩。难道先来的不如后钻的吗？身为文人，自尊心受不了，面子上过不去。何主任看在眼里，感同身受，心里也不是个滋味儿。你说这叫什么事？这关系怎么处理？

其实耘者那时一点不用担心，因为他调进文联时，是公务员了，身份摆在那里了。但那时候写诗的耘者，也不知道这些。

作为正职的童主席，不管这些了。如同伯乐相马，他既然相中你何主任这匹"千里马"，那么你上来之后，就得独当一面，想办法将刊物办好，这叫量才适用。不然调你上来干什么？童主席虽是文人，但可是从官场混过来的写戏的老手，舞台上调动得千军万马，能按人物和故事设计情节，起承转合，大起大落，悲欢离合，让人哭，让人笑，不缺将才之风。对于何主任，那时他要做的工作，就是解决他的住房和思想问题，让他安下心来，迎难而上。这也有说语的，叫作"士为知己者死，女为悦己者容"。

何主任调上来之前，市文联从青云街与文化局合署办公的楼里搬出来，独立门户了。何括调上来后，听说这个过程运作了很长时间。那时童主席还不是主席，市文联没配主席，主席还是市委宣传部丁副部长兼着的。那时文联作为市级正县级单位，主持工作的副主席，自觉寄人篱下不是长久之计，让文联能搬出来独立门户，是做梦也想的事。终于有了机会，区财政局下面的一个财政所做了新楼办公，从文化路搬了出去，那原来的五层旧楼房就腾了出来。那个文联主持工作的副主席就抓住机会，将那幢旧楼房整体买了下来，作为办公的地方。买下那幢旧楼房颇不容易，是花了血本的。虽然向市财政要了一点钱，但那是杯水车薪，缺口还是比较大，这得需要文联想办法创大收，同时动员文联干部职工按楼层和面积出钱。出钱的人家，可以安排一套房子。这就叫英明，一举两得。解决单位办公的同时，还解决了干部职工的住房问题。文联虽说是穷单位，但骨气还是有的，摆那里了。

从市文化局副局长升到市文联当一把手的童主席，就在那里环顾四周，如履薄冰，坐镇视事。调上来的何主任，理所当然也在那里受命干事，开始与文联的领导和编辑部的同志们一道，同呼吸共命运了。何主任暗自告诫自己，初来乍到，戒骄戒躁，得甩开膀子做事，夹着尾巴做人。童主席及时给他送来了一个条幅，是他的书法作品："路漫漫其修远兮，吾将上下而求索。"指示何括挂在编辑部的墙上，作为座右铭。

童主席笑着对何括说："这可不是我作的，是屈原说的哩。"

这用得上说吗？何括当然也知道。

何主任那时候的心情，套用一句现在的网络语言，叫作"压力山大"。

二

那日子，童主席为解决何主任家的住房问题，伤透了脑筋。

这件事也让何主任尝到了白居易初入洛阳时的窘境：当时文坛领袖借他的名字，笑他洛阳米贵，白居不易。住房问题轮不到何主任着急，着急也没有用。着急的是童主席。

何主任并不是来白居的。调上来之前，说到条件，何括当面只对童主席提出一个条件哩。那就是自己调去之后，拖家带口的，必须得有房子住。其他的，比方说安排老婆工作，比方说子女升学就业，他做了保证的，不要组织上操心。房子是基本要求，并不过分，这是起码的。童主席哪能不答应？但答应归答应，事到临头，解决起来，盘根错节，就不是他想的那么容易。因为房子本来就紧张，一房难求。人心隔肚皮，人与人之间的关系比较复杂，他以为别人会听他的，但内部调剂时变卦了，并不听他的。这不能如他所愿，让他下不了台。他作为文联主席的权威受到了挑战，心里比何主任还难受。

这问题拿到现在，当然不算问题。古城扩张了好几倍，楼盘遍地都是，都是人住的，你拿钱买就行。如今有规定的，单位并不负责所调之人的住房问题。那时候没有住房公积金，也没有商品房之说，上调人的住房，只能依靠组织解决。这也是惯例。只能从本单位干部职工的住房中，内部调剂。那时候在城里有房子住，是令人向往的事。何主任家里困难，两个孩子读书，老婆也没有收入，调上来时家里还背了两万块钱的债，就是有房子卖，也买不起。

俱往矣，数风流人物，物是人非。昔日文联人，引以为豪的、集办公和居住于一体的那幢旧楼房如今也废弃了，往事留在记忆里。也不是没人住，但住的都不是文联人。原来住在那里的文联人，都先后搬出去住了。各家名下的房子还是各家的，但都出租了。文联人虽说不是富人，但都是按月拿工资的人，不是贫民。不是贫民就能够随着形势发展，各自在外面再买房。原来留下来的房子，来租住的不是打工的，就是进城陪读的。那房租因为是旧房，价格那是相当便宜。出租的文联人说，那是白菜价，不值钱了。但是那时候房子就金贵得很。

如今如果当事人不回忆，没人知道那里曾经是古城文艺人的"娘家"，是"谈笑有鸿儒，往来无白丁"的地方，曾经热闹得很。那幢五层的旧楼房，在陋巷的深处。那陋巷估计有百米来深，外边连着一条破旧的水泥路，坑坑洼洼的，为了通信的方便，对外编号，叫作文化路十三号。文化路也是那时刚起的名字。因为龙王山的七一水库下，修起了一座体育馆，那条路就叫文化路。体育与文化分不开。那条路在明清古城东边的城墙之下，是护城河填起来的，在古城的外面。那幢陋巷深处的旧楼房，背靠着师专。那时候该校还是专科学校，没有升级。升级之后，搬到新区的叫师范学院。原来的师专所在地，叫老营盘，据说宋代之前是驻军的，宋代废弃荒芜了，相传是苏轼贬到黄州时建雪堂躬耕之地。苏东坡之名就出自这里。地以文依，文联那幢楼紧依着原师专的院墙，文联所有的窗子，都可以看见学校里边的树木和花草，以及着装严肃的老师们和花似的学生娃。文联由于地势低，所以比较暗，大白天办公也要开着灯，电费叫童主席心痛。这不怪他细琐。那时候文联经费紧张，当家人得攒着钿儿过日子。

文化路十三号的那条陋巷，东边挨着文联的，都是些穷单位。巷子左边是铁合金厂，垮掉了。破旧的厂房变卖了，隔成了一家家的住房。各家的门朝着巷子开着。厨房的油烟机凸出在巷子里，油光水滑的。铁合金厂的隔壁是粮食公司。粮食公司改制了，公司经理成了守摊人。粮食公司有一个大院子，院子里白天都是无所事事的人。他们将小桌子掇出来，趁着好太阳，打扑克，抹麻将，也下象棋。赌注比较小，其乐融融。人称幸福大院。粮食公司隔壁就是房管局建的居民群落，每一幢也是三四层，是廉租房，为了解决贫民居住的。那房价就便宜。进巷子的右边，总算有个好单位。是什么单位呢？税务分局。临街的一幢楼房办公，后边一个大院子住家。建一堵不漏风的厚墙，将巷子隔起来，那优势比较明显。住在一楼的人家聪明，并不满足，在厚墙上开后门，做成台阶，将院子的间隙整成屋子出租。税务分局的消息比较闭塞。你不知道哪个是官，哪个是民，但通过走路的姿势和脸上的笑容，你就知道是那里边的人。不羡慕人家，那是假话。你是文联的，又怎么样？

如果都是晴天爽朗的日子，就百事好说。到了下雨的日子，特别是下大雨的时候，就苦了巷子左边的人。那是一片低洼地，下大雨时，水排不赢，就成了泽国。小巷子成了一条河，各种脏物随水浮起来，叫人恶心。水齐大胯深，进出都得蹚水。那片廉租区淹得更惨，因为那片地方的地势，比文联楼更低。好在居民们有办法。他们有"船"哩。闲时办的急时用，那"船"用轮胎做浮子，上面铺着木板，进出划着浊水走。那也是新鲜事。税务分局没事。他们的楼房是后建的，地基填得比较高，建的时候就考虑到了"灾情"。那时文联就混在这里，"高贵"不起来，由不得你心高气傲。现在当然不是这样了，政府和社区出面解决这些问题了。上面所说的现象，是当时所发生的。当时就是在这条陋巷里，那何主任也难找到容家之所。你说这叫童主席急不急？这不仅是个面子问题，还有个如何对待人才的问题。养花都是爱才心。这样下去，你叫你亲自选上来的人，怎么安心工作？这事儿迫在眉睫哩。

好在那商教授文学系的办公楼居高临下，就设在院墙的隔壁，虽不可及，但可仰望。你通过窗子就可以看到他夹着书本来上班，他可以通过窗子看到你亮着灯光在办公。这时候商教授就格外关心这个大哥。下课后，若是有朋友请酒，他会通过窗子，同何主任打招呼，说："有酒喝了。你陪我去。"盛情之下，不去是不行的，当然得去。这样的时候他当然也请童主席。去了之后，商教授对桌上的朋友隆重介绍："这是市文联的童主席，著名戏剧家；这是《鄂东文学》的何主任，著名作家。"桌上的朋友都是从文行当的，就站起来说："幸会，幸会！久仰，久仰！"极大地满足了童主席和何主任的自尊心。

酒过三巡，天下起了雨。商教授就见机行事，对童主席说："我敬您一杯。'安得广厦千万间，大庇天下寒士俱欢颜，风雨不动安如山！'"童主席当然知道这是杜甫所写的《茅屋为秋风所破歌》。商教授对何主任说："我也敬你一杯。'君问归期未有期，巴山夜雨涨秋池。何当共剪西窗烛，却话巴山夜雨时。'"何主任知道这是他借李商隐写的《夜雨寄北》安慰他的。在座的不知就里，不知道是什么意思。但说者有意，听者入心，童主席和何主任当然知道。童主席说："细细斟，慢慢饮，浊酒一杯见精神。'沉舟侧畔千帆过，病树前头万木春。'"童主席是复旦大学新闻系毕业的，又是经过多年写戏磨炼的，博古通今，那现编的词儿，比商教授说的还强。商教授就怂恿何主任对答。本来何主任心里有想说的话，也不是很难，比方说："野水参差落涨痕，疏林欹倒出霜根。扁舟一棹归何处？家在江南黄叶村。"这就蛮好。但他知道这时候得忍着，不能逞聪明。所指之事，领导心知肚明，用得上旁敲侧击吗？那时候为了有房子住，竟如此这般讳莫如深。那酒喝得还是不痛快。

就在那段日子里，到了深秋。那一天是星期天，商教授约何主任出去踏秋，在路上二人对句，才使何主任敞开胸怀，畅快淋漓了一回。两个人是从文联出来，循着古城汉川门的门洞朝出走的。这就有古意。天气好，头上有太阳照着，地上有和风吹着。商教授来一句："久困樊笼里。"何主任接："相邀出古城。"商教授说："我来秋未老。"何主任接一句："天地俩闲人。"出的感觉好，接的感觉妙。过瘾。心里才舒服。上了江堤，秋天熟了，满畈的棉花白了，江滩上的蓼花红了，江风吹着江堤边的柳树。商教授说："见说江滩着蓼花。"何主任接一句："长堤疏柳古风斜。"商教授说："江天一色翔鸥鸟。"何主任接一句："处处无家处处家。"这才是何主任那时候的真情表露。用现在的网络语言，那叫痛并快乐着。那时候那点小心情，现在不是让人见笑吗？但那时候就是那点小心情，好比一粒灰尘，落在业余作者出身人的头上，就像一座山，让你笑不起来。

江滩上，棉花地边，那黄瓜并不见老，黄花漫漫不肯谢。秋瓜顺着那青藤，长在野畈里，无人要。何主任就随手摘了一个，带回了，谓之"摸秋"。回后何主任叫老婆用青椒炒了，二人就青椒喝了一瓶高粱酒。那味道极好，与家乡燕儿山一样的。喝多了，就免不了咧着嘴儿唱山歌。那山歌当然是家乡的。这叫什么情绪呢？不说你也应该晓得的。哈哈，那时候就有这样的事儿哩。

你现在安身立命了，当然可以写着笑。老婆走到电脑前，对他说："你发什么神经？"何括懒得与她说。她虽然没有读书，也是聪明的。日子里一床被子不盖两样的人，耳濡目染，作者的老婆，哪能白当？她瞧着电脑上敲出来的字，有她认识的。她就笑。说："你以为我不晓得？"什么事瞒得过她的眼睛？她说："看你那副小人得志的相！"这就击中了何作者的要害，就像打蛇打到了七寸。何作者就自惭形秽了。何作者一生服的人少，就服她。这婆娘处事不惊、宠辱皆忘，不服还不行。

三

常言说，君子布局，不打无准备之仗。关于那时候的住房问题，何主任举家搬上来之前，童主席不是没有做准备的。童主席是苦人家的出身，家里孩子多，一路是凭写戏拼出来的，深知创作之人安身才能立命的道理。

那时候编辑部的一个同事，在体育路十三号文联楼的三楼上，正好有一套两室一厅的房子空着。这是她家出钱集资购买的。因为她家在外面买了新房，那新房子光线好，又宽敞，就搬出去住了。童主席就出面做工作，将她的那套房子租下来，让何主任家住，房租由文联出，租多长时间算多长时间，租金按月付。这是权宜之计。因为一楼还有一套房子，被文联装修办公室的人占着，装着材料没腾出来。这还不是主要原因。主要原因是文联一时无钱付清装修办公室的钱。等你什么时候付清了，他才给你退出来。那不是一笔小钱，得文联想办法挤出来，才能实现。什么时候能挤出钱来呢？那就说不定。童主席同何主任先说好了的，一楼的那套退出来后，何主任再按楼层和面积出钱买，享受与文联人同等的待遇。这是公平的。但是装修的人知道文联一时拿不出钱来，他也不急，如果拿不出钱来，那套房子就归他所有。这也是合理的。说实在话，童主席所说那套房子归何主任，还是影子中的事，于是就动了先租文联内部的房子给何主任家住的心思。

童主席出面做工作，编辑部的同事开始也爽快地答应了，白纸黑字地也写了合同，约定了从什么时候租起，每月到什么时候付租金。于是何主任一家就开始朝里搬。一大车的家具和书，何主任没请人，请人得付工钱。那时候家里困难，节约一点算一点。一家老小，劳心费力从小院子里搬上来之后，那是浑身的汗水。总算安顿下来，松了一口气。房也是房，厅也是厅。三代同堂，房子不够，搬来的电脑安在客厅里，线插好了，开机后，没死机，屏幕上也是闪亮的。何主任坐下来试着打几个字，字字现出形来。这就可以写作哩。两室一厅，三代同堂，虽然不算宽敞，父亲就在阳台上搁了一张床，夜里也可以睡觉。由于屋子黑暗，白天也需要开着灯，才能过日子，但也是家呀！一家人自然欢喜不过，毕竟搬上来就有住的地方哩！

但是叫人没有想到的是，搬上来第二天，编辑部的那位同事，就反悔了。为什么反悔呢？估计是背后受了高人的点拨。高人笑她傻，她就紧张起来，眨着眼睛问："为什么？"高人说："这不是明摆着的吗？那哪是租呀！是想占哩。"那位同事这才恍然大悟。那套房子是她出钱买下来的。买下来几年了，那时候城里的房价正在升值哩。如果被占了，那就划不来。她不甘心受损失。但她也不好意思出面，便叫她的男人出面来闹，理由是她的外甥要住。双方闹得不是很痛快。

这房子再不能住了，得搬出去。搬到哪里去呢？这就叫童主席好为难。童主席气得不行。何主任对那个同事说："搬出去是肯定的。但不能说搬就搬。你得让我找到地方搬才行。你等我两天行吗？"那个同事这才答应了。童主席就当着众人的面，指示何主任到外面去租房子，一个月不管多少钱，房租由文联出。

何主任就动用关系，托人在外面找房子。好在何主任中学同桌的同学，那时在隔墙粮食公司当经理。就是那个初中毕业时，何主任赠他《毛主席去安源》的画儿，在画儿两边赠诗"昔日同桌老战友，今为革命要分手。依依不舍洒泪别，日后见面再倾吐"的那个。何主任找到他说明困难。同学感情毕竟不一般，他说："你这个老同学的忙是要帮的。"老同学从家乡县粮食局长的任上调上来很多年了，人脉摆在那里，马上给何主任联系到可以租的房子。那房子在果园北村五十三号，离文化路不远。房东姓罗，叫什么不知道。女主人姓涂。她家是女人当家，她答应了就算得事。她家有幢两层小楼，面积比较大。她只有一儿一女，女儿正在外读书，儿子在身边。三个人住一楼，二楼可以用来出租。租的房子条件不错，进出不受影响，旁边有楼梯直接到二楼。果园北村历史上是国营果园，种各种果树，种梨树，也种桃树，供应古城人水果。他们有个好听的名字，叫作"果农"。听这名字就让人产生美好的联想。随着城市的扩张，果园征用了，他们失业了，变成城市居民。他们都是聪明人，知道占地盘，将自家的房子修得大大的、高高的，用来出租，还能作为不动产的固定收入哩。

那时候果园北村是有名的出租房集中地，集中着从农村进城谋生的人们。男的有，女的也有。孤身一人的有，拖家带口的也有。从事各种职业的都有，鱼龙混杂。到了夜晚比较热闹，通宵巷子里走的是人。你就不知道他们在忙什么。拍窗子的有，敲门的也有。谈不上谁比谁高尚，也谈不上谁比谁下作。何主任那时候就身处其间，那市井生活，让他长了不少见识。听到过哭的，也听到过笑的。回想起来刻骨铭心。那是社会在历史进程中应交的学费。

何主任一家从文联朝外搬的那天，童主席动了感情，眼睛红了，看着何主任一家老小，无言以对。那表情让何主任难以忘怀。何主任一家搬到果园北村五十三号租住，还算顺利。租家的二楼够大，用书柜和穿衣柜隔开，也有两个房间。客厅、厨房和卫生间也有。但那时候何主任苦恼的是，他用来写作的电脑不争气，那组装的"三八六"，搬来搬去，不是这里出毛病，就是那里坏了，经常死机，要他写不成，于是就找人修，不是文件丢失了，就是打印不出来，让他经常急火攻心。他一生写作成瘾，不写就要他的命。那时候编刊的压力和写作的压力，使他经常睡不着觉。再就是写出来的小说，要打印成稿往外寄。这样的事白天要上班不能做，只好在夜里进行。那打印机是老式的，上了色带，然后用打印纸，一页页地刷。深夜里那老式打印机就有响声，吱吱地叫。楼下的女房东不知是怎么回事，睡不着就上楼来问，你得解释好半天。她才说："响声能不能小一点？"这响声是固定的，能小吗？何主任只有哭笑不得。所以到了十一点后，你得自觉关机。"寄人楼上"，何必要人说拐话哩。

那时候何主任试图让女房东理解他的职业，于是亲自将一本他的小说集子《巨骨》送到楼下，对她说："这是我写的。"她收下了。过了不久，她将那本书送上来了。何主任说："这是送给你家的。"她说："我儿子看了几面，说看不懂，叫我还给你。"何主任说："不用还。"她说："看不懂，留着没用。"这有什么办法？她家什么都有，就是没书。何主任的老婆只有回收下来。老婆将那书一翻，发现书中夹着五百元钱哩，于是就将钱送下去。那女房东这才发现何主任一家是好人，于是送了两个南瓜上来，作为填谢。那南瓜是她家自己种的。她家除了房子之外，还有一块兴菜的小园子。里边兴菜，也种花，有月季花，也有鸡冠花，还有染指甲用的凤仙花。她家爱美之心，令人感动。

那时候何主任做梦也想在古城里有自己的房子。那样就可以在夜里想写到什么时候，就写到什么时候。房子逼死英雄汉。初调县文化馆是这样，调到古城来又是这样。那心情就好比现在"京漂"一族，如果在京城没有自己的房子，你永远算不上北京人，只是一棵随风漂的浮萍草。所以现在的何主任，一生心里有个房子的情结解不开。有房子住的人，你要设身处地想一想没有房住的人的苦恼呀。这叫什么呢？这叫"先天下之忧而忧，后天下之乐而乐"。你看看又朝自己脸上搽粉哩！

好在那时候何主任骨子里有阿Q精神，而且运用起来比较好，以此慰藉那焦虑的心情。那是一个夏天的黄昏，由于二楼热，热得人睡不着，何主任就同老婆上到二楼的楼顶上乘凉。二楼楼顶上开阔，东边的风一阵阵吹来，使人凉爽。何主任站在楼顶上，放眼望去，目光所至，遍地都是楼房，楼顶上都是乘凉的人，欢声笑语不断。那时候何主任就心情澎湃，阿Q精神就上来了，哈哈一笑，对老婆说："放心吧！你看城里这么多的房子，都是人住的。我就不信没有何某住的！"老婆不作声，朝他脸上望，不知道他说这话有什么作用。

后来朋友聚会喝酒时，何主任就对商教授将此话传达了，自然得到了商教授的高度赞扬。商教授说："何作家就是何作家，高瞻远瞩哩！算得上一个人物。"这在那时候当然是励志之说，任何时候励志都是不会错的。

现在的商教授在酒场上，兴趣浓了，还时不时将此话拿出来夸老何。商教授借题发挥，说起来就是一大套。他笑着说："不是个人物敢说此话吗？后来何作家不是果然就有房子住吗？不是被事实证明了吗？所以说阿Q的精神胜利法，在中国传统文化中，还是有广泛作用的，创作之人得需要准备一点的。想当年鲁迅先生如果没有生活体会，能写得出如此鲜活的人物来吗？既然写出来，后人不借鉴，又有什么作用呢？"在他的话中，何作家活脱脱成了一个阿Q。何主任的脸被他说得一红一红的。何主任打断他的话，问："哎呀，商大评论家，你到底是褒还是贬？"商教授话锋一变，庄重无比地说："此种精神源远流长，永远放光芒哩。哪能是贬？比如说孔夫子'陈蔡断粮'，比方说司马迁受辱写《史记》，比方说李白放歌'长风破浪会有时，直挂云帆济沧海'，都是自信无比的表现呀！自信哪能是盲目的呢？当然需要精神做支柱。"

这就扯远了，有点呵佛骂祖哩，将写的人和读的人，都纳入了规定的角色，需要及时敲打，止住才是硬道理。何主任问："那么，请问先生，你说了这半天，我不知道你是否包含在内？"他愣了一会儿，桌上拍一掌，说："鬼话！我哪能脱得开干系？我也是阿Q的嫡系子孙呀！"于是就不说了，让嘴巴空出来喝酒。

双方都不是省油的灯。一"礼"来一"礼"去，于是乎打成了平手。

四

那时候文联的领导和同志们，都集中在那幢阴暗而且简陋的五层楼里的二楼上办公。那是人家单位住宅的换代楼，不适合办公，条件差可想而知。

要是条件好，人家会整体搬走、廉价整体出卖吗？那幢旧楼挤在巷子里，进出不方便，上下没有电梯。这是必然的。那时经济形势还没有发展起来，黄州城的房子，还没有看见装电梯的。楼房越建越高，电梯越装越高级，那是几年后才有的事。人家的"落水枣儿"，被文联捡着了，当作宝贝。谁叫你文联是个穷单位？

那楼梯很窄，仅容两人擦身而过，如若个子大，那就需要谦让，一个站在拐角的歇气台上，向下招着手儿，笑着说："你先上。"一个站在下面上楼梯处，向上招着手儿说："你先下。"君子之风随时可见。这就浪费许多宝贵时间。那楼梯是用红砖和水泥实砌的，齐腰高，拐弯抹角又多，天阴下雨时由于光线不好，上与下，你得扶着楼梯小心翼翼才是。这就需要平心静气，不能太高兴，也不能太焦虑，不然一不小心，踩空了扭了脚，那就划不来。童主席提醒同志们："先说清楚。要小心。伤了不能算工伤，医疗费归私人出，文联没钱报销。"这是现在的感觉，恍如隔世哩。但那时大家并不觉得简陋，因为文联毕竟有了"娘家"，"单茶独水"哩。大家都欢天喜地，幸福指数很高。

二楼办公有三个单元。三个单元共着一个平台进出。平台呈"之"字形，开着三个门。走道装着声控灯，人一吼，它就会亮。吼完了，它就会自动熄灭。省电呀！如果大白天三个单元的灯都亮着，那就说明不是星期天，大家都在上班。你如果是文艺圈子里的人，想发表作品，想入会，或者申请搞什么活动，必定登门去请示汇报。这里好比是座庙，既然设着，门开着，必然有香客来，求"神"拜"佛"。这比喻好像不对。准确地说，它应该是市里设立的一个部门，负责领导着全市文艺事业的建设、发展和繁荣。部门虽小，但与其他市直部门一样，同为正县级。这就不容小视。你既然去了，就得怀着崇敬的心情。

上二楼第一个单元，是个小套，门上钉着一个小牌子，红底子上蓝色的黑体字：主席室。这是领导办公的地方。你进去后，那灯必然开着亮，就着灯光，你会发现里边的格局是两室一厅。有一个不足九平方米的会客厅，朝厅开着三个门。两个门是通向两个房间的，一个门是通向卫生间的。这哪里是办公的格局？不足为怪。人家原来就是单位住家的呀！小会客厅里放着两张木制的连排椅，接待来"娘家"的文艺人才，当然也接待来指导工作的上级领导。可惜的是上级的领导，一年来不了两回。有灯开着，就是白天，也不黑暗。两个开灯的房间，一间是童主席坐的。他是正主席，当然享受单间。一间是副主席坐的。副主席开始有两个，后来年纪大的那个主持工作多年的副主席，升不上去，提前退到二线，那一间就归另一个年纪小的副主席享受了。他们一上班必得开灯，一天到晚地忙事业。忙什么事业呢？忙着编一套叫作《人才大辞典》的书。这是可以创收的事。因为入书的人是要交钱的。不是说"唯楚有才，鄂东为盛"吗？他们通过摸底，发现本地在外工作的人才的确不少。他们先是广泛发动，找到通讯地址和电话，然后向本籍的全国各行各业的人才发通知，征集辞条和照片，自愿入选者就通过邮局寄来入选费。然后他们再分界别进行编辑，编成之后，那就是蔚为大观的三大卷。最后分别寄出，按对方所需册数收钱。

这是弥补文联办公经费亏空行之有效的英明之举。所以那时候你若是到文联去的散客，没有什么大事，两个主席是不会离开办公桌到小会客厅接待你的。有事就到各人的办公室里站着说。说完之后，你就得自觉走人。他们的时间比金子还贵。你看童主席在他的办公室的墙上，不是贴着座右铭吗？一条是自己的："闲谈不超过三分钟。"另一条是鲁迅的："浪费别人的时间等于谋财害命。"他就做得出来，不怕领导来了看见后不愉快。两位主席忙得很，那案头上堆积如山的，都是人才的辞条。他们得编排，得校对，不能有错漏。所以现在的童主席回忆那时候的情形，就深有体会地说："那段日子如履薄冰哩！"谁说不是呢！小小的文联，经费困难，人难盘，事难做，搞得他整天小心翼翼、提心吊胆的，生怕有什么差池，发生始料不及的事。可见那时候的文联主席，不是那么好当的。那时童主席最大的特点，就是不爱集中开会。文联就那么几个人，上级有什么新的精神，或者单位有什么事，他就从他的办公室出来，走到中间的那个大套里，当众简明扼要地讲几句，算是传达和通知了。他认为"杀鸡不须用牛刀"。当然涉及机密的事，他就会到中间那大套里，对某个人说："你到我办公室来一下。"那人心领神会，就跟着去了。

中间那个单元是大套。两室半一厅。当然也有卫生间，厅也比较大。但决不作招待用，也不放椅子，免得人来后，闲坐着不走。那是放杂志和大辞典的地方，相当于仓库。其余的两室半，各尽所用。一间是办公室，摆两张桌子，坐两个人。一个是办公室主任，男的。一个是管收发报纸兼主办会计，女的。出纳就在半室里办公。出纳也是女的。她的事儿比较多，管文联财务进出账，还有辞典的收入和支出，需要相对独立的空间。另外的一间就是《鄂东文学》编辑部。何主任调上来后，就在里面办公。那就挤得怕人。一间十三个平方米的屋子里，放四张桌子，四个人"对面生财"地坐着。两个男的，两个女的。女的一个结了婚，一个没结婚，都漂亮动人。男的坐里面，女的坐外面，在那大白天也开着灯的空间里，就显得"阳光灿烂""亲密无间"，互相没有私密空间可言。在文联工作的同志们，自尊心都比较强，天生多疑善感。为了避免性骚扰，男的进出就得先打招呼。男的站起来说："对不起，请让一让。"女的就自觉站起来，让男的垂着两手走过去。编辑部的四个人，业务还算单纯。童主席不要他们管大辞典的事，让他们一门心思搞创收，编《鄂东文学》，那是季刊，一年出四期，要保证有钱出刊，外带解决四个人百分之三十的工资。童主席知道这任务也是相当艰巨。何主任感谢童主席的理解和支持。可不是吗？那时候作为编辑部主任的何主任，那日子同童主席的心情如出一辙，也是内忧外患，如履薄冰。

那时候苦了商教授，他是爱谈、善谈之人。上课之余，他就会走到隔院文联办公的地方，到编辑部找何主任聊天。编辑部是聊天的地方吗？显然不合适。那么什么地方合适呢？当然会有的。那就是编辑部的隔壁《东坡赤壁诗词》编辑部。那时《东坡赤壁诗词》编辑部设在那里面。那也是诗社出份子钱买下来的一套。《东坡赤壁诗词》是全国公开发行的刊物，还是归文联管。诗社都是老干部退休下来的，可以从财政要钱，单独列支。归该归，管归管，那是两码事。双方心知肚明，日子里相安无事。那地方真是好地方，可以去聊天呀！

诗社虽然是小套，但也是两室一厅。主要是人少。一个主编和一个管收发带会计的坐一间，两个副主编坐一间，小套就显得空旷。再就是他们基本上没有创收压力，只是编辑改诗、发诗和自己写诗。他们都是诗词界的老手，坐班闲时，就喝茶抽烟，显得轻松，好比神仙。有人来会神仙，他们求之不得。那三个老神仙，主编姓童，两个副主编，一个姓舒，一个姓叶。他们的家学底子和后学的功力很厚，对古典诗词相当有研究，对于平仄那是滚瓜烂熟，投来的诗词，哪一个字不符合平仄，都逃不过他们的慧眼。他们都是从一官半职的领导岗位上退休下来的。说是领导就是领导，说是诗人就是诗人。何主任带着商教授去了，他们都喜形于色，绝不摆名家的架子，都是"看空"之人哩。再说也得要看看来的是什么人。看到是何主任和商教授，于是让座，拿出烟来请抽，拿杯子泡茶喝，给两人贵客的待遇。商教授从小受舅父的影响，对于平仄不是外行，经常写绝句或者律诗同舅父唱和。商教授晓得装乖，去的时候就做了准备的，坐定之后，就从口袋里摸出一张纸儿，那是他写的诗，递给老师们，作一个揖儿，说是请教。纸上写的比方说："纸上呼名叠万声，眼前消息梦中人。他年我若为青帝，化作清风也伴君。"何主任晓得这是他当年热恋时写的。何主任不知道平仄，但知道那是真情实感的结晶。三个老诗人哪敢独自享用？于是一个看了，递给另一个看。看了之后，一个说好，另一个接着说好。何主任不知道好在哪里。那三个老诗人，也不说平仄的事，只说好。何主任心想恐怕是内容哩。内容商教授就比他们技高一筹，主要是有生活哩，还敢于付诸文字。这一点那三个老诗人就比不了。他们都是经过运动过来的人，循规蹈矩，生怕越雷池一步，敢将恋爱的事写出来吗？若让人抓住了把柄，那就不是好玩的事。

三个诗人就将他们写的诗，拿出来让商教授看。他们写诗都很勤奋，比方说抓住的一个专题，同韵要写许多首，形成系列。比方说叶老，他用二十四节气，就写了二十四首诗，首首工整。商教授认真地看，看了后还用普通话进行朗诵，也像老先生那样摇头晃脑、抑扬顿挫、如醉如痴。那样子让何主任深受感动，认为他真的被感动了。

闹得差不多了，二人就出门。下到陌巷里，何主任就问商教授："那诗是真好，还是假好？"商教授一笑，不做正面回答，说："那样的诗，我一天要写十几首。"这伙计压根儿瞧不起"老干体"。他始终认为诗要真情实感，不为平仄所累。何主任就笑他："那你为什么读得有劲极了？"商教授说："何必认真，都是好玩的事。"何主任被他气笑了。这叫什么话？是彼认真，还是此认真？你就拿他没办法。那哪是请教呀！纯粹是哄老诗人高兴哩，闹着好玩的。玩的就是高兴，醉翁之意不在诗。商教授到底是教书之人，场面上的事，知道逢场作戏，就比一根筋的何主任强多了。他在何主任面前说："你看我说得到假话，而你却不行。你一说假话脸就红了，人家看得出来。"有什么办法？说假话也成了他的优点哩。

现在的商教授不是这样了。他终于知道老诗人们的厉害了。回忆当年的事，何主任就问他："请问那样的诗，你现在一天能写几首？"他说："哪能呢，我一天也写不出一首。"他终于知道为当年的轻狂而汗颜。他终于知道为文之人临文必敬的道理。这是受了高先生的影响。何、商、高三个人，戏称"古城三兄弟"，都是同乡，为文的为文，为诗的为诗，都是一路的"角色"，知根知底，"臭味相投"，日子里当然少不了约到一块儿来，把盏论英雄。高先生现在是《东坡赤壁诗词》的主编。这是诗社换届之后青黄不接时，老诗人推举出来的。他身为主编，对于古典诗词，除了会写，还会改能编，这就服得了众，当然知道平仄内外的艰难。

何主任问商教授："哈哈，你不是有狠吗？你不是有才吗？"商教授说："惭愧！惭愧！当年幼稚，却之不恭。"二人笑过之后，心里泛起了一阵苦涩。那三个老诗人如今都撒手人间，离他们而去了。还是崔颢那首古诗写得好："昔人已乘黄鹤去，此地空余黄鹤楼。黄鹤一去不复返，白云千载空悠悠。"

悲哉，惜哉。为文最终都不是好玩之事。个中滋味费思量。

五

那时候文联实在太穷了。童主席和何主任与所有人一样，日子不好过。还有一个人比他们更难受。是谁呢？那当然是写诗的耘者了。童和何的难过，是创收的压力，属于经济层面的；而耘者的难受，是属于精神层面的。

写诗的人，往往天真得可爱。耘者如今才明白，他那时犯了一个严重的失误，他小看了文官理政的本领了。童主席是文人不错，但是既然做了官，"慈不掌兵，义不理财"，这两条基本原则，他还是知道的。不然当什么官？你不是叫苦连天，想提高地位吗？你不是刊物的印刷费付不出来，就让厂长去找主席吗？这是给领导出难题哩。那么就调一个人上来接替你的岗位，"掺沙子"，将你赋闲起来，让你不得志，"全功尽弃"，郁郁寡欢。

赋闲也不轻松，创收的任务，还必须得分给你。你必须完成，不然百分之三十的工资和奖金就没你的份，拿什么养家糊口？面临这样的处境，聪明人就得学会装乖，配合新主积极地做工作，同心合力、静观其变才对。如果瞄准时机，说不定会东山再起哩。纵观历史，这样的事情还少吗？你得学会忍耐，夹着尾巴做人。你那么年轻，比新主小十岁，那么急切干什么呢？静观其变才是正确的道理。可是写诗的耘者，接着又犯了一个错误。他乖还是装了，但是装得不是很像。虽然不作声，但看领导的眼色，就不是很自然，有点桀骜不驯的意思在里面含着。这是比较容易看出来的。诗人有诗人的风骨和个性。虽然还在编辑部里上班，但难免隔岸观火。这就叫何主任难为情。又不好说他，毕竟鸠占鹊巢哩。何主任不会把他怎么样，也不能把他怎么样，都是"同一条战壕的战友"，"和尚不亲帽儿亲"。

那时候何主任领着编辑部的四个人成天做什么呢？现在说起来就叫人难为情。就做两样事。一是动用一切关系，通过写报告文学，搞创收。这叫有偿服务，以文补文，以刊养刊。

再就是举办"东坡杯"全国精短文学作品征文大奖赛。这是耘者首创的。举办了两期，这是第三期。比赛以苏东坡的名义，冠以全国，刻一枚四方章子，先是选择全国公开的刊物付钱打广告——当然是面向学生的刊物最好——广泛征集不超过两千字的作品。小说，诗歌，还有散文都行。投稿的人随作品寄来汇款单子，每人每篇收三十元的参赛费，编号登记受理。然后组织评委评奖。评委当然是文联内部的人。请别的人要付评审费，那就不划算。每期设特等奖一名，一等奖两名，二等奖十名，优秀奖若干名。特等奖一千元的奖金，一等奖三百元，二等奖一百元，这些会发证书和奖金。优秀奖若干名，就不发奖金，只寄样刊和一张纸印的奖证。为了节约经费，特等奖往往空缺，也不花钱开发奖大会。尘埃落定之后，算下来也可以赚五千元，付刊物一期的印刷费，没有多的。后来这样的大奖赛，随着文学青年们觉悟的普遍提高，也烟消火熄，再也办不下去了。好戏也只能唱三回，不能多唱。

叫人欣慰的是，只要刊物在办，就会发现新人和好作品。新人和好作品，也不都从大奖赛中发现的。本地的业余作者和文学青年会向刊物投稿，从中沙里淘金，发现好作品，那才叫人欢天喜地。这说明有园地，就会有文学种子在里面生根发芽。本地许多后来的创作人才，就是从这块园地发现、成长、起飞的。提到当年他们还是念念不忘。试举两例。一个是麻城的罗，他那时才四十多岁，高中毕业后回乡务农，业余时间写小说。他写的一个短篇小说，投到编辑部，开始叫《秋天黄叶》，何主任看了后叫好，叫他修改一遍，将题目改成《六那个灿烂的下午》。此小说说的是一个复员退伍的青年名字叫作六的，回乡那天下午，队长就安排他与本村一个漂亮的姑娘——现在叫村花——相亲。两个人在大山头柯木梓会面。满山红叶，秋阳照耀。一个在树上柯，一个在地上捡，军装是绿的，裙子是红的，英雄配美人，二人情不自禁地好上了。结婚之后，那姑娘生了一个儿子，长着长着，那个退伍军人发现儿子越看越像队长。这就意味深长。后来这篇小说被公开刊物选载了，得了奖，收入新中国成立以来全国优秀短篇小说的集子里。那个集子只收录五十篇作品，可见其艺术成色。罗从此写作不断，步入文坛，加入省作家协会，成了作家，虽然不是专业的，但实现了人生梦想，引人瞩目。还有一个姓陈的女作者，那时候她才三十多岁，初中毕业，有梦想有追求，喜欢写小说。她写的一个短篇，投稿时的名字叫《落英缤纷》，何主任看了后叫好，提意见叫她改了一遍，将名字改成《人间欢乐》。此篇小说写的是古镇上两个智障的流浪人，得到人们的同情和爱护，在日子里产生了爱情，在月夜的古戏台上交合，唱黄梅戏"夜深犹闻人语响，到底人间欢乐多"。这就是感人的好作品。后来此篇被《芳草》选发，被《小说选刊》转载，也收入全国优秀短篇小说集。陈从此一发不可收，作品冲上全省，走向全国。这就是当时办刊的成果，值得一提。那时候何主任不仅编刊物，还勤奋创作小说，以身作则，是"运动员"兼"教练"，引领风骚。这是平台所致。

而那时耘者创作的积极性，就明显地受到了损伤。诗也在写，小说也在写，但情绪上不去，影响才情，于是动了走人的念头。那时候发生了一件事，就是查编辑部的账。这是文联领导申请组织出面的。兴师动众查了一段时间，结果没查出什么大问题。办刊物的时间长了，该收的没有全收上来，这就成了耘者的责任。组织上网开一面，给了他一个轻微的处分。这就使他坚决要走。那时候刚好有停薪留职的政策，他就向文联领导打报告，停薪留职到一家单位办刊物去了。那虽然不是文学刊物，但也是刊物呀！此地不留爷，自有留爷处。

后来他果然将那本刊物办得风生水起。故地有朋友，他回来后就请何主任去喝酒。何主任当然得去。去了之后，他就敬何主任。何主任回敬他，祝贺他事业有成。那一次在龙王山酒家他喝醉了，红着眼睛望着何主任不说话。何主任问他："兄弟，你是不是对我有意见？"他说："哥呀，要说意见，我就有一点想不通。我离开文联时，公家做不到，我可以理解。你怎么私人不办一餐酒，给我辞行呢？你要是办一餐酒给我辞行，我就心满意足了。"酒醉话儿真，一语惊醒梦中人，何主任就深深自责。那时候怎么就没有想到此事呢？只能说一声"对不起兄弟"。文联怎么对他，他没有意见，他没有想到老哥也这样对他。文人落难之时，重的是什么呢？重的是细节。不怪他耿耿于怀，那滋味换了你试试！

他办那家刊物时，还不时写诗、写小说。所谓故艺难丢，以引作为一个业余作者的本色和操守。这就令人敬佩。兄弟好样的！后来政策下来清理空编，文联又将他招回来了，坐了一段时间的班。换了领导，刊物有人在办，职务上不去，他找不到自己的位置，领导便派他下乡到老区去扶贫。扶了一段时间，他的个性又上来了，于是就到医院找朋友，开了证明，办了病退，又回那个地方办刊物去了。你说他那么健康的人，怎么会有病呢？朋友劝他不能这样做，他说："不为五斗米折腰。"

遥想当年，他二十多岁，风华正茂之时，在鄂东诗群写的乡土诗，出了一本六十四开的诗歌集，叫作《耘者诗选》，里边的诗，那是响遏行云，叫人耳目一新、感动不已。如今却找不到了。何主任初上来时，他请何主任到他老家去喝酒，盛情难却。他的家在一个古镇的乡下，古风犹存，篱上的黄花吊丝瓜，燕儿飞在横梁上，土菜入口倍觉香。那是情真意切，没把大哥当外人。那时他告诉何主任，他是近代大家的后人。那大家是什么人呢？著名书法家，反清时加入中国同盟会，一九一二年当的是中华民国临时政府的秘书长，一九一五年袁世凯复辟帝制，断然辞职回乡。那大家的儿孙到底继承了祖上的风骨，侠义心肠。这些事叫如今的老何想起来只有内疚。

　　于是编辑部里四张桌子空了一张。那张桌子被人搬了出去，放在厅里的角落里，积满灰尘。睹桌思人，说一点不想念他，那是假话。

第二章

一

那时候何主任的住房问题没有得到解决，心里始终放不下，如鲠在喉。而童主席呢，只要见了他，脸色就凝重，轻松不起来，让何主任替他难受。

你想想何主任是他调上来的人，答应解决的事，没想到临时出了差池，黄了。这就叫他难为情，脸上无光。他知道这不仅是个面子问题，还关系到事业的发展。你想想，一个居无定所的人，怎么能安下心来工作呢？俗话说，有"恒产"才有恒心。"恒产"他是没有办法给的，但"恒居"得有吧。有"恒居"者，才有定力。他是从文人苦拼过来的官人，这个道理他怎么能不懂？他清楚作为领导，说空话是没有用的，兑现承诺才是硬道理。这个棘手的问题，后来终于有了转机，于是迎刃而解了。

现在回想起来，何主任举家在果园北村五十三号，文联出租金，"寄人楼上"只住了十个月，时间并不长。十个月后，文联账上有了些卖名人辞典的钱，童主席就叫会计同老板结装修的账。结账之后，装修老板再无话说，于是靠西边的那套房子，就顺理成章腾了出来。这时候童主席理直气壮了，到走廊上双手叉着腰，当众宣布："大家听着！那套房子有主了！谁也莫去想！"于是童主席叫何主任到会计那里办手续，与文联其他同志的房子一样，按面积和楼层的标准，付足了钱，裁了收据。那套房子就名正言顺，归到何主任的名下了。何主任就合家欢喜。童主席这才出了口鸟气，豪情见长，对何主任说："鬼话！我调上来的人，怎么可能没房子住呢？这不是有了吗？"何主任连声说："谢谢！谢谢！"

童主席叫谁也莫去想，说的是气话。那套房子谁去想呢？好的房子文联的同志们早就选择住进去了，"顶天"的五楼有人选，剩下的只有"立地"的那一套。那套房子是那幢房子里条件最差的。那套房子的西边和后边，由铁合金厂和粮食公司的房子夹着，阴暗潮湿，前面窗子边还有一个垃圾洞，人家不会要。何主任如果是先来的，当然也不会要。但你是后来的呀！好的人家占去了，没有选择的余地，只有"立地"的份。"立地"就"立地"吧，那毕竟也是房子呀！可以住人的。满足吧，漂泊之人，有住的就不错。

于是何主任家就动用有限的资金，将那套"立地"的房子进行装修。这是必须的。不装修没办法住人。那套房子面积并不大，两室一厅。所有的空间算在一起，也就五十多平方米。何主任家三代同堂，他和老婆要一间。儿大了，要一间。女儿许了人家，快出嫁了，回娘家，自然也得要一间。乡下的父亲偶尔上来住，也需要备一间。这就安排不过来。于是装修时，就挖空心思，"暗箱操作"，扩张空间，以求生存。怎么样"暗箱操作"扩张空间呢？父亲是做泥工的，何主任年轻时也同父亲学过半年的泥工手艺，父子俩对于房屋的利用，都是因地制宜的高手。一番观察下来，方案就出来了，便不动声色地扩张起来。何主任在西边墙壁上偷开一个门，将铁合金围墙间两米宽的间隙扩张进来了，用水泥预制板搭着围墙，用沥青做了防水层，开小窗一个，就是一间窄长的屋子。这就可以放一张折叠的小床进去，上来的父亲就可以在里边住。做泥工的父亲一生要求不高，在隔江城市一家学校搞维修二十多年，就住在门楼里，"窄进扁出"惯了，进城有了安身的地方，脸上自然眯眯笑。两个房间的后边不是粮食公司的围墙吗？楼房与围墙之间，不是也留有间隙吗？那么就将围墙偷偷地拆了，神不知鬼不觉地做成墙壁，那"阳台"的空间，也扩张了一倍。一楼是没有阳台的，况且叫作"阳台"。这就又有了两个小房间，好比套间哩。算下来，那套房子里就有六个可以住人的空间，可容一家三世同堂安身，各得其所。什么叫幸福？这就叫幸福。只是潮湿，只是幽暗，通风条件不好，形同地下之窟。要求不能太高。这是可以容忍和克服的。

装修完毕，搬进去住。童主席和商教授就来祝贺。二人参观过后，就称赞何氏父子的聪明才智和生存能力。可不是吗？能将五十多平米的居室，"堂而皇之"地改造成"一进十八洞，洞洞十八家"的样子，不是常人能做到的。于是商教授就夸住一楼的好处。这伙计最会采情作理，到什么山头唱什么歌，宽人的心。老婆见有贵客来，做了好菜。入席之后，商教授端起酒杯子，就感叹："对于创作之人来说，住一楼并不是坏事。主要的是接地气。你看冬暖夏凉，与陕北的窑洞有得一比。"童主席马上附和。何主任的父亲就给二位敬酒，说他们说得好。父亲说："司马迁受腐刑，然后著《史记》。"这又是哪跟哪？一个业余作者，怎么能与传世大家相比？

那时候何主任并不觉得"立地窟"有什么不好。从下面调上来的人，有领导关心，有朋友温暖，又有房子住，应该心满意足哩。家安了，心安了，那酒就喝得畅快，红光满面，意气风发。童主席说："莫道昆明池水浅，观鱼胜过富春江。"这是伟人的诗句。商教授说："供石略存稽古意，养花都是爱才心。"传说这是杨守敬写的对联，杨在黄州府当过督学。二人话里的意思，何主任当然懂。他们怕何主任"立地窟"，与人相比，丧失斗志。这是关心过头了。怎么会有这种可能呢？

知人善任，是童主席工作的最大特点。他看准了何主任的能力，对于何主任主持的编辑部的工作，并不过多插手，放心大胆地让何主任去闯。他关心的是按时出刊。对于何主任个人的业余创作，他更不催促，知道何主任不会放松的。他知道工作与创作，对于何主任来说，是鸟之两翼、立身之本，用不着他催促。如果催促，还会打乱何主任的心律。所以说何主任在他手下工作，是比较幸福的，有利于身心健康。

"立地窟"之后，何主任举家在那阴暗潮湿里，住了三个年头。白天上二楼上班搞创收，看稿子编刊。这就近，上楼即到。晚上就在一楼的家里写作，电脑装在"阳台"的"套间"里，写作时老婆晓得不打扰他，到客厅里小着声音看电视。儿子那时在电大里读书，不住家。待嫁的女儿，在县报工作。父亲不是传统节日不会上来的。"套间"里就安静，有利于写作。那指头下打出的字，显示在屏幕上也流畅。只是"套间"里太潮湿了，线路和插头受潮后，容易死机。这就比较苦恼。好在晓得毛病出在哪里，也比较好办，用吹风机吹干，然后用手按紧，写作也就能继续进行。习惯成自然，那思路也找得回来的，影响不大。

回想起来，在"地窟"里，何主任创作的两篇东西，都值得一提。一篇是长篇小说《沙街》。《沙街》是何主任没调上来时，在县文联进年清明节动笔的，调上来后接着写，完成了初稿。当年再稿。定稿先后用了三年时间。这是何主任有意写作的第一部长篇。完成之后，打印成书面文字稿，有三十多万字，装订成厚厚的一大摞。何主任心里没底，送给商教授看。商教授收到稿子后，边看边用红笔批注，批得满纸流红，得出的结论是不太像长篇。何主任心里就不安。缺乏经验，又不知道从何改起，于是就放下来了。一放多年。直到六年之后，那位有名的作家接手主编《芳草》，忽一日打电话给何主任，问有没有长篇，他想在《芳草》上推本省作者的长篇。何主任接到电话后，说有是有，不知道怎么样。主编说："你发给我看看。"于是何主任就将电子文本发给他了。几天过后，他打电话给何主任，说稿子看了，觉得不错。提了五条意见，让何主任修改。何主任照单全收，拿笔在纸上记着，按他的意见修改，将篇幅压缩到二十万字，然后在《芳草》上发表了。这时候的《芳草》是双月刊的大型刊物，可以发长篇。

小说发表之后，那天夜晚，何主任忽然接到了宜昌老作家张的电话。他比何大几岁，是在省里开创作会时认识的。他那时是宜昌作家协会的主席，写作的功力非凡，创作了一大批优秀的作品，见多识广，不是什么东西都能打动他。他在电话里说："我流着眼泪看完了全篇，非常感动。祝贺你。"他看完后还连夜给宜昌本地年轻作家吕打了个电话，电话里对吕骂道："那个'憨头日脑'的家伙，没想到能写出这么好的东西。""憨头日脑"是宜昌骂人的土话。那时吕还没有调到省作协当专业作家。吕后来在省里开笔会见到何时，将此话告诉了何。这是褒奖哩！何听了后，心里当然受用。还有家乡一个比何年轻的作家夏，也是打电话对何说："我是流着眼泪，连夜看完的，怎么也放不下。"至今他还说这是何最好的东西。十年辛苦不寻常，遇到了贵人，入了法眼，是长篇哩。难能可贵的是全国著名的评论家曾老先生，还为此写了一篇万余字的评论，肯定之后提出了努力方向。此篇如今成了何写巴河长篇的代表作。如果不是那位有名的作家约稿，并且提出修改意见，说不定这个长篇还在电脑里。说到这里，你就知道写作之人，单凭个人奋斗是不行的，离不开平台与朋友。这部东西发表之后，何才知道什么是长篇，有了底气，不再怯了，知道以后长篇怎么写。"宝剑锋从磨砺出，梅花香自苦寒来。""立地"可以成"佛"。历史的经验可供借鉴。

第二篇是中篇，叫作《洪荒时代》。这篇是何根据一九九八年在黄石市对面散花长江大堤上抗洪守哨棚时二十多个日夜所记的素材日记写的。因为有生活，又被激情亢奋着，笔下各种人物活灵活现，哗哗啦啦初稿写了七万多字。说是长篇又短了，说是中篇又长了。写完初稿后，何将电子稿打印成纸质稿送给童主席看。有汇报的意思，也有听意见的意思。稿子太长了，害得童主席那天上午喝了两瓶开水，上了三趟厕所，这才看完。看完之后，不置可否，只说："太长了，太长了。"搞得何大失所望。于是送给商教授看。商教授看了之后，也是批得满纸流红，说："这东西不好说。"可以看出，超出了他的审读经验，有点"伤时"，他拿不准。何就将稿子投向《中国作家》，很长时间才有消息，说不适合该刊使用。于是何就在本人所编的《鄂东文学》上，让它变成铅字，算是交作业。然后放弃，不去想了。

这篇东西又是那位有名的作家救活的。某一日，何主任又接到了他的电话。他在电话里问他："你手头有没有中篇？"何说："有。"他说："《中国作家》赵编辑向我约中篇，我正在写长篇，没有。你把你的中篇发给她。我向她推荐你。"于是何就将稿子按地址寄去了，是寄给赵编辑私人收的。何懒得打印，就将《鄂东文学》上发的撕下来，装订成册寄去。心里并没做能发出来的打算。没想到赵编辑收到稿子后，叫他压缩到五万字以内，然后给了一个邮箱，叫他改后再发给她。她收到压缩稿后，当年发表了。

赵在校对时才发现好，因为校对时需要认真看。认真看了之后，就打电话来祝贺。何心里想，我不是先投给你们了，你们说不适合贵刊使用吗？名家推荐了，还是原来的稿子，只是换了人收，居然好了起来。所以创作之事，你不必太较真，编辑也是人。关键是你的稿子写得好不好。这也不是绝对的。还要看机遇，机遇同样重要。

叫何主任没有想到的是，这篇小说发表之后，先是被《北京文学·中篇小说月报》转载了，上了本年度小说排行榜；然后又被《小说选刊》选载了，而且选的是头条，为了避免"伤时"，同期配发了一篇短评，题目叫作《社会主义文艺的一株香草》。《小说选刊》的责编是刘先生，那篇掩人耳目的短评，也是他的手笔。十几年后何终于在本市开的笔会上见到了他。他已经离开《小说选刊》多年，高就去了。说到此事，那就哈哈大笑。从此加了微信，成了朋友。此篇小说后来得了第三届湖北文学奖。你看看这篇小说，从创作到发表到获奖，也经历六个年头。如果不是那位有名作家的推荐，它也丢了。都笑作者痴，一把辛酸泪。作为作者，你要熬得住。

"等闲识得东风面，万紫千红总是春。"春风在哪里呢？物以时序，四季轮回。春风就在寂寞而且漫长的写作道路上。

切记，此乃箴言。

二

那时候市文联的牌子挂在文化路十三号，那小巷的入口处，是红色的正体字。《鄂东文学》编辑部的牌子挂在文联牌子的旁边，"鄂东文学"是集苏轼的字，打了书名号，"编辑部"三个字也是正体。字的颜色是黑色的。文联的"主"当然是童主席，而《鄂东文学》的"主"哩，则是何主任。

那时候大街上没有装摄像头，由于偏僻，那两块木板做的牌子，夜里被小偷摘去当了楼板，用现在的网络语言，那是"杀伤力不大，但侮辱性极强"。你说这叫什么事？害得童主席又要叫人做牌子。花钱的事使他心疼，更重要的是这小偷的胆子也太大了，根本没把文联当单位。你去偷市委、市政府的牌子试试？你去偷财政局的牌子试试？我就不信不查你个底朝天！查出来罚款那是肯定的，不拘留你十天半月下不了台，让你知道马王爷有几只眼。

单位的牌子被人偷去了，童主席还不敢声张。说出去不好听。上级领导会笑他："你做鬼，连块灵牌也守不住？"莫怪人家小偷，人家不知道你文联是个什么单位，好单位能挤在破巷子里办公吗？人家以为你是个皮包公司哩。那时候改革开放了，皮包公司像雨后春笋，遍地开花，还不是挂大牌子，横的竖的都有。偷了编辑部的牌子，何主任也怄气。有什么办法？人家连文联的牌子都敢偷，还怕你《鄂东文学》编辑部不成？在看笑话人的眼里，童主席可怜，何主任比童主席更可怜。两个人只有"被窝里泼了夜壶——阴到怄"。

好了，不说那些丧志的事了，书归正卷吧。好在有的是知情人，知情人知道文联是做什么事的，《鄂东文学》是做什么事的。业余作者们都知道，《鄂东文学》是本市的地方文学刊物，没有公开刊号，也不能公开发行，设个编辑部，就好像文庙里设的一个土地庙。土地庙也是庙呀！土地菩萨也是神。虽然土地菩萨在诸神之中，级别最低，但在作者眼里，那也是主管一方文学事业的神。作为地方刊物，《鄂东文学》一般不发外地作者的稿子，以培养本地作者为己任。如果你是本地文学的香客，如果你有创作的信念在心，带着作品和虔诚之心，上庙去求，土地菩萨会有求必应、有问必答，解你心中的忧愁，让你看到作品变成铅字的希望。那时候何主任作为编辑部主任，就在那一方小庙里，主持文学的法事，自然"谈笑有鸿儒，往来无白丁"，有香客来朝的。所以何主任的内心，并不灰暗，洒满幸福的祥光，觉得自己做的是神圣的事业。

来的普通作者很多，就不细说了，说知名作者吧。来的知名作者，首先是段。他知道何调上来了，喜出望外，登门拜访不说，还请何到他家去喝酒，为何接风。他比何小十岁。如果文学以十岁为代的话，段就是一代新人。他原来是某家国营企业的办公室主任，是写材料的好手，同时业余时间写诗。那诗也写得有才气，早已在鄂东诗坛享有名声。他朝诗坛一站，身价就摆那里了。那家国营企业原来是军工企业，率先生产拨号电话机的，生意出奇地好，后来居然改制破产了。段就试图找出路，以文为生。他的本名叫段冰，本地文坛的人都知道。朋友见了他，不叫他本名，却叫他"段二水"。其中有故事。因为他的来信和所订的刊物以及发表作品的样刊，邮局是送到编辑部转给他的。有寄信的人将冰字写"脱了胯"，变成了"二水"，于是他就成了"段二水"。叫他段二水，他也不计较，一笑而过。这别名用在他身上倒也贴切。写诗的人，免不了身上有"水气"。鄂东方言中，"水"与"匪"是相通的。什么叫"水"哩？那是豪气加匪气。他的匪气表现在哪个方面呢？表现在日子里的天真无邪。日子里他就像故事《皇帝的新装》里那个大街上的孩子。看到没穿衣裳的皇帝，大人看到了不敢说出真相，他却敢说。他笑得涎儿滴，说："你看那皇帝光着屁股哩！"他不怕大人们的白眼。他有什么可怕的？下岗之人，无职无岗一身轻。这个写诗的兄弟叫人可爱。几年后何调离文联，他进去了，接何主任的手，编文联的刊物，编到如今，也还在编。无非拿点补助而已。为文之人，都有"坐粪桶吃腌萝卜——臭爱"的毛病，一生也改不了。

何是业余作者出身，一生与业余作者打交道，可以说阅人无数。何觉得与段打交道，有一点好，那就是说到哪里算哪里，说走了火，也不必往心里去。他是一个比较透明的人，你对他好，他就会对你好。如果他看出你是假的，就晓得怎么对待你。试举一例，可以说明这一点。那一年省作协举办工业长篇小说题材招标。何就怂恿他报项目，因为他在国营企业工作多年，见证过国营企业的兴衰，经常给何讲那时的故事。何觉得他能报。他报了，专家评审通过了，于是他就写成了初稿。初稿写成后，因为他是"大姑娘坐花轿——头一回"写长篇，心里没底，就登门将稿子送给何看，希望能得到何的肯定，帮他提出修改意见。何看完之后，约他到工作室来谈。那时候何离开了文联，调到市文化局艺术研究所工作，创办了《问鼎》。

他来了，提了一个公文包，像个干部。何就同他坐下来，面对面谈那长篇的意见。何拿烟给他抽，那是一根接一根。二人都是瘾君子，无烟不说话。何首先肯定了长篇有基础，同时提出几条修改意见。那不是随口说的，是看了后，以切身的经验，总结和归纳出来的。他听得仔细，拿出笔和本子记了，觉得在理。这就是后来公开出版的《兄弟，走吧》。谈完之后，他这才从包里拿出一条烟，送给何。一条烟不算什么，也不是很贵的。何看那长篇，花了很长的时间，送一条烟也值得。不送也没关系，"小庙之主"这点高尚品质还是有的。送当然也可以，"爱子重先生"。何就不理解。何想，你一进门就拿出来不行吗？为什么要等我谈完了再送？何就笑，说："你是不是想试试我，看我在你面前卖没卖水，不见兔子不撒鹰？"他一点不难为情，说："这是当然的。在假佛面前能烧真香吗？"二人哈哈大笑。如果那天何在他面前卖了"水"，敷衍了事，说的不在点子上，那条烟恐怕就得不成。他也太小看了何。何一生辅导的作品该有多少？在作者面前念过假经吗？何收了他的烟，然后拆开，回他一包。他还要，何不给。

想当初段请何夜晚到他家去喝酒，为何接风，也是真心。他的家在黄州的段家垸，现在叫作社区。他是土豪，家里的房子建得好，前面楼房一幢，三层，要走廊有走廊，要阳台有阳台，宽敞明亮。后面还有院子，院子又临着一口池塘，树竹环绕，晚风悠悠，有桂花的香阵阵飘来。那就叫神仙过的日子。那晚酒喝得不少，烟抽得人醉。那时候就叫何心里羡慕得不行。有这么好的房子，该写得出多少好东西！酒喝多了，他送何出门，叫来一辆的士，将何送回家。如今说到他对何的好处，还提这一回。应该说他对于"小庙之主"的何，是格外看得起，何对他也是"一片真心在玉壶"。俗话说，君子之交淡如水，有酒喝当然更好。

何成了"小庙之主"，日子里下面县市的文友们，惦记着他。除了来稿，还抽时间来拜访。耿那天就来了。是春天，谷雨之后。耿那时还没调上来，在一个县文化馆当馆长，不是副的，由副的升到了正的。耿调到市群艺馆当副馆长，后当馆长，是两年之后的事；后来又升到市文联当专职副主席兼市作协主席，也是后来的事。这兄弟走到今天，也是沾了文学创作的光。他高中毕业，是个业余作者，被领导慧眼识珠从农村借到县文化馆，开始是搞后勤事务的临时工。后来由于创作有了成绩，通过科干局，根据当时有关政策，吃商品粮，才转正跳出了"农门"。他的出路同何如出一辙。耿是写小说的。何与耿早在省里、市里主办的笔会上相识相知了。耿比何也小十岁，为人客气并且低调，虽然一路高升，但一直管何叫何兄，到如今也不改口。可见二人友情不一般。

那时耿上来做什么呢？不是为稿子的事。他早已成名，作品不会屈就内刊的。他上来是卖茶叶的。他的家乡不是茶叶大县吗？该县主办多少届茶叶节？你就记不清楚。那时候县财政困难，发不出工资，就发动全县所有拿财政工资的人，找关系推销茶叶。每个人都有销售任务，官越大任务越多。卖出的钱直接与工资挂钩。也就是说你能卖多少茶叶，关系到你能拿多少工资。作为县文化馆馆长，你得率先垂范。耿带了若干斤茶叶上来，找关系推销。那些文友们都是他的关系，可根据各自的财力买一些。何是，商教授是，段当然也是。卖茶叶的事比较简单，按说一手钱一手货，都得给现钱。但是那时工资不高，为文的人手头并不宽裕，得先赊着，有了钱时再给。这不用担心，少不了的，都是君子哩。

由何做东，吃过晚饭，耿就到商教授的家里去送茶叶，由何与段陪同。说是送，其实是推销。多时没见也想会会，谈谈。商教授是爽快之人，收了茶叶，当即付了现钱。商教授买了两斤，算起来也就一百多元钱。于是就坐下来喝茶聊天，说生活，说创作。聊着觉得话说得差不多了，商教授就提议"斗地主"。于是三个人斗，商一个，何一个，耿一个。段说他不会斗，就在旁边观战。"斗地主"是个技术活，不是白斗的，当然也得有赌注。三人家里都困难，不是有钱人，那赌注就不大。何起牌在手，就慢，口袋里装的钱不多，怕输光了丢了面子，就在那里想。商就笑何："你想什么？你怕是想得到？"这家伙说话怄得死人。他知道赌钱的事不是何的长项，想也没用，想也是白想。耿不作声，随着意思斗。商是个聪明人，牌场操练比较多，善于计算；又在他家里斗，管钱的老婆就在身边，输了也不怕，叫老婆朝出拿就是，老婆会顾他的面子，所以底气摆在那里了。耿也不差，作为一馆之长，他是场面上混的人，哪能没两下子？只是耿那天夜里手气太差了，比较惨，将卖给商教授的茶叶钱全部输光了。何那天夜里也输了，只是比耿要少，带的钱没有输光，起码口袋里还有搭的士的钱。而耿呢？则输得连搭的士的钱也没有了。于是耿就说："天太晚了，明天还有事，散场吧。"商教授就起身送客，将他们送到珠明山住区的大门外就转身回去了。天在下雨，夜深了，耿连搭的士的钱也没有，回不了旅社。好在段没参加斗地主，保了一个全身，拿钱出来，让耿搭的士回到了旅社。这叫何极难为情。耿是先来拜访他这个"小庙之主"的，这钱应该由他出，哪能要段出呢？只是他的口袋里只剩他搭的士的钱，只能由段慷慨解囊了。如果耿散场时说没有搭的士的钱，商教授当然会给的。耿是个好面子的人，怎么能提这事呢？只是段现在还记得此事，经常拿此事在耿面前显摆，拿捏耿。谁叫段后来在耿的手下编杂志呢？段说："你莫忘记了，我是你的救命恩人。"说的就是当年雨夜"救主"的壮举，叫如今的耿主席哭笑不得，拿他没办法。这就说明那时候创作之人都是穷人，口袋里装的银子不多。

那时候作为"小庙之主"，何的周围就有这样的事情发生。这样的事情不能让童主席知道。若是让他知道了，会批评人的，才不顾你的面子。他一生不赌，一身正气，见不得玩赌丧志的人。你得小心谨慎才是。

三

何的酒友是以黄州三兄弟为主体的，其余的人见机行事随时邀请。

黄州三兄弟指哪三个人呢？何当然首居其要。他年纪最大。其次是高教授，他比何小两岁。再就是商教授，他又比高小两岁。三个人两岁两岁地小下去，结构就比较稳定，算得一代人。这不是主要的。主要的是三人都是一个地方出来的，在黄州工作，"客居"市府，谓之同乡。这是学苏东坡的"谱"，苏东坡当年不是说"客居"黄州吗？再就是三人臭味相投。何是以写小说为主的，其余的胆大什么都敢写。高是写古体诗词为主的，兼写散文。他的强项是训诂学和医古文的研究和教学。而商呢，则是文学鉴赏家和批评家。凡是涉及文学作品，不管是东方的，还是西方的，他只要读了，就会有不同凡响的见解，语出惊人。商是桂子山上本科毕业的，是高考恢复后，经过正规考试考上的。高虽然恢复高考那年考的是中专，但后来也是在桂子山和珞珈山两所大学拿了双文凭的，不然怎么上得了医科高校的讲台，后来评得上教授？只有何是原汤原汁高中毕业。三人相聚，可谓是"英雄莫问出处"。因为何年长，也因为何的文学地位看起来比他俩高，所以三人就以文学的名义，经常聚在一起，酒喝多时，豪气上来了，就以"黄州三兄弟"命名，在那里自作自受地伴狂。

命名那天并不是在公家出钱的大酒场。在哪里呢？在刚建起来的商城。那时商城建起来了，标志着古城进入新时代。你看那三座船形的建筑，耸在东门之外，各类小商品市场的铺面，像雨后春笋，商贾云集，人流如潮，与此同时各类夜吃店也应运而生。商就怂恿何到那里去请客喝酒。何刚拿了一笔稿费，商就打电话给何说："你恐怕要把那零头拿出来，请兄弟们喝一餐。"何就答应了。商就打电话给高。高欣然到场。那是"雅请"，花的钱不多，点的菜都是风味小吃，比方说煮熟的毛豆角儿、海带皮儿，还有卤鸡蛋、卤干子和卤猪头肉。大街边上，漂亮的女老板笑得像花儿一朵，将一张薄如蝉翼的白色塑料布朝桌上一铺，那就是春风拂面。桌上摆上三双一次性的筷子和三个一次性的纸碗。上菜，上酒，就开始喝。喝的是白酒，因为喝啤酒花的钱就多，又不过瘾。商教授不喜欢喝啤酒，又晓得何心疼钱。

时至小满，晚风阵阵吹来，那就叫爽。开始慢喝，吃菜垫肚子。喝着吃着，商就将三人面前的杯子倒满了，说："有酒，有菜，有风，有友，岂能无诗？"于是就要何起句。何说："三人行，小的先上。"商就说："黄州三兄弟，相邀喝喜酒。"然后指着何说，"我是两句哈，该你和高了。"何在圈中以捷才见长，接口就是两句："劝君杯莫停，日子经常有。"高马上说："好！"商就问高："好什么？"高说："好就是好。"商就站起来，拿着满酒的杯子，说："好就一口干它！"于是带头举起杯子，说，"如果不干，就是阿Q的孙子。"何干了，高没有办法，只好也干了。高喝白酒比何与商要差些，商往往用激将法对付他。高喝干了酒，呛得眼泪流。商指着高说："接着来，这回你先起。"高想了想，说："一文三兄弟，本是同根生。"商教授抢口快，说："三儿三怪种，三种不同文。"那时何的儿在电大学中文，那是高考分数不够，只好屈就的。商的儿在师院学英语，父亲英雄儿能差？而高的儿呢，则漂洋过海，到日本学日文，几年下来，那是省吃俭用，花了血本的。三个儿又是呈梯队结构，一个比一个小两岁，又是一代人。何说："好！"商问何："好什么？"何说："好在会总结。"商将三人面前的杯子又倒满了，指着何说："叫好的，先干！"何并不怯他，举起杯子就喝。商端起杯子也干了，抹嘴唇说："哥到底是哥。"高说："我喝一半行不行？"商说："你搞那好的身体做什么？我们都死了，留你一个活在这个世上，有么事味？"高就喝一半，眼睛红了。何对商说："剩下的一半，我替他喝。"商说："我要你替他？"将杯子拿过去，仰脸一倒，干了。看得邻桌的人眼睛发直，心想这哪里是喝酒，玩命啦！那时候三兄弟看起来表面上光鲜，日子其实都不好过，各家都有一本难念的经，需要不时喝点酒，释放压力和调节心情。那么这样"见真"的场合，就比较合适，没有外人哩，佯狂佯狂吧，见情见智。

　　说到当年佯狂事，最典型的莫过于那年秋天之夜。那年秋天之前，在市农行当编辑，编《金潮》杂志的龙写了一首旧体诗，诗名叫作《清明忆旧》。全诗不记得了，只记得其中两句是："青瓦灰墙新风雨，黄牛黑狗旧炊烟。"诗发在《金潮》上，引起朋友们特别是商教授的注意。商教授就打电话给龙，说："你写那么好的诗，值得祝贺！"龙说："多年不为诗了，偶一为之。忆念家乡，不足挂齿哩。"商说："鬼话！此诗得古意之精妙，与苏东坡有得一比。"得到评论家的肯定，龙就嘿嘿笑，得意之色上脸了。

这是商的套路。商见了他认为的好作品，往往先朝绝处夸，夸得写的人飘飘然，让你要过会儿才消受得了。商说："写出这样的诗来，岂能空过？"龙说："你想怎么样？"商说："这还要人提醒？难道不请我们去'浮一大白'？"龙豪气顿生，满口答应。于是商就邀朋呼友，到龙家去喝酒。他去了，何去了，高也去了。龙叫老婆备菜，他去买酒，热情招待。菜是几样，并不丰盛。酒是两瓶，本地产的高粱酒，价格不高，度数高。那时龙家比较困难，老婆没有工作。全家人靠他一个人的工资过日子，所以家里的空气就显得抑郁。那酒喝得不是很畅快。四个人将两瓶喝了一瓶多，再也无法进行下去。不敢闹，也不敢高谈阔论。龙的老婆也不上桌，小心翼翼地坐在旁边，看着桌子。龙的小儿子，没上桌，闭门在隔壁自己的房间里呆坐着。你不知道他在想什么。这情况，商、何和高事先并不知道。要是知道了，就不会到他家来喝酒。

喝完酒，龙送三人下楼出门，正是皓月当空。商一拍胯子，忽然记起苏东坡的《前赤壁赋》。商的记性好，于是就诵将起来了："壬戌之秋，七月既望，苏子与客泛舟游于赤壁之下。清风徐来，水波不兴。举酒嘱客，诵明月之诗，歌窈窕之章。"这就聊发了大家的瘾。天上有这么好的月亮，岂有不醉之理？于是商就提议到龙王山上接着喝。龙本来就不好意思，在他家喝酒，酒没有喝到位，就散了场。龙在家里不敢闹，正好借机出去放纵一回。于是龙就转身上楼，一手提着喝剩的那瓶酒，一手另带着四只纸杯子。这就够意思。

龙的家离龙王山不远。晚风徐吹，四人踏着月色朝龙王山上走。山上遍地樟树，密密麻麻，树影明暗。明暗之间，可见山脊上残存的古城墙，那是黄州明清古城的。草蛇灰线沿山脊而下，直到赤壁矶头。那是当年苏东坡明月之夜，携酒偕友下赤壁泛舟游的路线。但可惜的是，天上的明月还是当年的，地上的龙王山还是当年的，赤壁还是当年的，只是物是人非，长江已经退到矶头几里之外地方了，无水泛舟了。

这不要紧。山上不是有亭子吗？建在树林之中，虽是仿造的，但也古色古香哩。四人来到山上，择了一个居高临下的亭子，叫作快哉亭。四人在亭子里环然而坐，重开酒瓶，将酒倒在纸杯子里，借着酒劲接着喝。无菜可咽，就端起纸杯子，白嘴喝白酒。天上月亮就好，满山风动。于是四个人，就学苏东坡当年写《前赤壁赋》的情形，边喝酒边作《快哉亭记》。你敬我，我敬你。你是一满口，我也是一满口，吞下肚，那就是烈火在胸中燃烧。趁着酒兴，你一句，我一句，在那里逞豪气；左一句，右一句，根本不在正常思维之内，如同梦呓。商出的序。序当然脱不了苏东坡当年《前赤壁赋》的范，说的是在什么时候，人是些什么人，出于什么原因，在哪里喝得半醉之后在哪里接着喝。于是豪气随着酒气朝上涌，把人说，把人记，说了一大通。去粗取精，商将各人说的混账话，连缀起来，就站那里喷着酒气读，就朗朗上口，很像那回事儿。全文记不得了，只记得其中有什么："月影在天，树影在山，人影在地，四际风来，把酒临风，恍兮惚兮，尘念皆忘，有鸟夜呼，岂不快哉？能不醉乎？"

那场连前带后喝了一个通宵，直喝到天亮了，这才散去。喝到天亮，龙酒醉心里明，下山时抱着人不松手，酒醉话儿真，带着哭腔，说："兄弟呀！我心里好苦。太阳出来，日子不是人过的。"他比在喝的人年纪都大，出此言就凄凉，搞得人心里酸酸的，很不好受。那记整理出来，署了四个人的名字，居然在《黄冈报》的副刊上发表出来，居然得到了本地一个苏学专家的好评，对人说什么"江山代有才人出"，黄州有才的，还是大有人在。那叫什么"才"呀？想起来就叫人脸红，那是佯狂之至，不知日夜哩。

何下山之后，就一身酒气在编辑部上班，坐在椅子上，一副蔫不拉唧、要死不活的样子。童主席过来了，也不避人，当着编辑部两个女同志的面问何："昨夜做什么去了？"何不作声。童就笑："学苏东坡去了吧？"不知他从哪里得到了消息。文联人不多，但口杂，好事不出声，坏事传得快。童问："学得怎么样？"何还是不作声。童敲着桌子对何说："苏东坡是那么好学的吗？你知道这个世界上多少人想学？苏东坡不是你想学就能学到的。人家是什么人？他是经过苦读得中的当朝三品，气度和学识古往今来几人能及？你是什么人？业余作者一个，半罐子水，好意思拿出来荡。还得要点自知之明。学点皮相，那是佯狂。画虎不成反成猫，落人笑柄。你可知道，'墙上芦苇头重脚轻根底浅，山间竹笋嘴尖皮厚腹中空'？你可知道，'板凳须坐十年冷，文章不写半句空'？"写戏出身的童，一通训辞，那才叫见功底。雷鸣电闪，倾盆大雨，密不透风，叫人喘不过气来。那一餐好训，叫何无地自容，恨不得找个地洞钻进去。

童对他调上来的人，视同己出，要求甚严。那意思是告诫何要将心思用在正经事上。正经事是什么呢？三件：办刊，辅导，写作。立刊，立德，立人。童的一通训辞就像《古今贤文》开篇之说："昔时贤文，诲汝谆谆。"

自那之后，何牢记在心，引以为戒，再也不敢这样放恣胡闹了。

四

苗子是什么概念呢？苗子相当于现在的新秀，指要红未红起来的年轻一代。他们有发展潜力，待以时日，会成为文艺圈里接班人。

童主席是那时黄冈文坛的掌门人。他只要开会，就要手下的人，注意发现苗子，薪火相传，好后继有人，继承和发扬本地的文艺事业。文联全称是文学艺术界联合会，负责领导和指导全市的文艺事业，排在首位的当然是文学。文学在基层专指文学创作与办刊发表。文学创作在基层没有专业的，都是业余作者或者业余作家。文学内刊的主编和编辑算是专业的，但个人创作也是业余的。由业余作家培养业余作者，这是基层的惯例。

你不用担心，不管什么时代，"水无百日寡"。一个地方，有志于文学写作的人，代有人才出，是不会缺少的，而且成群结队，像春天的鱼儿洄游孵籽一样，前赴后继，怀着梦想，朝坎子上跳。那就是奋不顾身的繁荣景象，让人感动和唏嘘。所以那时《鄂东文学》编辑部的门只要开着，就会有作者带着稿子或者不带稿子来求教。带着稿子来的必定是新人，投稿问路。不带稿子来的，必定是熟人，那是将稿子先投来了，来问稿子怎么样。

这样的时候，若是找到童的办公室，童就会将来人带到编辑部，指着何对来人说："他是编辑部主任，著名作家，由他负责解答和辅导。"文联虽小，但也分设了各部门，各个部门各负其责，童是不会越俎代庖、好为人师的。在文学领域，他那时只负责教导何一人，颇具儒将之风。

苗子上门，何自然喜欢。回忆起来，最让何动心的莫过于一个姓汤的奇人。那天此人落座之后，就自我介绍他是做生意的，开了一家环保公司，发明了一项烟囱空气净化器专利产品，市场销路很好。他问何发一篇报告文学，或者做一个广告，收多少版面费。他就拿名片出来给何，何也拿名片回敬。办刊困难，这是送上门的生意。何就说收多少钱。他说不贵，可以接受。说着就拿出他写的散文，说能否在贵刊发表一下。此人走后，何就拿着稿子趁热地看。此人文笔也算通顺，只是立意一般，改过之后，为了拉关系，就在刊物上发表了。他也留下了电话。何就打电话叫他来拿样刊。他来了，拿了样刊之后，何问他广告的事。他说："太忙了，过段时间再说吧。"何不好多说，只好希望着。后来才发现此人在同级刊物上，都发表了作品哩。问到同行，才知道此人用的是同样的手法，达到了目的。这就让何苦笑了。这伙计晓得打心理战，吊主编们的胃口哩。于是汤就没有再发表作品的希望了。怪不得谁，谁叫你将聪明用错了地方？谁知道此事还没有完。某天夜晚，何突然接到一个电话，来电话的是个女的，问何："你是何先生吗？"何说："是。"她问："你知不知道姓汤的在哪里？"何说："我不知道他在哪里。"那个女的说："姓汤的租了我家房子，几个月的房租没交，不辞而别，打电话不接。他说你是他的朋友，给我留下了你的名片，名片上有你的头衔和电话，所以只好找你。"何说："对不起。这事与我不相干，要房租你直接找他。"你说这叫什么事？这个姓汤的奇人，连房租也交不起，为了出名，发表作品，装有钱人，居然奏效。这事搞得何想骂脏话都出不了口。

还有一个奇人，来到编辑部，抱了一大摞手写的稿子，说那是长篇小说，说是如果发表了会得"茅奖"。此人姓伊。这可是中华民族古老而且神秘的姓氏。他说他看过得"茅奖"的作品，都写得比他差。他说他是千里马，就差伯乐了。何发现那狂劲有点不正常，就叫他将稿子留下，容他细看。那人反复说，不要把他的稿子丢失了，那是孤本。手写的原稿，肯定是孤本。何将此人留下的孤本，看了。文字还是通顺的，描写也还算生动，只是杂乱，离长篇的要求相差甚远。于是打电话叫他来拿走手稿。此人后来不死心，多次打电话给何，说些云里雾里的话。后来那人又纠缠了何好几年，再后来不知所终，估计是进了该去的地方，吃药诊病。不知此人还活在这个世上没有？唉，文场是梦里开花的地方，只有同情可怜，没有其他办法。好了，不说这些伤心事。你不用担心，这样的苗子，只在少数。百分之九十九，都属正常范围，有作有为哩。

那时候从来稿中，总会发现新秀的。罗是一位。他在山里的小镇做了房子，做服装生意，那是到汉正街打的货。他收本地土特产，转手卖。盐田河的板栗，品质优秀，全国有名。他是持家的好手，白天在一楼的门面里做生意，晚上在二楼上写作，写作和生意两不误。何到他家去走访，那接待是盛情的。喝了本地产的老米酒。那几年吃了他送上来的板栗，还穿了他送上来的裤子。他称何为老师，至今也不改口。如今他不做生意了，有了原始积累，吃穿不愁，住到黄石市了，带外孙兼写文学评论，修成正果，可喜可贺。

那姑娘也是其中一位。那时候她多么年轻，二十刚出头，一个农家姑娘，初中毕业后，在乡镇当打字员。那是临时的，乡镇有材料送来打印，按字数和页数付费。那时候她就爱写。后来出嫁了，嫁到隔河的镇上，男人是税务所的干部，她随男人住在小镇总税务所内。生了女儿后，就带孩子，开始痴迷写作了。她是通过商教授认识何的。商与她是同乡。他们的老家挨得很近，隔着一条小河。此河是巴水河的一条支流，流到她家垸子时，就宽阔，两岸沙滩，绿树丛丛。这就是乡情。由于挨得近，商教授与她的父亲就熟。她的父亲见女儿酷爱写作，就找到商教授，希望他能为女儿指路。商教授当时在县师范教书，在学校搞文学社，与文学圈子近，早就认识何，而且那关系情同手足。商教授就带着他们父女上门到何的家里去拜访，希望能得到帮助。想当年何的家，还在县文化馆院子后的五楼，那父女随商提着水果，爬上五楼，商当面将她介绍给何，叫何非常感动。古往今来，文学还是需要领路人的。

那姑娘出嫁之后，写作那才叫勤奋。隔不长的时间，就有一篇作品出世，写出来就先送商教授看。商看了之后，马上推荐给何看。二人看过之后，那看法就出奇地相似。她的创作从出道到成熟，历经十年的时间。修改之后的小说，或短篇或中篇，都是经过何的手发出的。开始是在《鄂东文学》，后来何从市文联调到市文化局艺术研究所，创办了大型文学丛刊《问鼎》，就在那上面发出。算起就有十几篇。应该说她是从内刊发表作品起步的。后来随着她的成功，她在内刊上发表的作品，都在省刊和国家级刊物公开发表了。可见她创作的韧性、灵性和悟性。文学是发现苗子的事，不是所有的苗子都能成熟，但能成熟的苗子，必定有内在的天赋。

想当年她只要新作写出来了，商就带上何到她那儿去辅导。那时候没有专车，就搭客车去。到站下车，她必定迎接，见面后喜不自禁。她将商和何领到税务所住处。那时她的家在税务所的二楼。准确地说不是二楼，一楼是架空层，从街的侧边有楼梯可以绕到后边。后边开着门，这才是进出的走廊。她家的门朝东方开着。那是一排门，并排都是税务所干部们的家。走廊之下，有宽阔的池塘一口，微风一起，像镜子一样映着太阳，筛着天光。这景致就好，雅致。她指着池塘说："这是我承包的。一年的鱼，要出好几千元钱。"承包也不需要多少精力，人放天养。阳光下，那心情就好。于是她就泡好茶，让商和何喝；拿好烟，让何抽。商并不抽烟，为了谈兴，就陪何抽上一支。然后不抽了，拿在手上玩，放到鼻子上闻味儿。

那时候给她的作品提修改意见，商一般不先说，让何先说。何给作者的好作品提修改意见时，常犯好为人师的瘾，说到动情处，就滔滔不绝。比方说她写的《我的青藏高原》，当初的题目不是这，好像叫《青藏游记》。题目是何建议后改的。这不是小说，是散文，是长篇抒情散文。那时她还是姑娘，是到青藏高原写的。那情那景的描写和抒情，赤子之心跃然纸上。其中那人物的观察和刻画，像冰雪一样纯洁与善良，叫人过目不忘。后来她将那情怀和才情用到写小说上，这就有了她的代表作。应该说，一个业余作者的成长，离不开周围的人。周围有几个志同道合的人，相互打气，抱团取暖，即为幸福。谈够了，商和何就坐沙发上，说闲话。闲话也是关于文学的，互相攻击，或是打趣，也是启发。这时候她就去做饭炒菜，香气儿一阵阵地飘，一会儿菜和酒就端到桌子上。她会做菜，精致，好盘好碟地装着，那就色香味齐全。于是就开喝。她就会敬。分别敬商一回，何一回，就尽了礼数。精致聪明的小女子，让商和何放开喝。也提醒喝好，莫喝醉。那时候这样的场合就多。她只要有新作写出来了，商和何看了之后，就时不时请他们聚一餐。那情景就叫幸福。

后来她在古城买了套房子，聚得更勤。有时候还叫上高，黄州三兄弟齐了。三个叔叔喝一个侄女的酒。作品发表了，有了喜事，不喝能行吗？于是就有了那年端阳节之前那次美好的回忆。那一年端阳之前，天久晴不雨，三兄弟又到她家去喝。那天何喝得有点多，处于醉态之中，于是先离席到沙发上休息，休息时思绪也不肯停歇，躺在沙发上，诗情上来了，于是就写诗哩。诗云："稻花香，秧蓄米，三盘四碟好料理，人生难得几知己。端阳唤在纱窗外，燕子飞来绿云起，好醉微风细雨里。"商教授用纸记了，拿在手上用普通话一念，那就更醉了。惬意，幸福。这样的情形，现在到哪里去找得到？就像看老电影，需要回顾，才见温馨。

她作为苗子，后来经过领导特批，通过"绿色通道"，终于转了正。那过程用了好几年才得以实现。折腾下来，她已是身心疲惫。这不难理解。何当年也是这样走过来的，同途同归，深知个中滋味。为文之人，哪里只是混口饭吃的事？她转正之后，工龄短，工资低，一个月就那点钱。交了房贷，所剩无几。别有用心的人，还以为她占了好大的便宜。有什么办法？人心不古，世风日下。"木秀于林，风必摧之；堆出于岸，流必湍之。"让人防不胜防。看那些世俗的面孔，叫她很难适应。她只想静静地，好好写点东西哩。"陶令不知何处去，桃花源里可耕田？"但是那样的世外桃源，这个世界上哪里去找？那是虚构的。她也不是不知道，只有隐忍着。

如今她是市文化单位一家杂志的执行主编，也在精心辅导业余作者哩。那编稿的认真劲，无人能及。薪火相继，文以人传，小女子堪当大任。那敬业精神，"雏凤清于老凤声"，让人欣慰。

五

童主席将市文联的班底盘稳了，就开始着手文联下面的各协会换届。首先考虑的是市作家协会。未设市之前黄冈文学界有个协会，不叫作家协会，叫作地区业余作者协会，是由前群艺馆王馆长发起成立的。他当会长，不叫主席。那时候业余文学创作界的人，都属群众文学艺术范畴，是地区群艺馆和各县文化馆辅导出来的，受时局的影响，从上到下都比较谦虚，对外不敢称"作家"，称"业余作者"。这个名称是从省群艺馆延伸下来的，不是省作家协会设立的机构。

省作家协会在下面成立相应的组织，是从省文联分出来，单独建制之后的事。那时候省作协升格了，升成了省文联的平级，同是正厅级单位。这样的情况在全国各省不多，足以说明湖北省作为中南地区文学大省的地位，得到了省领导的肯定和重视。省作协既然单独建制了，那么就需要成立各地市州的作协。各地市州的作协，不单独建制，没有编制和工作经费，还是归各地市州文联领导，所配备的班子，还是兼职的。那情形"换汤没换药"，还是业余的。

童主席着手成立的黄冈市作家协会，是由地区业余作者协会过渡过来的。地区变成了市，所以那名称就必须名正言顺，叫作"市第一届作家协会"。意思是只要市不撤并，市作家协会就永远存在。有了第一届，就会永远沿着这个名称朝下传。这叫"天不变道亦不变"。市文联将市作家协会成立的通知，发到下面各县市区文联，下面的业余作者们都欢欣鼓舞。

欢欣鼓舞什么呢？道理很简单，你看看原来的业余作者们，摇身一变，不是都成了作家吗？

从那以后，"人随王法草随风"，业余文学创作界的人，都不再以"业余作者"为荣。新时期，新观念，只要是业余写作的人，对外都称"作家"了。谁要是不改变观念，还叫某人为"业余作者"，会引起圈子里的人普遍反感。谁还是业余作者哩？业余作者是旧时代的产物，包括工、农、兵作者。这不难想通。作家就是作家，哪能以阶级或阶层而分？现在的划分就很好。作家分五级，国家级、省级、市级、县级，甚至乡镇一级也成立了作家协会。入会的都是作家，都发印得漂亮的证，与国家级的没有多大的区别，不细看，都是一样的。这叫名分共享。

市作家协会成立的过程相当简单，也相当顺利。成立的会是在军区招待所开的。那时候军区招待所对外承包了，由于没有经费，童主席就出面找承包人。那承包人的儿子在文联工作，话就好说。童主席也不坐，站在承包人办公室说："文联要在你这里开个会，你负责开会的人一晚上的住宿，提供一个晚餐和一个中餐。当然还要提供一间会议室。"童主席不说开什么会，承包人也不问，爽快地答应了。童主席讨钱晓得看人行事，并不低三下四，像下达任务。

时值九月，秋高气爽，金桂飘香。于是下面选出来的代表，就按时集中到军招开会。也就三十来个人。也拉横幅，也在报到册上签到，也发会议材料，也用公文包儿装着，很像那么回事儿。那会只开一个上午。议程很简单，只四项。首先是童主席讲话，说明根据形势的需要，成立市作家协会的重要意义。接着就是下发主席团建议名单，让代表酝酿。然后就是选举。选举就不用票箱了，念到一项，鼓掌通过。与会代表没有不鼓掌的。一项项鼓掌通过之后，由新选出的主席童做就职演讲。童讲完之后，代表们的掌声更加热烈了。于是童就宣布："各位代表！市作协第一届代表大会完成了所有程序，达到预定目标，我宣布，胜利闭幕！"又是热烈鼓掌。

中餐承包人备了酒，大家就互相喝。脸上溢着红光，个个沉浸在幸福之中。中餐吃过，代表们各自领了头衔，皆大欢喜，散场。那时没有私家车，下面的代表都是搭车而来的，若迟了就赶不上各自回家的班车。

承蒙童主席的抬爱，何的一肩挑就来得那样容易。童主席知人善任，放手让何负责市作协的日常工作。他根本不担心何越了他的权。何就是从那时起，开始操心市作协的工作。那时候市作协没有工作经费，开展工作，需要想心思拉赞助。何肩上就多了一份压力。办刊物需要拉赞助，作协开展工作，比方说开个年会，也需要拉钱，那何就经常要向人说好话。好在办法是人想出来的。好在总有人愿意为文学事业出力，慢慢地就蹚出路子来了。那时候市作协主席并不俏，作协副主席兼秘书长也不俏。没有经费，没有多少人想当。

一身兼就一身兼吧。一身兼的最大好处是，你说什么事要做，童主席觉得在理，绝不反对，放心大胆让你去做。于是你将志同道合的朋友拉进作协来，配上相应的职务，众人拾柴火焰高，事情就好办。童主席没有意见，还夸你有办法。作协的年会想办法，一年开一次。每一次童主席到会做总结，那成果也是有的。童主席自然欢喜。他的作协主席也是兼的。他是文联主席，根本不在乎何抢了他的权。"术业有专攻"。童是写戏的，工作之余，就写他的戏。写戏他是权威，他离不了。至于写小说，就让何去当权威。什么事都揽在手上，不是他的风格。让何在熟悉的领域去发展，也是他的成绩哩。他多会当领导，特别是当文联的领导，得先贤之风，那才叫处变不惊。你与他共事，要晓得与他同心同德。他一旦发现你离心离德，那你就惨了。他决心清理门户时，并不缺少必要的手段。你想想写戏的人，什么戏没写过？什么戏没看过？你那点聪明，瞒得过他的眼睛？

那时候文联的事理顺了，童的心情好了，兴致来了，上班来早了，就在办公室拉他的京胡。将弦儿调好了，就自拉自唱。拉什么唱什么呢？拉的是现代京剧《智取威虎山》童祥苓唱的《打虎上山》："穿林海，跨雪原，气冲霄汉。抒豪情，寄壮志，面对群山。愿红旗五洲四海齐招展，哪怕是火海刀山也扑上前。我恨不得，急令飞雪化春水，迎来春色换人间。"这叫胸怀和志向。文联是个穷单位，事难办，人难盘，使他主政之初如履薄冰，但他总是有办法，迎刃而解。那英雄情结，"登山则情满于山，观海则意溢于海"。那拉那唱，声情并茂，让何听见了感动不已。

第三章

一

现在童退休多年，何虽然比他小六岁，也退休几年。他古稀了，何也快古稀了。或开会，或集会，二人偶尔碰到一起，就约到室外闲聊。那景象，就像古诗中说的："白头宫女在，闲坐说玄宗。"

二人心心相印，志趣相投，说起过往的事，免不了谈及创作。童问何："还在写吗？"何就说："还在写，正在写长篇。"何笔耕不辍，童就格外高兴。童对何说："你的文学创作之所以能够取得今天的成绩，冥冥之中，与先后两次系统地深入鄂东生活实地采访有关系。"何深以为然，说："那是肯定的。"于是你抽烟我吸，我抽烟你吸。在外面空地里抽烟，是不受限制的。二人由于创作的习惯，都是"烟虫"。那就烟雾缭绕，思绪万千。

想当年何第一次深入鄂东诸县采访是不自觉的。何第二次深入鄂东诸县采访则是自觉的。不自觉是被动的，自觉是主动的。第一次与第二次相隔七年。第一次采访是关于"扶贫"的。第二次是关于"革命"的。第一次采访引发了第二次采访，属于连锁反应，相辅相成。没有第一次就没有第二次。第一次采访后，何写出了一本报告文学集——《世纪承诺》，那是童领导有方的结果。第二次采访何写出了两部长篇小说——《姐儿门前一棵槐》和《太阳最红》，那是何调到市文化局艺术研究所工作之后的事，是文局长支持的结果。童说得对，如果没有这两次深入实地的采访，何的创作成果就要大打折扣，绝没有现在的名誉和地位。所以说这两次深入实地的采访，对于何一生的创作来说，至关重要。

这不能否认。美国作家福克纳有句名言："我的像邮票那样大小的故乡是值得好好描写的，而且，即使写一辈子，我也写不尽那里的人和事。"纵观中外有名的作家，故乡是他们永远的精神家园。他们从那里获得取之不竭的源泉，汲取无穷的营养，才能形成大气候。鲁迅是，沈从文何尝不是如此？何虽然不敢与大家相比，但创作之路是相通的。但是莫看作家说故乡只有邮票大小的地方，但要写出那里的人和事，那根必然要深扎在与故乡相连的广袤土地上，那眼界必须站在超出故乡的群山之巅；不然你笔下展现的人文精神，就不可能穿越历史时空，展现时代精神。这就是商教授所说的"小我"与"大我"的区别哩。

商教授教导何说："对于创作者来说，故乡是风筝，眼界是手中的线，你想让风筝放飞多高，全在于手中的线和你所要的理想高度。你不能坐井观天，甘受其役。你必须跳到'三界'外，又在'五行'中。"商教授的话是不会错的。之前何写的故乡是巴水河边的故乡，真正是邮票大的地方。他像个笨拙的孩子，在河滩上寻找故乡情结，特色在那里，局限也在那里。商教授接着教导何说："你一个农家小子，如果跳不出'农门'，沉溺于感性的小敲小打，必然成不了大器。这就需要游子精神。游子精神是什么呢？是离开故乡后返归故乡的赤子精神。这种精神，需要坐上飞机、离开故乡、冲破云层、开阔眼界，再俯视故乡，才能达到。这有个从不自觉到自觉、从形而下到形而上的过程。"商教授的话理性十足，逻辑性很强，是可以写进文学教科书里的。何创作的所谓飞跃，正是经历了从不自觉到自觉的过程。

何第一次系统深入鄂东生活是不自觉的。为什么呢？因为事先何并没有自觉的思想准备，是受童主席煽动后促成的，做的是"遵命文学"。那次能够成行，也是偶然中的必然。那时候文联由于办公和办刊经费困难，童就生心，与当时的市扶贫办主任联系，想办法解决困境。这是童看准了机会。童聪明，知道见机行事。那时中国的扶贫行动已经开始了，作为革命老区的黄冈，率先为扶贫工作做出了成绩，在本市召开了两次全国经验交流会，做出的成绩，得到了大领导的充分肯定。

于是童就打电话，请市扶贫办宋主任吃饭。他俩是老乡，高中时在一个学校，同班同学。扶贫办主任读书时喜爱文艺，二人有共同的爱好，参加工作后，地位相当，同是正县级，有共同的语言。文联是个穷单位，主动请客吃饭的时候少。扶贫办主任见童请他吃饭，就知道有事相求，不然不会这样做。他在电话里问童："有什么事？"童说："你来了就知道。"童不说，主任不好多问。童请主任吃饭，也不在大宾馆，就在一家土菜馆里。这样花钱不多，又方便说话。

扶贫办主任按时来了，对童说："老同学，怎么好意思要你请我呢？这餐我请你。你们单位钱少，我们单位请客吃饭的钱，还是有。"童就笑，说："我为什么请你吃饭，你心里没点数？"扶贫办主任说："老同学无事不请客。是不是要我支持一下文艺事业？"扶贫办主任是个聪明人，坐在主宾位子上，就把事情主动地挑明了。这就好办。开始喝酒了，童首先站起来掇起杯子敬扶贫办主任的酒，说："这杯酒我先干为敬。请你来是为了我们共同做件大事。"童就一口干了，将杯子亮在手里。扶贫办主任问："什么共同的事业？"童说："莫急。你干了，我再说。"扶贫办主任站起来干了。于是童就鼓动扶贫办主任，为本地经验写一本报告文学，树碑立传。童说："扶贫办是有钱的，拿点钱出来写本书，出经验，出成果，为官一任，造福一方，那该是影响全国的好事，何乐而不为？"扶贫办主任有点儿犹豫。他以为童找他以什么名义出点钱，比方说什么活动冠个名呀，那是不难的事。没想到童要写一本书。写一本书就是大事，扶贫办主任相信童，便答应了下来。

写什么确定了。那么由谁来写呢？这难不倒童，他是做了预案的。于是就在酒席上将何推将出来，介绍给宋主任，满口的赞词，说："这可是大作家，文章写得那才叫个好，发表了许多作品，得了许多的奖。"宋主任就同何握手，说："幸会，幸会。"童就提议，报告文学由三个人署名，宋主任署第一，他署第二，何署第三（执笔）。这是那时通常的做法，不必大惊小怪。此事童事先并没有与何通气，何突然接到这么大的任务，知道这不是好玩的，要采访下面十一个县市区，写一本书的呀！这不是一件容易的事。领导定了，何又不敢不接受，但那时何年轻气盛，觉得既然是写，没有他不能做到的事，就欣然受命。尽管事先没有思想准备，但是对于一个作者来说，直觉还是有的。那直觉来自商教授的教导，就是要想写出好的作品来，这就是开阔眼界的机会。你得趁机，将鄂东大地走一趟，梳理一遍，烂熟于心，然后才能有所作为哩。你的创作不能老局限于巴河边那块巴掌大的地方，得风物长宜放眼量。

双方约定采访和成书的时间，为期三年。三年之内，连采访带写，必须完成任务出书。协议达成之后，第二天何就到扶贫办抱回一大堆书，都是下面县市区报上来的扶贫典型材料，还有上级扶贫的有关政策文件和指示精神。这是需要仔细阅读，好好消化吸收的。不然你写的时候，就不可能烛照全篇。书名叫什么好呢？这是需要认真思考的。书名要叫得响，让人眼睛一亮。书名是何定的。何将所有的材料看过之后，对童说："书名叫作《世纪的承诺》怎么样？"童一听就觉得好，眼睛发亮。这不要他操心，何是写小说的，对于取题目有比较独到的眼光。那时候何的报告文学写得多，有高屋建瓴的悟性。你看这个书名，站位多高，高瞻远瞩，直接与世界接轨哩。

童要何先拿个提纲出来。何就为难了。这提纲怎么拿？何的写作，一向没有拿提纲的习惯。何就对童说："拿什么提纲？一个地方采访完后，就以走进什么地方为章目，一章章地写出来。不就成了吗？"童是内行，听后就说："好。"什么好？这叫走到哪里算哪里，"摸着石头过河"。二人约定，一章章写出来，一章章在自己办的刊物《鄂东文学》上连续发表出来，然后结集出版。对于作者来说，这就是最笨、也是最好的办法。如此复杂的问题，何想到用如此简单的方法处理。童就一拍大腿，说："没看错，你是个聪明人。"

但是何对童说："这些资料不够。"童问："还需要什么？"何说："还需要各县的县志和各县政协出的文史资料，越齐越好。另外需要全国名人写本地的和各县市区的专家写本地人文的研究本地文化的著作，越多越好。"童就知道了何的心思，会心一笑。原来这伙计有野心。他不是专门为扶贫写扶贫哩，他想通过扶贫经验做引子，写出鄂东大地文化的底蕴和特色来。这就是大家文化大散文的路数，比方说余秋雨的《文化苦旅》。这个野心得到童的赞赏。于是童就给何送来了手头上几本关于这方面的书，那是另一个作家写黄河文化的。另外还给何提供了几本县志，同时对何语重心长地说："你需要这方面的什么书，可以自己到书店去买，开发票，由文联报销。"这就大方，蛮好。一拍即合，给了何充分实现野心的信心。正如王老师写的绝句中说的那样："知音自有知音听，何患无人唤画眉？"

不打无准备之仗。于是何的案头上就堆满了有关资料。他开始阅读做笔记，为写《世纪的承诺》做准备。也不是先统统阅读，他晓得轻重缓急，哪些是需要先读的，做了笔记，其余写的时候再细读，边读边思考边写。这方面他有的是经验。

时值五月，何住的一楼，"地窟"窗外的月季开了，那日子就是鲜红的。

二

下去采访，是需要做一些准备的，比方说名片必须印一盒。

那时候用的是初代手机，不是智能的，只能打电话和发短信，没有加微信和QQ之说，出外办事或者开会，只有凭送名片让人记住你，因为上面有你的各种头衔和联系电话。你的人气和交往圈子以此建立。那时候印名片的人很多，名片有素面的，也有彩色的，代表着各人的身份地位以及财力。如果你外出开会或者搞什么活动，发出去一大把，必定会收回一大把。回家后或丢掉，或收藏，那要看名片对于你有用或者无用而定。何想起那时的风气就笑。那时全中国名片满天飞。我们建立了许多博物馆，唯独没有这个博物馆，不能不说是个遗憾。

何未能免俗，名片这种东西，当然不能少。原来印的并没有用完，但已经过时了。为什么呢？因为原来的名片上，印的是省作家协会的会员哩。决定扶贫采访时，何就被批准加入了中国作家协会，摇身一变，是国家级的作家了。父亲说："有花自然香，何必挂在风头上。"那是陈年俗见。时代不同了，他的儿子认为："有花自然香，必须挂在风头上。"这叫"摆谱"。有"谱"不"摆"，不是行家。

这不是没有道理的。你想想，虽然扶贫办给你开了介绍信，那是介绍你去完成任务的。如果你拿出介绍信的同时，递上一张名片，那上面第一行印着你中国作家协会会员的头衔，接待方就会高看一眼。那时候中国作家协会的会员，还是稀罕之物，不像现在这么多，还是镇得住人的。这对于满足可怜的自尊心、方便采访，还是很有必要的。何到打印店将新的名片制造出来后，给了一张童。童愣了一会儿，他没想到，何下乡采访，居然也要摆谱。这个谱有什么用？能值几文钱？圣人说："人不知而不愠，不亦君子乎？"童的嘴角露出了笑，那笑像微风吹过池塘，一瞬而过，接下来就对何的做派大加赞赏。那表情显然有点夸张的成分。何不笨，看出童的表情中，有揶揄的成分。所以当童提出印名片的钱由文联报销时，何就极难为情，脸红了，说："这就不必了。"

童是写戏的老手，晓得戏过了。揶揄被发现了，让何产生不愉快，怎么办？那就马上用"翻皮袄"的手法，将情绪扳过来，达到喜剧效果收场才是对的。于是童从口袋里拿出二十元钱来，对何说："名片是私人的事。按规定公家是不能报销的，这钱算我的。"那时候何的工资每月只有几百元，何家里困难，二十元钱不是小数，是老婆到街上买菜，全家人一天的菜钱。何岂能要他出钱？二人拉扯好半天。童就认真了，对何说："记住，我俩都是'爱脸'的人。此回下乡采访，重任在肩。你的脸，就是我的。我的脸，就是你的。不能分彼此。一荣俱荣，一损俱损。这叫共同的名誉。我的工资比你高。这钱你要代表我收下。"这"台词"多好，内涵多么丰富。童坚决要何收下那钱，不容置疑。这"手法"用得怎么样？能叫人不感动吗？这就真诚，不掺假。何只得收下那钱。

童为此事对何网开一面，惯着何，是知道写那本书的采访过程绝不轻松，是个漫长的力气活儿。童收住笑，不说话了，意味深长地望着何。那意思何当然读得出："伙计，你不是有野心吗？你不是想通过这本书，将本地的文化，用现实的扶贫经验统领起来，写出这块土地上的魂来，提高今后创作的境界吗？那就要看你的造化了。"阳光从窗户射进来，如同舞台上的聚光灯，照着二人的脸。这叫静场戏。内心独白。"角色"都入"戏"了。此处无声胜有声。

于是何来到九资河。九资河是著名方志学家王葆心的故乡，原名不叫九资河，而叫僧塔寺。因为此地古有高六层的塔，是收藏名僧骨灰的。相传僧塔寺是春秋时的鸠兹古国，王葆心所题写的"古鸠兹邑"的石刻，就在九资河东侧河沿的石桥之下。"九资河"是"鸠兹河"的变音。九资河在大别山主峰天堂寨下，天堂寨下的圣人堂，是明末农民起义领袖徐寿辉的故乡。当年那个布贩子，就是在这里揭竿而起，横扫江南，在浠水清泉寺建立"天完"王朝、自封皇帝的。那时罗田人正在以千鸡坪为中心，为开发天堂寨为旅游区而努力。想当年天堂寨下的千鸡坪，夜有千鸡啼鸣，那临山傍河而居的古老小镇，当年该是何等的景象？风景秀丽的名山与名人文化相结合，前景可期。

那里是楚剧、汉剧、黄梅戏的发源地。余三胜当年随徽班进京，与同仁们一起，经过三代人的努力，在汉剧的基础上，发展出作为国粹的京剧艺术。于是去看大别山里罗田境内的青苔关、瓮门关、松子关。那三座昔日的雄关，曾经抵挡过多少入侵的外族。于是去看大山里保存完好的罗家畈古民居。那是逃到深山避难的先人们建立的自成一体的家园，天井与天井透亮，门对门流风，多像一个古老的胎盘。

第一次采访用了三天时间，收获满满。但也真是个力气活。何累得不行。为什么呢？因为领导是"君子动口不动手"，只听不记的。而何又要听，又要朝本子上记，还要边记边动脑子思考。那是随时随地，生怕遗漏了。每到一个地方采访，对于何来说都是在脑子里建立大地图的辛苦活。只有地图在采访中建立了，才能达到心中预期的雄伟目的。

采访三天过后，童就在旅社里私下问何："你觉得怎么样？是不是可以了？"这是因为童知道何的野心，怕何不满足。何就点头，觉得可以了。采访不是住家，只能"择点"。

归来的途中，恰好是春天，正是杜鹃开放的季节。车窗之外，你看山头上，密林丛中的杜鹃花，如火如荼地开放。从大别山中流出的巴水河，那样清新，叫人流连忘返。布谷鸟飞在天上，这边叫，那边应，声声不断。于是童就提议，停车上山，去看杜鹃花。于是司机就将车停在巴水河边的公路上。三人下车，爬到山上去看花。看了还不肯走，每人采一把，说是带回家，给孩子们看。那花在山的阳面盛开着，漫山遍野，多得像海，采下来也是鲜艳欲滴。

三人站在山岭上，四望都是青山。山下，就是清清的河水，白白的沙滩。扶贫办主任和童就豪情大发，唱起《再见大别山》："清风牵衣袖，一步一回头，山山岭岭唤我回，一石一草把我留。啊哎，再看一眼大别山……再见了乡亲们……我要把你铭记在心头！"尽管二人唱得不如歌唱家好，但何仍被那歌声感动了，心中的敬意自然而生。多情的大别山，古老的大别山，红色的大别山，多少先烈为幸福生活流血牺牲，如今你的儿女们，正在同心协力，为摆脱贫困而努力奋斗哩。这感动是由衷的，一点假也掺不了。

童和扶贫办主任带过何一场之后，为期三年的采访，就放手让何一个人下去了。一是他们的工作忙，不可能也没必要再陪同了。二是他们通过首场采访就放心了，晓得何作为一个成熟的作家，对于采访是有办法的，用不着领导操心了。

他们就像看母鸡蹲窝下蛋那样，静候着何将那"蛋"生下来，大功告成，跳下地来，叫着"个个大！个个大！"，向主人炫耀的那一天的到来。

三

三年采访下来，尽管艰难，应该说你达到了两条基本标准，一是基本符合了领导的要求，二是基本实现了你心中的目的。三年深入实地的采访，对于一个业余作者来说，何等重要。你心中自觉把黄冈当作了一个"大家"，三年间你基本上摸清了这个"大家"的家底。你就像娘小时候外婆给她梳理过后在她头上扎成的辫子，让娘光鲜起来，顾盼生风。

你会在脑子里建立本地的地理坐标和历史沉积。你就会知道那就是一山一江一条古道，加上五条河流。一山指什么呢？一山就是南边的大别山，大别山连接鄂豫皖三省，本市所有的县市区与之结合，那是山与山相连，岭与岭相接，连绵千里。那一江就是浩荡的长江，日夜奔流不息。本地有七个县市区在它的岸线之上。岸线之上码头遍布，那是从古到今的黄金水道。大别山与长江形成夹角，贯通其间的是一条光黄古道。那光黄古道是秦汉之前就有的。从河南进入，蜿蜒而下，一路古风浩荡，留下一串闪亮的古驿，那就是中馆驿、歧亭、巴水驿、西河驿。北宋之前，这条古道是开封到达黄州的必由之路。那时候古道上快马加鞭，传达的是朝廷的旨意。一条古道连结着一个王朝的兴衰和众多官员的命运。命官是从这条古道上任的，贬官也是从这条路上降格的。苏东坡被贬到黄州就是从这条路过来的。南宋时这条驿道还在用，只是朝圣的马头掉了方向。这条驿道是古时陆地上天造地设的交通命脉。当年的京九铁路，就是沿着这条古驿道修过来的。你朝南望，横天一脉的大别山脉，向西破出；本地境内的五条河，倒水、举水、巴水、浠水、蕲水，如同血管，织成本市的历史和今天。自古河水向东流，但本地境内的五条河，一律向西流，流到长江再向东流，构成本地独特的风景和人文特色。

你寻觅在向西流淌的五条河流上，就会发现河的二级台地上，遍布新石器时期的文化遗址。比方说麻城的中馆驿，坐落在倒水河畔，那一望无际的冲积平原上，就有很多座古城遗址。那是古方国的见证。从那里出土的三孔陶埙，至今能吹出公鹿的叫声来。那就说明当年初民狩猎的场面，可以与《诗经》中的"呦呦鹿鸣"比美。你就会沉醉在从远古吹来的微风中。比方说巴水河一河两岸的二级台地上，被发现的新石器时期那样的文化遗址，比比皆是。出土的石铲，打磨得那才叫精致，说明那时候五条河的两岸居住着许多氏族，而且繁荣昌盛。有什么比这更叫人心动的哩？你看那黄梅焦墩遗址出土的，用卵石摆出的龙的图案，栩栩如生。那是长江中下游首次发现的，据说比黄河流域发现得更早、更原始，号称"中华第一龙"。那是长江流域原始部落的祭祀遗址。那部落的规模就超出人们的想象。你不到实地去看，就不能领略那逝去的雄风，你就不会知道蕲春是春秋战国时期的吴头楚尾。此地还保留着一个古老的地名——横车，可以证明当年的战况。那时候是车战，两军交战，一方的战车如果打横了，就等于失败。你去看蕲春的西河驿遗址，那是汉代的蕲河边古驿的一方小城，那里是陆驿与水驿、陆运与漕运的会合地，古称罗州城，是朝廷驻兵把守的地方。相传南宋守兵与十万入侵的金兵在此地作战，守兵苦守二十五日，全部牺牲。你就会知道当年带领南宋的守兵与金兵血战的，就是秦桧的孙子秦钜；正是他以通判之职，带领三千守军，战到最后全部阵亡的。他用他的鲜血和生命，为秦姓正名。荒野之中，小城的规模可以辨认，从里边出土的黄金器物和青铜器物，让人震惊。还有蕲州的荆王府，那是明代荆王的封地，出土的金冠和许多黄金的饰物以及精美的瓷器，让人大开眼界。这些地方，你去实地采访了，记录在本子上，那感动的程度，就强烈、难以忘怀。还有那巴河被发现的冶铁遗址，那是宋代的。面积之大，工艺之精，超出你的想象。那时古城官用的和民用的铁器，都是借望天湖夏季的天然南风，从这里冶炼，用陶范倒出来的。铁矿石是用木船从江对面大冶运来的。这个遗址掩埋在连绵的黄土坡上，连闻一多生前都不知道，因为在他的著作中，并没有提及过。你去时就会看到那剥露的断面上，当年那冶铁的作坊所倒的垃圾中，白色的灰烬里夹杂着许多破损的陶范。那火像刚刚熄灭，让你闻到那"铁火烟霞"的味道，使你如在梦境，仿佛一切就发生在昨天。

如果你要知道本地城市之根在哪里，你就到禹王城去看。你就会明白，现在的古城，不是最早的，那是明清时期的。本地最早的城市，在哪里呢？

就在禹王城，俗称女王城。从古城墙剖面来看，此城可以追溯到东周时期。这有城外出土的大量楚墓为证。东周那时候黄国在此地筑城，是黄国政治、经济、文化的中心。楚王称雄，攻下此城后封给他的女儿，故有"女王城"之称。大禹治水，并没有到过黄州。禹王城是后人附会的。楚王攻下山东邾国之后，将邾国的郡民迁到此地，所以又称邾城。邾城又是汉代子爵的封地，城外四十八个王坟就是见证。其中一座发掘剥露之后，被完整地保存下来。那是长江中下游保存完好的汉代拱形砖墓。城外有四十八个王坟遗存，说明汉代在此封王传位的，就有四十八个。出土的有战国时期的青铜剑、青铜器，东汉时期的九莲灯、象酒壶、梅花青铜镜。禹王城作为黄冈的城市之根、文明之源，保存至今，说明本地的文化代代相传、生生不息。你到禹王城去看，那天上的太阳照耀着，让你接古通今，浮想联翩。你在那城墙之上，就发现一片汉瓦，虽然断为两截，但合起来，就有一尺二寸半，厚重如铁，敲起来，金声玉振。禹王城外有一座小山，名叫国山。通过名字你就会知道，此山不同寻常。那是古黄国的墓葬之山，山上密密麻麻的墓葬还在厚厚的黄土之下。高铁西站建设时，被发现的一片战国时期的墓葬，那只是冰山一角。一座禹王城，作为城市之根、文明之源，那是博大精深的。不然苏东坡当年被贬到黄州四年零三个月，怎么会年年约友人到禹王城去踏访，留下四首诗来？他那是去接受精神洗礼的。

如果你不满足，那么还有比这更早的。那就是离禹王城不远的螺蛳山遗址。你到那里去，就会发现那里的历史还可以上溯。那是旧石器与新石器交替时期氏族聚居的遗址。那里是长江北岸，一片开阔的湖区台地。那里古人食用的螺蛳壳遍地皆是，堆积满山，所以叫螺蛳山。那里古人用作工具的蚌镰，已经石化了。虽然残缺了，但仍然锋利，闪着珍珠的光芒。那里古人食余的动物骨头也成了化石。你到那墓葬区，就捡到一个完整的陶球，上面有许多细孔，那是入窑之前，用草茎插出来的。你细数之后，发现那孔竟然有六十多个哩。你猜想那是古人计数用的。那时候生活在此的先民们，就不是结绳记事了，已经有了他们创造的计数工具。你就会发现历史书上，还没有用陶球记事的记载。这发现就填补了历史的空白。这就让你站在台地上，将头抬起来，仰望星空，肃然起敬！

走访了这些之后，你就激情在胸，能不有诗乎？于是就来了四句："大别山南五水西，矶头赤壁唱黄鸡。长江浩浩归沧海，化雨春风处处奇。"这些对于一个有心的写作者来说，那收获如果用现在网络语言来说，就是满满的。用王老师的诗来说，就是："诸君莫笑老须眉，我爱长河问汛期。大浪淘沙寻奥秘，真金属于弄潮儿。"

靠的是机缘。机缘难得。

四

你来到胡风的故乡。

发源于大别山之南的蕲水河，弯弯曲曲流经蕲春全境，然后注入赤东湖。赤东湖边的中窑是胡风的故乡。胡风在故乡中窑度过了美好的少年时代。胡风从小与窑打交道，目睹了泥做成陶的艰难过程，知道成"器"之不易。胡风是从赤东湖边的中窑走出去的。赤东湖边的泥泞路，注定了他一生追求真理的艰难。你来到赤东湖畔，江南的梅雨正在下，湖边道路泥泞得你不能前往，只能在堤上隔着烟雨看胡风的故乡。胡风的老家没有了，没有村庄，不见炊烟，只有废弃的窑址，笼在烟雨中。胡风的家乡一直被水患所威胁，人们为避水患，搬到别处了。

蕲河两岸，一个蕲春，一个蕲水；长江边上的两口湖，一个赤东湖，一个望天湖；一个胡风，一个闻一多，都是战士，都是诗人。有诗云："自古光黄多异人。"异在苦难中不屈不挠坚持真理，异在让自己的鲜血浇灌出美丽的花儿。遥望赤东湖，烟雨苍茫一片。胡风魂归何处？燕翅剪风，荷花共水天一色。

黄侃应该是国学大师。在中国被尊为国学大师的人少得可怜。你来到位于蕲北青石镇叫作大樟树的小村庄，这个村庄因村头两棵大樟树而得名。

夏天的太阳照在群山里，村前一个叫作燕步梁的山坡上，开满了紫色的小花儿，松柏簇拥着一座非常简朴、保存完好的墓。这位国学大师有点怪，他死后并不想千古留名，如果不是墓旁立着"湖北省重点文物保护单位"，你很难想象墓的主人就是黄侃。墓碑上刻的也有字，字是"蕲春某君墓"。这个叫燕步梁的地方是黄侃及夫人黄菊英的合葬墓，黄侃一九三五年逝世后即葬在这里。他的母亲和小女儿也葬于此。

与胡风不同，黄侃一八八六年生在大樟树村一个书香门第。远祖中有以诗词书法闻名的黄庭坚。其父黄云鹄官至清廷二品大员，也是当时著名的经学家和散文家，晚年曾任湖北两湖、江汉、经心三书院院长，为张之洞的密友。其父没有想到他的儿子黄侃竟生反骨，在日本参加革命党，发誓推翻清庭。黄侃幼承家学，研习勤奋，加上天资聪明，所治文学、声韵、训诂之学远接汉唐、近承乾嘉，终成一代大师。他与其师章太炎"在传统文化方面向新文化过渡的时代，起了承前启后的作用"。著名学者范文澜、陆宗达、程千帆、殷孟伦、潘重规等都是黄侃的后学。黄侃是极富个性的人物，他因性格狂放，被人叫作"黄疯子"。但他治学却极为严谨。他提出五十岁以前不著书，可见他治学之严谨。一九三五年黄侃五十岁生日，章太炎送他一副对联："韦编三绝今知命，黄绢初成好著书。"本意是庆幸黄侃从此可著书了，却不料黄侃当年十月因饮酒过多而死。章太炎对联是暗含了"绝命书"三字，没想到一语成谶。

这位中国现代训诂学的奠基人，实际上一生述而未作，但述而未作就取得如此非凡的成就。他的后学都在他的思想光芒照耀下著书立说成一代大材。这使你想到了孔老夫子，他老人家一生也是述而不作，他的《论语》也是他的弟子在他死后根据回忆整理而成的。看来述而又作是一种境界，述而不作又是一种境界。做到述而又作的易，达到述而不作的难。自古以来，中国缺的不是述而又作的人，缺的是述而不作的人。孔老夫子说，天何言哉？此乃治学之至境。

你来到古镇上巴河，这里是一代哲人熊十力先生的家乡。熊十力先生在中国近代哲学上的地位，用陈毅一九五七年的话说，中国有几个熊十力？的确没有几个，算得上空谷足音。熊十力先生的哲学体系，应以他的《新唯知论》为代表。此体系陶铸百家，锻锤中外，形成他独创的哲学体系。此一哲学体系，你可以赞成，也可以不赞成。但此一体系的成立，乃他将深刻的体会与严密的思辨交替运用而来。他将宇宙人生的根本问题，分析到极其精微而无不深入，综合到极其广大而无所不包。结构严谨，条理分明，其表达之形成，能与其内容融合无间。《大英百科全书》一九六八年版收录了熊十力老先生的小传，此小传是当时八十五岁的汉米敦博士写的，小传称熊十力的哲学是佛家、儒家与西方三种要义之独创的结合，称熊十力是中国杰出的哲学家。这在当代中国实属殊荣，没有几个人能够如此。

熊十力老先生在三中全会后，备受世界华人圈子有识之士的青睐，被称为新儒家学说的创始人。古老贫穷的巴水河边，竟诞生出中国近代独树一帜的哲学家，真是奇迹。在现代中国没有几个人能真正地弄通熊十力先生的哲学体系，许多人把他的"新唯知"当作"唯心论"，等同于"封建迷信"。熊老先生生前力求将天地人统一起来，其中又以认识为主体。熊老先生生前力求将中国传统文化同西方文化统一起来，其中又以中国文化为根基。总而言之，巴水河畔这个一生以多变以求真的奇人，煮他的热血，炼他的精神，至死坦然如天风浩荡。古老的巴水河两岸自古以来，就出这样伟岸的丈夫。人们只知道与上巴河相距五十华里的下巴河的闻一多是因拍案而起骂国民党而遭暗杀的，却不知道熊十力先生生前不知多少次指名道姓骂过蒋某，与闻一多不同的是，闻一多由于骂而死，而他熊十力骂了却仍然活着。

可以这样说，熊十力先生毕生是为了解救中国的贫困，走了与林氏三兄弟和李四光不同的路。林氏三兄弟倾心于用革命推翻另一个政权，李四光致力于科学救国，而熊十力先生醉心的是解决人们的认识问题。他力求让人们对于世界有一个全新的认识。其实上面所说的名人年轻的时候一个个都是热血青年，都醉心过武力革命或者改良。熊十力先生与林氏三兄弟、李四光不同。林氏三兄弟和李四光都来自衣食无忧的人家，却带头打破那种衣食无忧的生活，走上革命的道路。熊十力先生走上反清的道路，是因为家里太穷了。熊十力先生八九岁时，家大口阔，无立锥之地。其父一生困厄，以教书耕种为生，有言曰："吾穷于财，可以死吾之身，不能挫吾之精神与意志。"其父临终时知家贫十力必废学，流泪抚十力，劝其学裁缝糊口。十力跪下向父亲立誓："儿当承大人志事，不敢废学。"父死后，十力先生一边替人放牛，一边自学。附近塾师何圣木喜他聪慧，让他免费上乡学。一个贫家的儿子经过自己的奋斗终于学有所成，后来被蔡元培先生聘为北大教授，与梁漱溟同住北京地安门吉安所。

李四光纪念馆建在黄州，到纪念馆很方便，黄州是城市，交通发达。但是李四光故居在哪里，没有人准确地说出来。你看完了林氏三兄弟故里，就想看看李四光的故居。李四光在你心目中是光芒四射的人物，是他的地质理论，摘掉了中国贫油国的帽子。用毛主席的话说，就是把中国贫油国的帽子一下子丢到太平洋里去了。只知道李四光的故居距林家大塆不远，究竟在哪个塆子，不清楚。天非常热，你们吃过午饭，便开始赶路，沿着回龙山镇朝前开，开一段便停下来问，停了好几次车，终于到了。只看见公路一侧临空竖着一个跨路横幅，上红字书"李四光故里：沙畈村"。你以为到了，顺着路开进去，开了一阵子，觉得不对劲，停车，下车一问，才知又错了。车回头开到竖幅处，再问，店里出来一人，指着公路对面，说，那边。其实林氏三兄弟故里林家大塆与李四光故里很近，相距不到一华里。当年李四光之父李卓侯就是在恽代英出资、林氏三兄弟办的浚新小学教书。

可以这样说，林氏三兄弟和李四光都是李卓侯的学生。回龙山的林氏三兄弟与李四光这个中国历史上的伟大人物，有着一个纽结点。当时回龙山纺织业发展得很好，林家与李家是回龙地区的两个望族，林家与李家对子女的教育非常重视。李家的族谱上写着"不买田置地，送子女上学堂"。李卓侯老先生生前对子女教育呕心沥血，李四光兄弟四人都受到了很好的教育，李四光成为一代伟大科学家，其余三人都在教育战线上耕耘了一辈子。资料表明，在民国初的十年内，黄冈乡间曾出现送子女出外上学的热潮，主要是到黄州和武汉两地，后来这块地方就出现了一大批各方面的优秀人物。李四光走的不是与林氏三兄弟相同的道路。他选定的是科学救国的道路。从人生意义的角度来说，李四光一点也不比林氏三兄弟逊色，相反随着时光的推移，李四光更加光辉夺目。

伏天的太阳挂在天上，村庄绿在树荫中。阳光下，世界静静的。静静的世界里，有许多东西，使你越想越入迷。去李四光故居的路，经过一个机械厂。叫人高兴的是，这个机械厂在这个静静伏天的正午工人们还在做活。机器声不歇，溅出的火花不断，看起来效益不错。只是路不行，不像走车的路。看来没多少人到李四光故居来。车子左拐右拐，拐进一个塘岸，再不能开，只好停住，下车步行。塆中无人，许多人家的门都锁着。塆子有几家楼房，其余的土砖屋都显得破败不堪。你走到一家土砖屋前，出来一少年。少年瘦瘦的，十二三岁的样子。你问，你知道不知道李四光？他说，知道。你问，李四光的故居在哪里？少年手一指，原来就是你面前的那个门锁着的装了柴草的破败不堪的土砖屋。

你问，怎么没立文物保护碑？少年说，有一块碑。你问，在哪里？少年就用脚拨塘边的荒草，拨出一块水泥碑，很矮，上面有墨字，是县政府立的文物保护碑。你问少年，这是原来李四光住的屋吗？少年说，不是，这是李四光家旧址。你问，这屋里怎么没人？少年说，这家做了楼房，这屋装柴草。你问少年，这个塆子的人都姓李吗？少年摇头说，不，没有姓李的。你问，姓李的都到哪里去了？少年说，都搬走了。你问少年，你知道李四光是什么人？少年回答，地质学家。你问，你读书吗？少年说，读了。你问，读几年级？少年说，初一。你问，成绩怎样？少年说，期末考试班上第二。你笑了，说，怎么不考第一？他不好意思地笑了，说，下年再努力。

在中国现代史上，本地出的名人还有很多，每个地方都有，不胜枚举。你在采访中将他们的精神化作自己的血脉，辛咸在心，受益良多。

五

你来到长江边上的蕲州镇，怀着景仰之情参观李时珍陵园。雨湖之滨的李时珍陵园，曲径通幽，树木参天，荷池涣涣，草含露，风飘香，鸟儿鸣在竹丛里，蜜蜂采在鲜花间。与其他陵园相比，李时珍陵园少了一些浮华，多了些朴实。一切都在自然里。李时珍的雕像就立在陵园的山坡上，时代久远了。生前的李时珍并不像死后那样辉煌。李时珍尽管生前著作很多，但没有留下他的像。他的像是近代著名画家蒋兆和研读李时珍的全部著作后，臆想出来的。李时珍，字东璧，号濒湖山人，于明代正德十三年出生在美丽的雨湖边，死于万历二十一年。李时珍生前的七十五年为人类做出的贡献，可用郭沫若为其所写的墓碑题词做总结："医中之圣，集中国药学之大成；本草纲目乃一千八百九十二种药物说明，广罗博采，曾费二十年之殚精；造福民生，使多少人延年活命，伟哉夫子，将随民族生命永生。"

雨湖之畔出世界级的伟人李时珍绝不是偶然的。无数历史事实证明，一代伟人的脚必须站在大山巅上。李时珍出身医学世家，父亲李言闻为明代名医。李时珍十四岁中秀才，以后三次乡试不第，于是绝意功名，一心从父习儒、学医。李时珍学习刻苦，勇于探索，上及坟典，下及子史百家，无不融会贯通。同时李时珍医术日精，病人千里就医于门。史载嘉靖年中，蕲州屡遭大水，灾后瘟疫流行，李时珍同父亲李言闻设诊于城东玄妙观，为民施治送药，救活病人无数。嘉靖二十七年，李时珍治好了楚王朱厚焜儿子的怪病，被聘为奉祠正，不久被推荐为太医院院判。任院判的两年，李时珍有机会研读皇家所藏的医药典籍。辞职还乡后，李时珍在蕲州城东雨湖建馆，专心著述。李时珍在长期的医疗实践中，深感先人本草著作的不足，并存在着许多错讹之处，立志重著本草，以传后世。他借朱熹《通鉴纲目》之悟，将著作定名为《本草纲目》，嘉靖三十一年起着手编写，明万历六年三易其稿始成，前后历时二十七年。其间，李时珍多次离家外出考察，足迹遍布湖南、湖北、江西、山东等省的许多名山大川。他遍尝百草，弄清了许多疑难问题，填补了许多医药知识的空白。

《本草纲目》系统总结了我国十六世纪以前的药物学、医疗学之经验。书成后被明代著名文学家王世贞称为："性理之精蕴，格物之通典，帝王之秘籍，臣民之重宝。"《四库全书总目提要》赞之："盖集本草之大成者，无过于此矣。"《本草纲目》编成后三百九十年间，国内先后翻刻三十余次。一九〇六年首先翻译成日文，随后翻译成法、德、英、拉丁、俄等文字，传遍全世界。

在全球一体化的今天，地球上的人类越来越觉得环保的重要、生命的重要，越来越觉得人类只有一个地球。李时珍的《本草纲目》已被全世界所接受。李时珍的药物学和他的《本草纲目》，像一颗绿色的太阳，照耀着地球上的人类。《本草纲目》是永远的，雨湖之畔的李时珍是永远的，因为他是人类春天的象征。当今之世，地球上不分国界不分民族都在为摆脱贫困、摆脱疾苦而努力。而蕲春人李时珍，早在几百年前的明代，就用毕生之精力，为人类摆脱贫困、摆脱疾苦，做出了世界瞩目的成就。李时珍是蕲春的骄傲，他的成就顺应了新世纪国际的两种浪潮。这两种浪潮，一是绿色食品，二是中草药。这两种国际浪潮表现了地球上的人类对回归自然的渴望。全世界有识之士的目光注意到中国，他们看到了五百余年前李时珍的《本草纲目》所放射出的光芒，发现了《本草纲目》中的草药和各种食物疗法。一时间世界各国将《本草纲目》奉为至宝。

你采访佛教文化。"蕲黄禅宗甲天下，佛教大事问黄梅。"你走在黄梅的大地上。黄梅是块平和慈祥的土地，注定会接纳佛教。善于嚼苦为乐的黄梅人，注定是佛教的忠实信徒。佛教必定会在黄梅这块土地上，创造辉煌。

中国禅宗自梁代天竺僧人菩提达摩东渡中土、在嵩山少林寺开创之后，六代相传。历史上六代禅师之中，就有四代禅师与黄梅有关。三祖"来"，六祖"去"。四祖和五祖卓锡黄梅,黄梅就有了历史上有名的佛教圣地四祖寺和五祖寺。中国古典名著《红楼梦》和《金瓶梅》中都有黄梅禅宗故事的记载。中国禅宗的发展与五祖密切相关。中国禅宗传入黄梅后,从四祖到六祖,禅师们用心智和苦行,使其从形式到精神发生了四大变化:从北到南,从庙堂到民间,从单纯坐禅到农禅并重,从渐悟到顿悟。这些变化使禅宗摆脱了社会层面和政治层面的各种束缚,形成了更加独立的禅宗精神和禅宗人格。这种从外到内练就的独立的禅宗精神和禅宗人格,几千年以来深深影响了海内外的中国人。几千年以来,海内外的华人,无不在精神深处潜伏和流淌着这种人格和精神。

二十世纪八十年代,中国实行改革开放后,中国的国门对世界敞开了,世界文化人纷至沓来,到中国瞻仰学习中国的传统文化。一九八〇年,日本著名作家、画家水上勉先生到黄梅五祖寺寻根问祖。正值春天,春雨绵绵,黄梅东山上的五祖寺一片破败和荒凉。水上勉先生长跪不起,伏地痛哭。他没有想到,他心中的圣殿五祖寺,竟是如此的模样。随行的中国官员们无不震惊,他们没有想到一个中国普通的寺庙,在一个著名的日本画家的心中竟占有如此的分量。水上勉先生回国后,用飞机空运三棵樱花树到五祖寺,嘱僧人替他栽下。五祖寺的僧人们满怀深情地在院子里栽下了这代表中日友谊的三棵樱花树,日夜用心浇灌。如今这三棵樱花树长大了,枝繁叶茂地伫立在古寺新生的院子里,春天到来的时候,繁花似锦,向游人倾诉着一位日本著名画家的拳拳之心。与此同时,水上勉先生饱蘸深情用中文写下一篇关于五祖寺的文章《东山明月》,发表在东南亚华文圈子的报纸上。

四祖寺是四祖道信创立的,建于唐初。四祖俗姓司马,是蕲州永宁县(今黄梅邻县武穴市)人。四祖从小削发,受衣钵于三祖僧璨。三祖僧璨建三祖寺于安徽潜山的天柱山。四祖得道离开三祖后,云游四方,从庐山看见隔江双峰拥立,犹如仙境,于是纵一苇过江。过江后,四祖望双峰而走,由林中神鹿引路,来到了隔江所望的黄梅县境内的双峰山之间的燕巢地。

有关禅宗的书上说，燕巢地是当地於姓族人之地，四祖道信不吃不喝，恳求於姓地主给他一领袈裟之地做道场。於姓地主被他的诚心所动，答应了四祖的要求。四祖将手中的袈裟一扬，一领袈裟像网一样张开，铺就了五里之地。

四祖道信在双峰山开创了"农禅并重"的禅风，用现在的话说，就是自力更生、独立自主、艰苦奋斗。

四祖在双峰山建立了一整套边参禅边农作、农禅结合、集体劳动的寺院新体制。他规定每一个僧人在做完功课之余，都要从事农田耕作和种植，以此获得丰厚的粮食和蔬菜，自给自足。四祖的开山住寺、农禅并重之举，受到了广大僧俗的赞扬，在当时全国灭佛的不利情况下，道信创建的正觉禅寺，规模不仅没有减缩，反而不断扩大门户，四方僧人不断涌来。正觉禅寺成为广大僧侣们心之向往的地方。寺内僧人从二百余人增至五百余人。在唐初全国灭佛的形势下，四祖能在长江中下游黄梅一隅的双峰山聚集五百余僧侣的大集团，修行见佛，可见他"农禅并重"的凝聚力。当时四祖寺，庙宇连成一片，方圆五里之地，上有藏佛塔，下有接佛桥（花桥，俗称风雨桥）。寺内四祖亲手植古柏无数株，遮天蔽日。寺内香火旺盛，晨钟暮鼓，山谷回荡。寺内四祖当年所植的古柏，仍在风雨中活着，赤干向天，傲立苍穹；其顶才有枝叶，枝叶如巨笔，描风写云，记录着当年四祖寺农禅并重、诸僧向佛的盛况。回首遥望，寺里四祖当年所植的古柏高耸云天，似一支活笔，在山青水绿之间，风摇云动，写着历史，也写着今天。

五祖寺坐落在黄梅东山之上，与四祖寺同在大别山余脉，一西一东，有青山相连，有白云常绕。与四祖寺相比，五祖寺更险峻。因为寺有遗殿，加上五祖传六祖在五祖寺进行，所以比四祖寺更加出名。五祖弘忍禅师传位六祖慧能禅师时和两首著名的偈语有关的故事就发生在五祖寺里。这两首偈语，是佛教禅宗由渐悟到顿悟的经典之作，是整个佛教禅宗由北到南后，从庙堂到民间、由外到内的修行过程的体现。五祖弘忍不传神秀而传慧能，是佛教禅宗发展历史的必然。身处穷苦之中的慧能，在弘忍的教导下，能够在灵动的一瞬间，悟空世间的一切，包括佛的本身，不能不叫人感动。佛是什么？不悟，佛即众生；悟了，众生即佛。弘忍是苦难中顿悟的优秀代表。他的精神体现在慧能的身上。弘忍是什么地方的人？弘忍是黄梅濯港人。濯港古称浊港，有水入长江，常年浑浊。弘忍传位慧能之后，乡人改名濯港，港水因濯而清。黄梅古往今来，是人间嚼苦为乐的地方。黄梅人能够在苦难之中，嚼出精神的辉煌。五祖弘忍传位六祖慧能便是传神之作，它是佛教禅宗精神和智慧的集中体现，也是黄梅人精神和智慧的集中体现。

东山白莲峰莲池清淤之初，在厚厚的淤泥中，挖出了数颗莲子，经专家鉴定是千年的古莲子。僧人们将千年的古莲在池中种下，竟开出朵朵洁白的莲花。东山之上清风漾漾，莲池涣涣，古莲经千年不死，顽强的生命力可歌可泣。"东山之上白莲峰，古籽新葩映日红。千载禅心睡不死，一川明月照松风。"

你来到了黄梅戏的发源地。

黄梅戏的确是用苦难煮成的欢乐。黄梅县上乡是大别山的余脉，说是余脉，也是山脉连绵、海拔一千多米以上的山峰，如笋林立，直插云天。下乡临湖连江，有古时称作雷池的龙感湖，有太白湖，叫不上名字的湖更是星罗棋布，港港相连，渠渠相通。黄梅是古时的泽国，由于淤积水退，成为陆洲。黄梅历来小旱大丰收，小旱的年岁，可以山到顶、湖到底地丰收。但是这样的年岁少得可怜。黄梅历史上水灾频繁，入梅季节，境内雨水过多，湖水急剧上涨，由于长江水位升高排不出去，下乡常常破堤倒圩，家破人亡。上乡则由于山洪暴发，田毁地冲。《黄梅县志》记载，明洪武年间，黄梅县发生特大自然灾害百余次，其中水灾六十五次，平均六年有一次特大水灾。清乾隆年间，发生特大自然灾害十二次，有十次是水灾。乾隆皇帝光为小小的黄梅县发了十次有关水灾的圣谕，其中反映了受灾的惨状："因江水冲溢，民田庐舍无不漫浸。""江水暴涨，居民田庐猝被水淹。"道光年间黄梅特大水灾八次，每次都给黄梅人民带来灭顶之灾。有记载道："经旬难望三餐火，斗米堪求八岁儿，米价腾贵，民多流亡。""死者相枕藉。""有缺粮断火举家冻饿而自毙，及行路自葬于风雪中。""死葬江鱼腹，生无插足地。"清代徐昱在顺治《黄梅县志》序中说："年丰则谷贱伤民，岁歉则无以自给，旱则易灾，涝则巨浸；岁额三万七千有奇，苛重赋繁，逃亡过半。"历史上的黄梅人多年浸在灾害的苦难之中。

年复一年的特大水灾，迫使黄梅县的男女纷纷学唱黄梅戏，以适应灾年逃荒。黄梅戏开始叫采茶戏，是上乡人民采茶时高兴了随口唱出的。时间久了，渐而形成一种专门的戏曲。古黄梅人勤劳勇敢，充满着生存智慧。水涨上山，水退下湖，采茶戏因此传遍黄梅全县，上乡与下乡，融为一体。黄梅戏本是黄梅人高兴时唱的，是幸福的产物，随着频繁的灾害，却成了黄梅人逃荒求生存的方式。历史上的黄梅人受灾了，面对人间苦难，不靠天，不靠地，不靠朝廷，不靠暴力，靠他们自己；靠他们的生存智慧，靠他们日常劳动中创造出来的采茶戏。他们含着眼泪嚼苦为歌，擦干泪水，将苦难吞下肚，化作歌声唱出来，离乡背井，养家糊口。大水破堤，家园尽毁，他们牵儿带女，扶老携幼，流浪四方，将唱出口的采茶戏，换成粮食。秋后大水退了，他们迎着秋风和雁叫，同时牵儿带女，扶老携幼，将他们创造的采茶戏一路唱回来，唱回他们的家乡，收拾被洪水毁掉的家园，重新开始生活。历史上受灾的黄梅人，像候鸟一样，往返自己的故乡，用欢乐寻求生存，寻求繁衍。

早期的黄梅戏，是平民的戏，充满着民间的意味和民间的欢乐。黄梅人有与生俱来化苦难为甘甜的本领。日子里有什么，他们就唱成戏。黄梅戏"三十六大本，七十二小曲"中，日子里的什么都有。《采茶》《扑蝶》《汲水》《薅草号子》《开门调》《对花调》《绣荷包》《绣手巾》《点大麦》《卖棉纱》《掰竹笋》《撒荞麦》《上河舟》《推磨》《观灯》等等，都是他们唱的内容。劳动时，他们唱；休息时，他们唱；四时八节，他们唱；男欢女悦，他们唱；婚丧嫁娶，他们唱；高兴了，他们唱；痛苦了，他们也唱。他们边唱边说，边说边唱。说多了，说也是唱；唱多了，唱也是说。整个儿浑然天成，整个儿人间欢乐。苦难的黄梅人，有着向善向美的丰富想象力，他们能将穷得卖身葬父的孝子董永与天上玉帝的女儿七仙女连在一起唱成戏，让他们过人间的日子，生儿育女，纺纱织布，耕田种地，极尽人间悲欢离合。

早期的黄梅戏极少有宫廷戏，有宫廷戏那是后来黄梅戏进入宫廷之后的事。

历史上黄梅人不仅能唱，而且善舞。他们能将平常的打猪草，用舞蹈贯穿，边唱边舞，将故事表现得栩栩如生。他们的《观灯》，写一对小夫妻正月十五晚上出门看灯，用舞蹈表现出盛大的观灯场面，同时将夫妻恩爱表现得淋漓尽致。还有《推磨》，还有《对花》，还有《扑蝶》等等，无不满台生辉，满台灵动。黄梅戏优美的旋律响起来之后，满台尽是欢乐，人间还有什么烦恼呢？难怪黄梅戏作为地方戏唱红了全国，唱出了国门。有什么比这嚼苦为甜的民间艺术，更为纯真，更为感人，更为优美，更为动人呢？

"多云山下稻荪多，太白湖中鱼出波。相约今年酬社主，村村齐唱采茶歌。""采得新茶绮绿窗，下河调子赛无双。如何不唱江南曲，都作黄梅县里腔。""灯火照龙河，鱼龙杂绮罗。偏怜女儿港，一路采茶歌。"

以上就是何三年采访有关精神的聚炼。当然还有关于本地红色文化方面的，容后叙述。那次是何第一次系统实地采访。几年过后，他为了写长篇，向组织上申请，到麻城挂职，又进行了为期一年的专题采访。后面会再讲述那些惊心动魄的感受。这就是童主席所说的，你创作上所取得的成果，与两次深入实地采访分不开的。

第四章

一

纵观那本书的成书过程，何至今心存感激。可以这样说，没有那本书的采访垫底，就没有他后面的《姐儿门前一棵槐》和《太阳最红》两部长篇。这叫吃水莫忘指泉人。

那时王老师听说何在为写书采访，写诗寄来祝贺。那用白纸抄来的诗，字字工整，比小学生还认真。诗云："时逢暑气过莲塘，身在清凉心自香。乘着荷风采月色，夜来好唱满庭芳。"那时他身在病痛之中，得到喜讯，还在不屈不挠地写诗，真叫何感动而心酸。你看看那画面和意境，是多么新鲜，充满诗意！是的。对创作之人来说，哪能以世俗的得失来衡量呢？有荷塘与月色相伴，能不歌唱吗？你看他一生写过多少诗？除了提升精神之外，得到过多少世俗的东西？他把他的一生，都献给了痴迷，别无他求，能不叫人肃然起敬吗？

现在回忆起来，那本书之所以能写成，应该感谢童，是他给何创造了"有心插柳柳成荫"的条件。那时的童，不愧是文坛领将之人，他认定何能当此任，不担心看走眼。他知道何是一条汉子，能挑起这样的担子。作为一个地方的文坛领袖，那气度和眼光是不同凡响的，充满知人善任、和蔼可亲的味道。古话说得好："士为知己者死，女为悦己者容。"何作为他的下属，基本上做到了这一点。事实证明，何没有辜负童对他的厚爱与期望。那本按照事先计划，边采访边写的书，春去秋来，寒来暑往，苦过了，累过了，分三年在《鄂东文学》上连载过后，终于呱呱坠地，大功告成。

整个采写期间，何得感谢童对他的宽容。童并不像有的领导那样好为人师，在具体操作时，频频地下达指示，这要如何做，那要如何写，画蛇添足，节外生枝，让你无所适从。作为内行领导，同是为文之人，童充分尊重何的意愿，在事先商定的框架内，让何想怎么做就怎么做，想怎么写就怎么写。"海阔凭鱼跃，天高任鸟飞。"只要符合四项基本原则就行，对于文本并不做过多的要求。何是党员，对于四项基本原则当然熟悉，这四条红线，根本不用童担心，何在写作过程中，会自觉遵守的。这是一个从事创作多年的业余作者，历练所致的自觉。他能将扶贫成果与人文精神结合起来，放在历史进程中考量，水乳交融，不会越格的。

那年秋天，北雁南归之时，黄州古城一片秋色。何将《鄂东文学》上连载的、经过初校的文本，统编打印成书稿。那是很厚的一本，拿在手里沉甸甸的。这就有了收获的喜悦。何将书稿郑重其事地送到童办公室的案头上。童就满心欢喜。童集中时间，戴上老花眼镜，又仔细看了一遍。于是召集文联的同志们开会，首先表扬了何一通。他说："先不说何的才华了，比何有才的大有人在。但是我佩服他的韧劲，这我就比不了。三年采访了多少地方？做了多少字的笔记？一本二十多万字的书，写出来吃了多少苦？'咬定青山不放松，立根原在破岩中。'这精神值得我们学习。"这是大实话。何听了后心里自然受用。这是作为文人的通病。

童表扬过了，然后指示办公室和编辑部的女同志，将文本仔细校对，不能有错别字。童强调："文章写得好不好，由署名者负责。署名中有我，那就是我的责任。如果发现有错别字，那就找校对者是问。因为'文章合为时而著'，这本书是替领导负责的，如果发现有错别字，追究下来，那就是整个文联的责任，见者有份。我不多说，你们心里清楚，晓得怎么做就行。"那文稿只打印一份，童在会上指定，由四个人先后校对，每个人用不同的笔改错，由他最后把关。所以告诉你，那本书的校对非常严格，像正规出版社出书那样，经过了五校，包括标点符号在内，错误不超过万分之三，很像那么回事，是一本经得起检查的严肃文学。

书稿校对完成之后，童与市扶贫办主任商量，让领导题书名。于是想到了省级的有关领导。何采写那本书时，他时任市委书记，书里所做的工作，正是他抓起来的。于是写了请示报告，领导用宣纸提写了书名"世纪承诺"。

于是请领导作序。请谁合适呢？当然省扶贫办主任是第一人选，是为序一。接任的市委书记是第二人选，是为序二。

于是请人设计封面。设计封面的人，很有水平，将封面设计成蓝天白云、湖水倒映的样子，配以时间坐标。你看那背景，广袤的土地上，绿荫丛丛，老树新花，这就将书的内容情景化，达到思想性与艺术性的高度统一。于是《世纪承诺——来自古城的扶贫报告》编辑成功了。接下来的任务，就是联系出版社出版。

书出来后，童就当着文联同志的面，给何算稿费。这必须透明。稿费按当时国家规定的标准，不就高也不就低，取其中等，按千字三十元的标准计算，总共也就六千多元。书署名的人有三个。扶贫办主任高姿态没要，那就是两个人。童主张何得百分之六十，他得百分之四十。何坚决不同意，主张平分。童没办法，只好就何。三千元文联账上也没钱，何就灵机一动，将此钱抵了他欠的住房款。那时市文联经过努力搬家了，从文化路的陋巷子搬到市委院子里老干部活动中心的三楼。那不是免费的，每年得给老干部活动中心交租金。文联搬到市委大院，在三楼之上做了个红色正体大字的牌子横着，显眼得很，影响力和办事的效果就与往日不同。这叫名正言顺。文联搬出去了，二楼的办公室腾出来了，何就从一楼搬到原来文联的大办公室。从一楼搬到二楼房子就有差价。何将三千元的稿费抵进去，有多的，余了几百元。几百元，文联账上也没有，童只好叫会计打个欠条，等有钱的时候再给。那时候何也心满意足，因为从一楼搬到二楼，也是幸运的。不是童的关照，能行得通吗？

那本书出来之后，何给王老师寄了一本，算是汇报。书是通过家乡文联副主席程转交的。那时王老师已经住进县福利院。住在县福利院的王老师，仔细阅读过后，又寄一首诗来祝贺。诗云："青山一脉莽森森，隔叶黄鹏唱好音。不见酒旗人自醉，小康酣在杏花林。"

何对王老师所写的诗都熟悉，几乎都能闭目而诵。何知道这不是他新写的。这首诗是多年前写的。他用他过去的诗作，表达他对于"那小子"成功之后的喜悦之情。见诗如见面，有如一阵春风，叫何唏嘘不已，感慨万千。"慈母手中线，游子身上衣。……谁言寸草心，报得三春晖？"何回想创作走过来的路，往事历历在目。王老师呀！您为什么不写新诗寄来呢？您是不能写了吗？要论往常，您会有新诗祝贺的。一种不祥之感涌上心头。王老师呀！您还好吗？"那小子"真的很想您！人是感情做的，遥望家乡，何禁不住热泪盈眶。

王老师您知道吗？您诗作的手稿，就摆在何的案头上。这是前几年何为了写作此长篇，从县文化馆资料室打借条借来的。您诗作的手稿是用红笔打成红格子，一首首誊正，一本本精心订成册子留下来的。这些诗有很多没有发表，因为不符合时势，是写给自己看的，是为心声，最能表现您穷尽一生将民歌与现代诗歌融为一体的艺术结晶。您为什么要这样做？睹诗思人，难道除了敝帚自珍之外，您还想在这个世界留点什么不成？

二

王老师是"那小子"调到黄州四年后，经过县文化馆向县文化局打专题报告，文化局送到县委宣传部，县委宣传部部长亲自在报告上批示，与县民政局协商，离开文化馆，搬到县福利院颐养天年的。

这之前他住在文化馆办公的二楼上。为什么呢？文化馆的后院子里不是正在搞基建、建步行街吗？那一排阴暗潮湿的老房子推平了，没有他的立身之地。于是文化馆的领导就在二楼办公的地方腾了一间，作为权宜之计，让他住着。这间房子不大，只有十多个平方，可以放一床一桌，让他临时安身。给他那间房子是临街的，因为文化馆的办公楼是按群众活动场所设计的，所以门外有相连相通的宽阔走廊，可以转得开。这就好。清爽、干净、明亮。厕所是公共的，在走廊的尽头，大得很。虽然他腿脚不方便，但挂着拐棍去，也是可以的。用不着像在住后院时，夜里起夜需要用痰盂。那痰盂每天早晨需要到厕所去倒，洗刷干净，没有气味后，才能拿回来。他一生极爱干净。这对于腿脚不方便的人来说，就是比较麻烦的事。好在走廊平，不出意外，不会摔跤的。

住在文化馆办公的二楼，与住在后院那排阴暗潮湿的平房相比，有个最大的弊端就是做饭不方便。他想喝口酒、吃点什么菜的话，不能老在走廊上生煤油炉子。那就有烟，气味也不好。尽管文化馆的领导不说他，他也知道影响不好，所以自觉克服。怎么克服呢？他想出一个办法。楼下街对面文化宫不是开了餐馆吗？他下楼不方便，就用一条绳子，系着一个竹篮子，篮里装着盘子和碗，还有装酒的壶和钱，将所需的东西用笔写在一张纸条上，比方说卤肉二两、烧鱼半条、白菜一盘、白酒一两，然后站在楼上喊一声。对面开餐馆的人听见了，就过来解开绳子，将篮子提过去，把他所要的酒菜装在篮子里，提过来用绳子系好，唤他拉上去。这是蛮好，方便快捷，比现在点外卖，快递小哥送得还及时。街对面开餐馆的老板是他学诗的学生，对他爱护有加，特别是寒风冷冻他起床困难时，给了他许多方便和温暖。

文化馆的领导发现他行动越来越困难了，无儿无女，孤身一人，无人照料，觉得这不是长远之计。若有个闪失或是有个三长两短的话，那就吃罪不起，得想办法，让他有个归宿才好。于是文化馆的领导就想到县福利院，那是收养孤老的地方，让他住到那里去比较合适。那里有吃有喝，有专人看护和料理，生病了有医护室，送到医院也方便。这就可以让人放心。于是文化馆的领导就打报告到文化局，文化局报到宣传部，征得部长的同意。于是宣传部就指派县文联和县文化馆的领导出面，与县福利院院长商量此事。这事好商量。住福利院的钱，不是问题。王不是有财政给的每月的定补吗？不够由文化馆补贴。县福利院院长是原来马垅乡的文化干事，也姓王，早就知道王的大名，本是同根生，乐意接受。王院长知道王去了，写诗的他，是闲不住的，必定发动福利院的老同志们学写诗。这就能够提高老年人精神生活的档次，这对建设文明福利院有利，王院长求之不得。

双方商量好了，县文联和文化馆的领导就去做王老师的工作。这时县文联专职副主席是程，县文化馆的书记是周大哥。这两个去做工作的人，是一脉相承的，都是沾文学的光，转正后在文化单位立足，然后当上领导的。程在王面前是孙子辈，平常有文学活动，必然少不了王，见面多，王爱不过，会叫她"细东西"。周虽然比王小十几岁，但几乎隔了一代人，叫他"王老师"。组织上指派父女两代人去做王的工作，是有道理的。因为组织上知道平常王的生活和创作离不开他俩。关键时候，周可以说得开王的话，程的话王也得听。如果换了别人，工作不见得能做通。王搞犟了，有脾气，得理不饶人，下不了台的事经常发生。二人领命去做王的工作，颇费了一番心思，做了预案的。程特地带了一张报纸，周就心领神会。程平常在老前辈面前，活泼可爱。周虽然持重，但只要场合适当，也晓得调节气氛。两位业余作者出身的官，奉命去做农民诗人的工作，知道这事不能急于求成，需要讲究策略，必须从那张报纸入手。

那时候二人忽然到了王的房间。王高兴得很，一日不见如隔三秋的样子，又是让座，又是泡茶。三人分宾主坐定之后，周对程使了个眼色，那意思是让她先说。程就将椅子搬到王的身边坐好，那就像孙女偎祖父，那亲热劲可不是一般的。程对王说："老壳子，您最近写了一首好诗，轰动了一方天！"这是说他的。王问："哪首诗？"程打了一个惊诧说："啊！您还不晓得唦？迎接香港回归的，在市报上发表了！"于是就拿出那张报纸展开，像旗帜一样，挥在空中。程说："我看了很感动。我背给您听：'国是亲娘港是儿，百年割肉痛分离。明朝就是回归日，不倦金鸡彻夜啼。'"这细东西有过目不忘的本领。王就笑得合不拢嘴。你看把他高兴的。周说："宣传部的领导表扬您了！说您觉悟高。"王问："宣传部的哪个领导？"周说："您说哪个领导？副的算什么？一把手！"王问："他也看了？"周说："党报能不看吗？"程说："是的。部长叫我们代表组织来祝贺，同时看望您。"

于是拿出一个信封，里面装着二百元钱。那是周和程凑的份子，一人一百元。王收下了，说："感谢党！感谢组织关怀！"周说："今天组织上派我和小程来，同时转达关于组织上对你的指示。"这弯转得有点急。王是敏感的，马上警觉了。身在文场，这样先扬后抑的事，他一生见得多。王问："什么指示？"程说："您不要急。听我慢慢说，这是好事。这是组织上关心您，经研究决定，让您换个地方写诗。那个地方风景优美，星级宾馆的待遇，条件很好。"王问："什么地方？"周刚要开口，被制止了。王说："不要说，我知道了。"周正色了，说："那可是个好地方！一般人想去，还去不了。那里住的是什么人？有老红军哩！"

那时候王竟像小孩子一样咧嘴哭了，说："县文化馆是我的家啊！我一生不离开。我生是这里的人，死是这里的鬼。难道要抛弃我吗？我没有拖累组织呀！"程见王哭得伤心，眼睛红了，拉起王的手儿拍，说："听话！这是组织上对您的关心。哪能不要您呢？您到那里之后，有什么困难，随时打电话给我，随叫随到。于公我是组织指定的您的监护人，于私我是您的孙女哩。您不要伤心。我向您保证。"周劝了半天，夸他："您一生听党的话，跟党走，晚年组织上要对您负责。您不要让组织为难。"王这才不哭。他知道既然组织上决定了，他晚年孤雁样的一个人，还得依靠组织。他情绪这才平定下来，于是叹了一口气，说："怪不得我昨天晚上做了一个梦，回了家乡，找娘找不到。惊醒时，才知道我本是个弃儿啊！清早起床，写了四句：'朦胧归去旧山村，鸟雀无声荒祖坟。四面炊烟谁挽客？儿时缠我古萝藤。'唉！谷儿黄了，是时候了，舍不得的也要舍，离不得的也要离。"让人听了，不是个滋味儿，尽是酸楚。

王搬"家"那天，文化馆的同志们全体出动。王住文化馆多年了，住熟了，都是亲人。家具就不用搬了。他先去看了，福利院那里，床、桌子和椅子都有。只是要搬书柜呀！书柜里装的都是他发表作品的报刊和得奖的证书，还有到北京开会与国家领导人合影的巨幅照片，以及他创作的作品手稿。发表作品的样刊与样报，有的发黄了，比方《说说唱唱》《布谷鸟》

《红旗歌谣》《湖北文艺》《长江文艺》《人民文学》，上面发表的都是年轻时的作品。新的更多，都是他晚年在地级报刊发表的作品。他都珍藏着。他创作诗歌的手稿，都经过了精心的整理，厚厚的几大本，比方《山湖风月》，比方《一蓑烟雨》，还有宣传部为四位农民作家出版的代表作集子《泥土的芳香》。这些东西，尽管有的破烂了，但一张纸片也不能掉。还要搬书架呀！书架上是他买的有关诗歌创作和理论方面的书。古典的有，比方《诗经》《楚辞》《唐诗三百首》《宋诗别裁》等等。新潮的也有，比方《战地新歌》《挑山担海跟党走》，还有他几十年来创办的《乡风》，开始是油印的报，后来是铅印的册，经过他的眼，看着打捆，一本也不能丢。这才满意。

文化馆的同志们将这些东西搬上车。是个晴天，风和日丽。尽管是一辆小型货车，连人带书，竟也装满了，那才叫"家财万贯"！文化局派来一辆小车，局长坐在后面，让他坐在前面副驾驶的位子上，亲自送他到福利院。这就让他高兴。他坐的小车在前面开，拖书的小货车在后面跟，一路顺风，开到县福利院。

县福利的王院长很会做事，在福利院大门前拉了横幅：热烈欢迎著名农民诗人入住我院！同时领着组织起来的福利院的老人们站门两边，夹道欢迎。小车到时，局长让王先下车，然后从后面下来，双手扶着王。此时王院长点响了爆竹，红烟紫火冲天而起，雾了一方天。老人们站在两边鼓掌，让局长扶着王朝里走。这效果怎么样？相当于首长的待遇哩。极大地满足了王的自尊心。

文化馆年轻的同志们，从车上跳下来，将车上的东西，搬进福利院住宿楼进门的第一间。那是为了方便，特意给王安排的"新家"。尽管小，也是一室一厅，里边有个卫生间。王指示将书归位。柜里的，架上架的，妥当了，一切皆然。于是局长的司机将条幅送来了。那条幅是局长亲自写的，四个大字"颐养天年"。有准备的，装裱好了，只要朝壁上挂就行。司机敏捷，一会儿就将条幅挂好，挂在小厅墙壁正中间。那就满室生辉。

于是局长就与王在"新家"合影。司机及时用照相机照了下来，写了一条消息，题目叫作《农民作家有新家》，连同照片，几天后就在市报上发表出来。那司机也是通讯员。知道此事该怎么做。

王院长办了一餐饭，以为局长会在这里吃。局长说他太忙了，领导等着他开会，于是同王握手后，坐车先走了。那餐饭是周与程陪王和王院长吃的。饭钱当然不会要王院长出。福利院经费有限，周和程都是懂规矩的人。席上有酒，也没人愿意喝。这不是值得祝贺的事。

吃过之后，太阳中天了，照在大地上。福利院树上的那些知了，随着风吹，此起彼伏，声连声地叫，不绝如缕。周和程要走了，王拄着拐棍送到福利院的大门口。王还要送，周和程不要他再送。于是就道别。周和程走了好远，回头时发现王仍然扬着手中的拐棍，站在太阳地里。那孤独的身影就让人心酸可怜。只听见王在后面远远地喊："记得常来看我啊！"那时程的眼睛就红了，想哭。周叹了一口气。程朝王招手，说："回屋吧！放心，晓得的！"王扬在空中的那根拐棍，这才落了地，挂在手上，一步一趔、一趔一步地进去了。

三

中国的塔，是古往今来世人的精神象征。名山就得建塔，无塔不成名山。你看现在的景点，只要对人开放的地方，远远望去，那山头上就有一座塔，让你瞻仰。那是标出云端的建筑，使你忘却世俗，心上白云蓝天。王住的福利院的小山上，就有一座凌空塔。回想起来，可以昭示，他生命最后那几年的精神向往。

王从老县城新华正街熟人熟地的县文化馆，搬到了新地方县福利院，开始很不适应，苦恼得很。

为什么呢？有两个原因。一是地生。县福利院虽说在城东新区，离老城区只有五公里的路程，但新区并没有完全发展起来，在王的想象中，觉得离老城区很远。他老了后由于腿脚不方便，活动范围只有老城区以文化馆为中心那巴掌大的一块天。住到县福利院后，要想进城向领导汇报，对于他来说就很不方便。不比往常了。往常他夜里心血来潮，想起某件事来，就睡不着觉，清早起来就想到县委会院子里去。做什么呢？去找文联主持工作的副主席程和宣传部的领导汇报。

　　他拄着拐棍在街上走，一路拐棍拄地，声响声应。他走到宪司坳涑水河边县委会的院子里，刚好到了上班的时间。他知道若去迟了，会见不到领导的，得掐着那个点。他到了县委会的院子，就站在院子里办公楼下，扬着拐棍朝楼上喊一声："程主席！"他晓得在大庭广众时，不叫程"细东西"，而叫官名。程闻声后，就屁颠屁颠地下楼来，问他："吃早餐没有？"他说："吃了。"当然吃了。他晓得料理自己，不会饿着肚子找领导的。程扶着他一瘸一拐地上楼，领着他到五楼文联的办公室。程叫他坐好了，问："这大清早的，有什么事？"他说："我心里不舒服，夜里空得慌。怕是心脏有问题。"程就嚷他："你不晓得吃好点？"他说："喝了肉汤，心里也慌。"程就望着他笑，说："那可怎么办？怕是要去见马克思哩。"他骂："你这个细东西！总是咒我死！"程笑着说："放心，您死不了，要活万万年。"程指着他的胸脯问，"哪里慌？是左边还是右边？"他说："右边。"程就笑，说："您怕是老糊涂了？心脏在左边。"他说："那就是左边。"程就哭笑不得。于是他就形容么样么样地慌。程就耐心听他诉说。这还不算完。关于心慌的问题，他还要程陪着他到宣传部，向领导汇报。程没有办法，只好陪着他下到四楼宣传部找领导，就这个问题，再说一遍。宣传部的领导听完他的诉说，就给文化局的领导打电话，文化局的领导就给文化馆的领导打电话，领导就指示要随时关注他的生活和健康，解决他心慌的问题。层层通了电话，就会有明确的答复。就算不能马上解决，他听领导一番安慰的话，心里也是甜滋滋的。他要的就是亲自上门，专题诉求，引起领导重视的滋味儿。这充分说明领导还把他当回事儿。

　　住到县福利院后，这当面诉求愿望的机会，就难以实现了。为什么呢？

主要是他"糊"路。一出老城区,他根本搞不清楚东南西北,不知道县福利院离老城区到底有多远,也不知道搭什么车可以进城。那时城东新区还没有通公汽。路上的的士也少,好不容易盼着来了一辆,的士见了一个行动不便的老人,也不愿意带。若惹出事来,那不是自找麻烦吗?他想像往常那样拄着拐棍进城,上门找领导汇报,那就难于上青天,只能望而却步。这是什么地方呢?你看一条通向远方的水泥路,望得人眼睛发花。水泥路的两边,绿树掩映的村庄,有一搭没一搭的,还没形成街道,分明是郊外哩。这就让他心酸。

二是人不熟。住到福利院的老人,他认识的和认识他的人几乎没有。你就是拿着名片找人发,自我介绍他是全国著名的农民诗人,也没有用。他们一生与文不大相干,管你是谁?偶尔碰到一个听说过他名字的人,望着他笑,他就如获至宝。于是他就与那人谈诗,谈写诗离不开五要素:情景理趣美。谈写诗的时候,如何将五要素熔于一炉。这就要人的命。一直谈到听的那人兴趣索然,向他告饶,要回屋休息,他才止住。他望着那离开的身影,摇头叹气。什么叫失望?这才叫失望。那些住福利院的生人,才不像文化馆的熟人那样就着他。

他住在文化馆时,若是诗兴大发,写一首新诗出来,这就是头等大事。清晨起来,他就一手拄着拐棍,一手拿着白纸做的扇子,在宽阔无比、清风徐来的走廊上,兴奋无比地来回,吟哦有声。这就碰到了清早起来上楼搞卫生的半老徐娘。她真的姓徐,识字不多,是文化馆干部的家属,馆里为了解决干部家庭困难,安排她做临时工。他见徐娘来了,就将手中的白纸扇子,在风中哗啦一声张开了。做什么呢?为的是将那首新写的、题在白纸扇上的诗,念给她听。他说:"徐娘,我昨天夜里写了一首诗!"徐娘随话答话:"是吗?"他说:"是的。极好的。我念给你听听。"徐娘说:"我要做事。"他说:"不妨的。"于是他就念了起来,"《题白纸扇》:半轮花月下天宫,不与嫦娥比玉容。纸篾一身知足矣,乐于炎夏送清风。"念完,他同徐娘耐心解释,第一句和第二句是什么意思,然后说,"头两句叫赋。

敷陈其事而直言也。"接着说第三句和第四句是什么意思，然后说，"这叫比和兴。以彼比此物也，以引所咏之言。"这诗是以白纸扇为题比喻他的。但是徐娘听得懂这些吗？只好用手里的拖把，一边拖着地，一边望着他眯眯笑，不好拂他的意思，装作听得有味极了。这状况就好。住福利院的人，除了王院长之外，没人能做到这一点。他们的耐心有限。什么叫丧气？这就叫丧气。

想当年他办《乡风》诗社讲习班的时候，一期接着一期办。来学诗的学生，何其多！有县师范的学生呀！毕业一批去，又有一批来。也有社会上有志诗歌创作的年轻人慕名而来，长江后浪推前浪哩。他的住处，长年门庭若市。来的都是花样的人儿，俊男靓女，以他为中心，前呼后拥，莺歌燕舞，点说听题。他成天写诗唱诗改诗，乐在其中。生活上有人轮班照料，精神上有人安抚。"知音自有知音听，何患无人唤画眉？"那时候他枯木逢春，精神焕发，就写得出："红写枝头绿画江，蘸阳描雨醉春光。风骚也有卿卿我，一使梅花扑海棠。"幸福指数那才叫"爆棚"哩。可惜时代变了。昔日王谢堂前燕，不入寻常百姓家。盛况不再，是诗歌的不幸，也是他的不幸。这就叫失落，是块心病，心慌当是自然的。那心情好比古时弃妇写的上联：寂寞寒窗空守寡。七个字都是空字头的。无人对得好。

但是你要相信，诗人是很会生活的人。有比较才能鉴别。住进福利院，也不是什么都不好。与住文化馆相比，住福利院好处还是有的。他发现此处的景色，就比县文化馆强多了。这就符合他的胃口。写诗的人，一生爱的是什么呢？不就是好山好水好景色吗？地处城东新区的县福利院，有好湖一口，湖面开阔，天风吹来，湖水就随风荡漾。这湖就与闻一多先生《故乡》诗中的望天湖有得一比。闻先生在诗中说："你不知道故乡有一个可爱的湖，常年总有半边青天浸在湖水里。"何其诗意！此湖名夜湖，从高处看，岸线的形状极像夜壶，是耕作在湖边的祖先，取其形而命名的。形象，好记。王的家乡梅梓山，地处大别山的余脉，就没有这样开阔的湖，只有小池塘。那也是祖先为了蓄水，开出来的；树荫丛中，幽深得像只夜的眼。他家门前就有一只。他小时候夜里从塘里用水桶朝屋里挑水上来吃，养娘就在门口点一盏灯照路，眼里映着灯亮儿。但那塘怎么能比得上这湖呢？这湖胸襟博大，有宋人朱熹笔下"胜日寻芳泗水滨，无边光景一时新。等闲识得东风面，万紫千红总是春"的意境。湖边还有小山一座哩！福利院就坐落在小山之上。那小山也极像夜壶，所以祖先叫它夜壶山。这名字古朴是古朴，但有伤大雅。时代进步了，城东开发了，本县的有识之士，就将名字改了，改成夜湖山。你看有夜有湖有山，灯光映在湖水里，山色隐在有无中，多么美好！在王看来，只改一个字，就蛮好。化腐朽为神奇，情景交融，含情脉脉，充满诗情画意。真正是"江山代有才人出，各领风骚数百年"啦！

这里还是生命造化之地哩。青山映在湖水里，常年有成群的白鸟儿，从湖里衔到鱼后，飞到小山上绿树上歇脚，同时在树上做窝儿、孵蛋、培养后代。那窝就是一树一树的，密密麻麻，你想数也数不清。清早和黄昏鸟儿噪林的时候，唱歌的唱歌，振翅的振翅，那就热闹非凡。那孵出的后代，就是一群接着一群，飞在湖面上练翅儿，如梭如织，迷了你的眼睛。王就触景生情，想到了他的身世。"我本是落到人间的人儿，没有想到生不逢时，落到挂在树上的弃儿的境地。想当年那装我的竹篮，不就像一个鸟的窝儿吗？是养娘从树上把我取下来，让我活到了今天。我就像出窝的鸟儿，一生练翅儿、写诗、歌唱，为的是给人间带来欢乐。如今人老了，我将魂归何处？难道诗人无用武之地吗？"不！"一支诗笔落孤舟，老病新残秋复秋。顿觉寒枝鸣翠柳，春风拂拂入吾庐。"那时候他写这样的诗，表达他的心声。

好在福利院夜湖山上，有一座可以实现他愿望的塔。这塔是发财后的老板，出资为福利院在山头上建的。经高人指点，塔高七层，意为佛家之说，七级浮屠。将塔建在此地小山上，是祝福老人晚年幸福的。这就好。那塔的底层，相当开阔，可以让老人们休闲眺望，开阔心胸。王觉得此处可以开展诗歌活动，于是就向王院长提议，王院长欣然从命。王院长将塔的底层布置一新，置桌置椅，极像课堂。王院长依照王的意思，将此叫作行吟阁。

王院长请书法家题了匾额，朝上一挂，那就很像一回事。王院长就备了茶水和点心，发出号召，动员老人们到那里去边喝茶吃点心，边向王学写诗。老人们响应号召也去了，坐在那里当学生。但是他们都不是写诗的料，学的时候并不像乡风诗社的学生那样有耐心。他们到那里是以喝茶吃点心为主的。那向心力就不强，出不了成果。主要是苗子不行。这就是急人的事。

后来福利院住进了一个丧偶的才女。七十多岁，会打扮，并不显老，人称"太太"。太太有才华，有写诗的基础，经王指点后，那诗就写得有模有样。王就格外欢喜。于是那太太茶余饭后，就经常到王的住处，要王开小灶辅导。王也乐意。二人接触多了，福利院就传出绯闻，说的不是言，道的不是语，活灵活现，有鼻子有眼睛的哩。这搞得王院长哭笑不得。你说一个七十多岁了，一个八十多岁了，能与绯闻搭上边吗？都是争风吃醋惹的祸。这就说明，凡是有人群的地方，就有那世俗的东西存在。此风传出去，文学界的细东西们，就哈哈一笑，不以为耻，反以为荣，肚子里的坏水就冒出来了，见面时就祝贺他。祝贺什么呢？并不说破。搞得他老人家极难为情，一副要哭的样子。指塔为誓也没有用，赌咒发愿也没有用，只得拿出他悼念亡妻的诗来，咧着没牙的嘴，哭着唱："只希翰墨写图腾，谁料挥成血泪屏。雷雨倾家妻子丧，杖藜独步祭荒坟。"以此证明他的清白，说明自己除了诗歌之外，别无他念。这就不好玩了，让人想起他年轻时，为了创作，妻儿被雷电打死，那"三只饭碗，空了两个，剩下一只，盛满泪滴"的日子。于是唏嘘不已。细东西们知道这样的玩笑再也开不得，从此不敢再提。

于是那夜湖山上的塔就空了，行吟不再。雕梁画栋，任凭风雨剥蚀。

于是只有那挂在檐角上的风铃，在风来风去中，不分昼夜摇着响，如泣如诉。

四

王住在县福利院到去世前的那几年，文学后辈们各忙各的，到他那里去的机会少多了。他有事要与外界联系，主要靠手机。那手机不是智能的，是典型的老人机，只能打电话和发短信，并不能发朋友圈。发短信他也没学会，其功能只剩下朝外打电话了。

王开始连老人机也没有，是住到福利院一段时间后，程给他特地到移动营业厅去买的，只花两百多元。王心疼钱，还是觉得贵。程对他说："听话。这是要用的钱。住到福利院后，不比在文化馆，手机是必备的。有什么事，可以随时打电话给我，我会抽时间来看您。"王觉得细东西的话有道理。

王住到福利院没买老人机之前，朝外打电话，只能到福利院办公室，用座机朝外打。这就很不方便。没到上班时间，门锁着不能打。等到有人上班后，他拿着小本子再去打，小本子上记的是电话号码，按数字拨，拨通了，就说话。也不能打长，打长了人家会望着他，那脸色就不是很好。意思是公家的电话，你不能老占着。他就知道不如在文化馆方便。他住文化馆时，想到事情，到办公室给人打个电话，接通后可以说长点。文化馆办公室的人不会给他脸色看，让他就自己的意思打完。这通话的时间就不会短，文化馆办公室的同志只会朝他笑，并不说什么。文化馆的同志们同情他。

那时候调到市里的何，就不时接到他的电话。手机的铃声响了，屏幕上显示的是文化馆办公室的电话号码。何虽然离开文化馆多年，但那号码他熟悉，一看就亲切。接通了，听声音更熟悉，是王打来的。何喂了一声。王就问："是何括同志吗？"当然是。他心想，您的小本子上记着我手机的号码哩。您是照号码按过来的，哪里会错？但他还是要以正规的方式，指姓道名叫同志，先认证一下，这才放心。何说："王老师您好！"他就抓紧"汇报"，说他病了，哪里哪里不舒服，恐怕要死。于是何就要安慰半天。于是他就不说病的事了，问："你在忙什么？"何说："还不是忙那些事？看稿、编刊、写东西。"他说："我给你寄了新写的几首诗，你收到了没有？"何说："收到了。"他问："看了吗？何说："看了。"他问："写得怎么样？"

何说："写得好！"他说："写得好，你怎么不回信？"何说："我准备这一期给您发，到时候给您寄样刊。"他说："你还要给我推荐到《黄冈日报》副刊上发。我老了，他们不买我的账。你肯定与他们编辑熟。"这就是"命令"，只得执行。何编的是内刊，《黄冈日报》是公开发行的。在内刊上发也可以，但他老人家还是看重公开发行的，两处都发当然更好。何说："行。"他说："你不要搞忘记了。"那时候他不叫何"小子"了。何说："哪能哩？"他这才放心，于是才挂电话。

那时候他心中还是只有诗，只要他写的诗能发表，不管在哪里发，他就会高兴，将发表的诗剪贴了，装成册子，注好发表的地方，精心收藏。只要有人到他的房间，他就会拿出来给人看，同时吟哦有声。他的日子是活给诗的，有诗发表，精神就旺，比吃药打针强多了。后辈们就心酸，心想人到了这个时候，还看不穿？在市县报刊上发表几首小诗有什么用哩？有的有稿费，那稿费就少得可怜。几首小诗能值几文钱？有的没有稿费，寄样刊还得是熟人，不然连邮寄费都舍不得。你图的是什么？但他乐此不疲，真正是要人的命。但是后辈们只要见了面，还得祝贺他，心中还是服他的。服他什么呢？服他的精神。纵观文坛，熙熙攘攘，皆为利而来，有几个能与他相比哩？惭愧。

王有了老人机后，觉得方便多了，寂寞了，就忍不住向外打电话，打得最多的是文联的程和文化馆的胡。程是文联主持工作的副主席，胡是文化馆创作辅导干部兼工会主席。二人都是文学后辈，一根藤上的瓜，"娘家人"，有事找他俩，他知道不会错，找别人没有用。这时候打电话就不说诗，说生活上的事。比方说感冒发烧了，吃药打针也不见效。比方说天太冷了，夜里盖两床被子，还焐不热，脚还是冷的。比方说夜里做了一个噩梦，梦见养娘叫他的小名，唤他跟她一路去，心慌得很，恐怕活不长。这一打就是半天。你得耐心听，不能说有事。逢到这样的情况，程和胡都不敢迟缓，买点礼物，马上朝福利院赶。二人赶去了，进了他住的屋。躺床上的他，马上起身，按都按不住。他穿着圆身的衣服哩。有后辈来看他，他就高兴得不行，精神为之一振，病也忘记了，痛也忘记了。让二人扶他到椅子上坐好，谈诗。他说："昨天夜里我睡不着，写了一首诗哩。"程就他的高兴劲，对他伸出大拇指，说："在哪里？快拿出来念！"他就指放在桌上的小本子，叫程拿过来。拿过来，翻到了，就念："《岩树》。"这当然是题目。接着念："餐风露宿过时光，生长悬岩性自强。不信乌云常压顶，长成一棵钻天杨。"程就开始打他的"牌"，说："住这好的地方，还说餐风露宿？您要知福。哪来的乌云？我怎么没看见？悬岩上能长钻天杨吗？"他说："我是表达心情的。"胡接着说："表达心情也要符合意境。这不是您常教导我们的吗？"他就眨着眼睛说："那得改改。"程说："您现场改。我要看您的本领。"这难不倒他。他拿着笔，想了一会儿，将题目改成《岩松》，换了韵，改成："餐风宿露望晴空，生长悬岩性从容。不怕乌云常压顶，长成一棵钻天松。"问程和胡："怎么样？"程和胡说："这还差不多！"切磋诗艺好半天。这才达到了效果。程问他："怎么样？心里好过些吧。"他笑着说："好过多了。"程对胡说："这诗好！你拿到《浠水文化》上发，配评论，发头条。"王问："要不要照片？"程说："对，配评论，配照片，发头条。"胡说："这是肯定的。"于是皆大欢喜。程说："那我们走了哈。买了一点礼物，都是甜食。您喜欢吃的。"他的情绪又低落下来，黯然神伤，又是那句话："不要把我搞忘了，记得常来看我啊！"

　　住福利院的那几年，他的身体每况愈下，经常三病两痛的，吃药打针是经常的事，精神明显差了。每天清早，夜里睡不着的他，支撑着从床上爬起来，挂着拐棍到院子里走；走几步就得停，双手扶着棍子，站着望。望什么呢？望天上的云，望地上的风。人瘦得皮包骨头，成个衣架子。衣宽了，裤荡了，那才叫魂随骨立，形影相吊，衣袂飘风。他望着天上飞的云、地上吹的风，手在空中画着字唱他写的吟葵花的诗："荒园生长又风侵，欲结金盘转似轮。营养高挑需雨露，艰难不改向阳心。"福利院的老人们都不理解，说他是神经病，清早起来就吵死人。只有福利院的王院长，上前不时陪他说说话，叫他诗人，夸他写诗好，唱起来更好听。他脸上才有喜色。

王院长就说:"回屋吧。外面风大,早风凉骨头。"于是他就听王院长的话,让王院长扶他进屋。

在他住福利院期间,何回家乡参加文学活动,到福利院看过他两次。最后一次去看他时,他的精神还健旺。见了何,就拉着手儿不放,说:"你这个小子,怎么这长时间不来看我?"何说:"这不是来了吗?"他说:"想死你了!"何说:"我也想您。"何给了二百元钱,对他说:"没有买东西,这点钱不成敬意。买点想吃的东西。"他坚决不收,说:"你来看我,我就满足。"何说:"您如果不收,下回我就不来看您。"这是吓他的。他只好收下了。于是要请何喝酒。何在浠水工作的时候,到他屋里看他时,也经常陪他喝酒。那时候日子里的他,喜欢喝点酒。酒,他有,学生送的。菜从街上叫一个,或鱼或肉,那是大盘装的。另外的菜是他用煤油炉子炒出来的,小盘装的,精致,一盘或两盘。花生米那是他常备的,那是一小碟。就那些菜,何就陪他在充满煤油味儿的房间里喝。他那时住的房间,通风条件不好,又阴暗潮湿,用着煤油炉,因此长年充满着味儿。如今你只要想起他来,那味儿就鲜活在脑海里。熟悉,亲切,像儿时娘的奶香。那样的时候,何喝两盅儿,快。他喝一盅儿,快不了。他撮着酒盅,慢慢品,边品边唱他写的诗。等他脸色酡红了,唱诗就达到了高潮。唉,那时候亲密无间,真是幸福。

那一次他见何来了,觉得何的地位高了,市作协的常务主席哩,今非昔比,再在房间请酒,不合适,说要到餐馆里去。何真的不愿意他破费,回家乡参加文学活动,有人请饭。但他拉着何的手不放,说他有钱哩。从荷包里朝出抓,就有一把,都是些零票子。他说他有酒,房间里有好几瓶,坚决要到餐馆里请何喝。看那样子,何如果不去的话,那就是嫌弃他。陪同的胡只好跟何说,就他的意思,到餐馆里吃。程对何使眼色,那意思是钱不会要王出的。文联请客,到哪里不是吃?这也有道理。何就答应了王的要求。

那餐饭就吃得让何心酸。叫的菜也丰盛,一大桌子。酒也有,程叫胡在餐馆里提了两瓶。人分宾主坐定之后，程就给各人面前的酒杯子里倒酒。程给各人倒满之后，并不给王倒。王对程说："你也倒点我。"程说："您还喝酒？您喝不得，我给您倒点水。"王说："那怎么行？贵客来，无酒不成敬意。"程就给他倒了一点，于是开始喝。在座的人纷纷起身给王敬，一口喝了，祝他身体健康。他坐着，人敬他一杯，他就掇起杯子，凑到嘴边抿一下。这个程序走完了，在座的人就开始敬何。一个掇起杯子，一口喝了，亮了杯子，就要何喝完。多时不见，盛情难却，何只得掇起杯子一口干。另一个掇起杯子，一口干了，又要何一口干。何那时还年轻，在座的人晓得他能装酒，有意盘他。回家乡都是文友，何就得豪情万丈，吞酒如水，朝醉里喝。这就冷落了王，他坐在那里默默无言。轮到快散席的时候，坐在椅子上的王，就悄悄地用手拉程的衣角。程马上明白了，大家顾着热闹，冷落了他老人家。于是程说："大家安静一下！欢迎王老师现场献诗一首！"大家鼓掌。王对程说："你又磨我？这时候哪来的那东西？"程说："您不是一向来得快？"王说："席上客好唯有酒，枯肠难索哪来诗？"程说："您又骗我？这不是诗吗？加两句就蛮好的。"王说："真的想不出。大家敬我了，我给大家回敬一下。"于是程就提起酒瓶，将各人面前的杯子倒满了。王捏起杯子，示意一个，抿一下。领意的人，就掇起杯子一口干了。王将在座的人敬完了，何才发现程给他倒在杯子里那点酒还在，一滴没喝进去。抿的只是个味儿，回敬的只是个象征。

平常那么爱酒的人，真正地喝不得了。不喝酒，就不能唱诗。那人就像一个晒蔫的茄子，不见昔日雄风的影子。那滋味儿真叫人想哭。伤感又不好，就得看在眼里、忍在心头。

何喝多了，眼前的太阳，明晃晃的。他深一脚，浅一脚，朝外走，心里空得慌。上车后不敢回头，知道心中敬爱的王老师，蜡炬成灰泪始干，来日不多了。

没想到那是他与王老师喝的最后一餐酒。

五

应该说，在这个世界上，作为写作者，对于感情深的人，是有心灵感应的。果然那年春节刚过，何就接到王病重送到医院的消息。电话是程打给何的。何知道程为什么要给他打。其中有公私两重关系。于公何是从本县文化界调出去的，时任市作协的常务副主席，王是本市文学界的名人，有事应该通告一下。于私何与程同是王的学生，属于同病相怜、切肉连皮的人。关键是后者。

程在电话里说："何老师，王老师病得很重，这回恐怕真的不行了。"程在电话里情绪低落，叫何听了后心里很难过。作为女性和这些日子里王的事实监护人，她的预感，引起了何的警觉。王虽说往日也经常住院，不是这病，就是那病，觉得不行时就吵着要住院；住进去后觉得好了一点，就又吵着要出院。他在医院里怎么待得长住得惯？他的身体一向让人担心。二十年前他就瘦得像根柴，拄着拐棍在风中走，让人觉得随时要倒；没想到日子里有诗滋润着，居然活出了奇迹，一百芒槌打不死，弯弯扁担折不断，活到了如今。这回恐怕大限真的要到了。

程在电话里对何诉说她发现王不行了的过程。程说，大年三十的晚上，她怕他寂寞，带着丈夫和女儿提着礼物到福利院去看他，陪他守岁。这是惯例。十几年来，随着王渐渐老去，她格外细心，每年到了大年三十的晚上，就要到王老师的住处，同他共度团圆夜，尽文学后辈的孝心。程说，那天晚上，天上飘着雪花，街上两边一片白。他们一家人到了福利院敲门，王老师正灯下等着哩。见面后王老师格外高兴，问："外面是不是在下雪？"程说："是的。瑞雪兆丰年。"王老师就感动了，说："这么大的雪，你们还来？"程问："您冷不冷？"王说："你们来了，我就温暖。"王就叫他们一家人吃糖果。那糖果早就备好了，用盘子装着，摆在桌子上。于是就每人拿着糖果剥着吃。吃了一颗后，程就提议开始唱诗。这也是每年大年三十团圆时的必修课。王对她摇手。程这时才发现他嗓子沙哑了，不能唱诗了。但诗不能不唱，不唱诗大年夜就不喜庆。程就示意她读高中的女儿担任此角色。程的女儿领会了娘的意思，就将王过去写的诗，挑选后拿出来朗诵。程的女儿叫王立雪，取"程门立雪"的典故。王立雪的普通话，受过老师的指点，讲得好，发声纯正，朗诵起来就与中央台的播音员播出的一样。这是王最爱的声音。这宝贝从小得了娘老子的真传，喜欢文学，而且文笔不错。她没有像往年那样选王写的《望乡》。王的《望乡》堪称晚年绝句的代表作，是真实感情的流露。那是某年大年三十写的。诗云："一为孤客望梅山，曳笑童歌宴盛年。遥看几魂松下冷，留人炉火也生寒。"往年大年三十的晚上，总是以他唱这首诗开始。他唱得如醉如痴，让人眼泪忍不住想流。那时候他身体还好，心态还坚强，唱完这首伤感的诗后，接着唱赞美的，回忆幸福。比方唱《秋野》："扬扬洒洒稻场边，一泻长河鱼万船。雁线装帧诗配画，白羊红舌舔青天。"这搭配就蛮好。悲喜交加。那天晚上程的女儿选唱的是王写的《东坡老梅》："泼墨空间稠又匀，老梅凸出更精神。枝头有雪如无雪，巧使梅香独占春。"那声腔甜美，那表情生动，程感动了。但看王虽在眼睛里掠过一丝喜气，却稍纵即逝。程心里一惊，觉得王累得不行。程提出走。王说："不再坐坐？"程说："您早点休息。"程带着家人同王道别，出门时将门轻轻带上。一家人走出福利院时，风雪交加。程叹一口气。程的女儿对娘说："王爷爷不行了。"程嚷女儿："新年上岁的，莫要瞎说。"

大年初一的早晨，程依照惯例打电话给王拜年，向他表示新年的祝福。但是电话响了半天无人接。往年可是一打他就接。程觉得大事不好，赶紧来到福利院，敲门半天也不见人打开，隔门只听到含糊其词的呦呦声。程马上喊福利院值班的王院长，将门开了。发现王赤条条躺在卫生间里，不能动了。如果不是程及时赶到，发现得早，除夕夜他就冻死了。原来他老人家想在除夕夜洗个干净澡过新年，没想到中风了，倒在地上，爬不起来。程和王院长马上叫救护车过来，帮王穿上衣服，送到了县中医院抢救。

王送到县中医院后，经过抢救活过来了。到底是饱经磨炼的人，生命力顽强得很。能开口说话，只是一边手脚不能动。要想恢复，治疗的过程就要好长。没人料理，程向宣传部汇报，建议王的外甥上来料理他。那外甥是养娘女儿的儿，与王没有血缘关系，年长月久，舅甥关系只是名分上的。程向王要了那个在外打工的外甥的电话，联系上了。虽说没有血缘关系，但王在这个世界上，只有这个亲人，平常他们也偶有联系。王想起养娘，就给外甥打。程在电话里说明情况后，那外甥来了。那外甥是个聪明人，知道他舅是公家人，这是公家事，来后先讲条件，问每天护理的工钱。这也是有道理的。在外打工的人，既然他舅是公家的人，长时长日的，他不能不要工钱。叫谁来料理，也是一样的。程向组织请示，通过协调，达成协议，料理王的工钱，按天计，统一结算，由文化馆出。那外甥这才放心。那外甥达到了目的后，又提出王的钱要交出来，由他来管。他说他是王的法定继承人。他以为他舅写作一生，应该有许多存款。每月拿生活救济的人，哪里有许多存款？折子上是有一点余钱，那是他每月省吃俭用、节省下来准备后事用的。入院之后，王早有防备，将存折交给了程，他相信程，让她支配。王不相信那个外甥，知道他的心思——为钱而来的。

为此事那外甥与程在那段时间闹得不愉快。每次程到医院看王，支配生活费用的时候，一个坚持要存折，一个坚决不给。那外甥问程："为什么？"程说："你舅舅要是同意了，我就给。"三人当面纠结，问到王的时候，王装作没听见，躺在床上呻吟他的，并不表态。所以那外甥在料理王的过程中，并不是很乐意，看得程心烦。

王知道他来日不多，存折上那点余钱，他对程私下交代了，早做了安排的。作为农民诗人，生前身后事，雁过留声，人过留名，墓是要修一座的。早几年他回乡时，将他的墓地就选好了。入院后，他立了遗嘱，写好后，一字字地念给程听，上面说："我火化后，骨灰送回家乡梅梓山安葬，葬在养娘的身边。墓朝东方。墓前要立一个碑，不是传统那样的，是纪念碑那样的，单体耸起来的。要用黑色大理石磨光，太阳出来，就像镜子一样放光芒。上面竖刻写着'农民诗人王英之墓'，描着金。下面落款'浠水县人民政府立'。"他想不朽哩，像文物保护单位那样保护着。这想法是好的。但是程知道关于立碑单位的问题，她不能表态。这事儿她得请示组织。嘴里说好，心里想，行不行得通，到时候再说。他接着念遗嘱，上面说："墓碑金字的两边空着，什么都不要。我在这个世界上没有亲人。免去那些俗套。墓的下面得修两排石级，石级两边栽上松柏，让它们四季常青。这都需要花钱。我知道财政不会纳入开支，那就自己出。这些钱经过核算，存在我的存折里，应该差不多。"所以他不能把存折给外甥。可怜的老人家，一生追求尽善尽美，把他的身后事理想化了。

本来王还一时死不了。经过一段时间治疗后，他渐渐恢复了。结果后来为了报销的事动了心气，从床上起来时将腿骨折了，于是一点也动不了，躺在床上。上了年纪的人，愈合也难了。那天夜里鸡叫时，王心血熬尽，觉得大限已到，在床上叫了一声："娘！"然后闭上眼睛，咽下最后一口气，再也不能吐出来。

诗人走了。消息传开，惊动了县里的有关领导和全县的作者们。他的遗体送到县火葬场悼念厅，一生为诗的老人家，此时再也折腾不了，安静地躺在水晶棺里，身上覆盖着鲜艳的党旗，四周摆满了鲜花。他是党员作家，一生为新中国建设鼓与呼，组织上给了他相应的哀荣。县里的有关领导，悉数到场，送了花圈。那花圈就摆满了。那花圈中就有两个是何从黄州送来的。一个是省作家协会的。作为市作协的管事人，何将他逝世的消息，打电话给省作协。省作协的领导还有人记得他，指示何买一个花圈代表省作协送去。另一个是何代表市文联和市作协送去的。那天来悼念的人，从四方赶来送他，悼念大厅里挤满了。哀乐响起，悼念的人们，绕棺一周。向遗体告别时，何望着水晶棺里的王老师，昔日辅导他的日子涌上来，历历在目，心如刀绞，眼泪再也忍不住。走到王的脚头时，情不自禁，匍匐在地，向王老师磕了三个长头。那长头是那年到塔尔寺，看到虔诚的藏民们是那么磕的。何心里说："王老师，一路走好！"

领导散去，作者们自觉留下。王老师的遗体火化了，高大的烟囱，朝天吐出的气儿，风吹不散，凝聚着，像一朵洁白的莲花。何随县里的业余作者们将王的骨灰盒，按照他生前的遗愿送到他家乡梅梓山事先准备的墓地安葬了，葬在他养娘的身边。那天那爆竹接起来放，雾了天上的太阳。那些爆竹，都是作者们买来送他一程的。按照他生前的遗愿，那墓碑上写着"农民诗人王英之墓"，填着金，朝着东方，太阳下，果然像镜子一样放光芒。下面并没有落款"浠水县人民政府立"。这就没有满足他生前的愿望。文物保护单位，哪能是随便立的？但下面还是有落款的。落了一排名字，是他外甥和他儿女的。本来那外甥对此并不在意，死了就死了，又没有沾他的光，无所谓的事，可经高人点破后，坚持要落。高人对他外甥说："你舅是名人嘞！落了你和你儿女的名字，他会在阴间给你家造福，子孙后代荣华富贵。"那外甥就理直气壮了，舅是他的舅，碑上不落他家的名字行不通。于是敬爱的王老师死后还是难免落入俗套。

　　何与商教授闹得不是很痛快，就是在那天葬礼过后，到汪岗镇上吃饭时发生的。因为商教授在酒席上说了一句话，激怒了何。商说何在悼念大厅磕长头有作秀之嫌。因为在他看来，当着那么一大厅人的面，就你"显相"。何就被搞毛了，问他："你说真的还是说假的？"商就知道何玩真了。何在他面前还是第一次这样发难。商马上给何敬酒，说："哥呀！对不起！我错了。"何说："兄弟呀！你可知道我吃的这碗饭，是因为王老师在极其困难的时候救了我。我是王老师保护下来的，不然能走到今天？事非经过不知难。这是作秀的事吗？我作秀有什么用？想升官还是想发财？阴阳两隔，无以相报，唯有执弟子礼一拜！"何的眼睛红了。商就肃然，倒酒自罚一杯。这就蛮好。双方都是性情中人，心境不同可以说出来，说出来就没事，不影响安定团结；哥还是哥，弟还是弟哩。日子里结成的友谊依然在。

　　王去世之后，回到黄州的何，物伤其类，兔死狐悲，怅然若失，好几天缓不过精神来。恍惚之间，王老师写的诗在耳边唱起："诸君莫笑老须眉，我爱诗河问汛期。大浪淘沙寻奥秘，真金属于弄潮儿。"不禁潸然泪下。

抬头望天，天上风来，云卷云飞。不知哪一朵是您？不知您飘到哪里去了？但是既然飘过，蓝天之上，必有您的痕迹。不是说人间正道是沧桑吗？不是说天不变道亦不变吗？这应该是真的。

　　呜呼哀哉！

第五章

一

有时候人是需要跪下的。你跪下时才会发现，天有多高，地有多厚。跪下时回忆会涌上心头，这是人类的特权，其他动物有没有这东西，不确切。你回忆时，才会发现日子里的幸福时光。应该说何在童手下工作的那段时间，是开心的。你看那在有意与无意之间迎面吹来的散淡之风，其感觉，不正像苏东坡当年被贬到黄州时在赤壁二赋中所写的"惟江上之清风，与山间之明月，耳得之而为声，目遇之而成色，取之无禁，用之不竭"吗？那是文心相通所造成的大境界。

你想那童先生当市文联主席，官到了正县级，但是童并不把那官当回事儿。他更看重的是他的文名。正所谓"文章千古事，得失寸心知"。他认为官职只是身上的羽毛，文名才是灵魂。那个官在他看来，相当于苏东坡在黄州时的团练副使。团练副使是宋代的七品散官，有其名无其实，不得签书公事。而他与苏东坡相比，就强了许多，起码能签书公事哩。你看那市文联虽说单位小，只有六个人，但既然设着了，麻雀虽小，也要随雁鹅飞。上面所发的红头文件，办公室主任也用文件夹夹着，作古正经地送到他的案头上要他签字哩。他用眼睛扫一遍之后，就抽笔签上他的大名。但他知道那是走过场，签与不签，并没有多大关系。不是重要的会，他就指派副主席或办公室主任去代他，交代："上级若要追问我为什么不来，你就说我病了或是有急事。"开会内容让代会的人回来传达就行。传达也是拣重点说，简明扼要，不必穿靴戴帽，知道什么意思就行。如果有重要的精神需要传达，他也不开会，从他的小办公室走出来，走到文联的大办公室里，叫大家静一静，然后说几句，让大家晓得。再叫办公室主任，将文件复印一份，贴在告示栏中，这叫有目共睹。

他需要集中精力哩。他在办公室集中精力做什么呢？写他的戏。写唱词他最拿手，他会将"戏核"安排好，到了要抒情的地方，就写唱词。先对唱，然后是中心唱段。那才见功底，一韵三叹，催人泪下。戏在台上演出时，台下掌声一阵又一阵，赚了多少人的眼泪，那就不计其数。上班来早了，他就在办公室里唱戏。唱什么呢？唱京剧"我本是卧龙岗散淡的人"。读他最喜欢的纳兰性德的词。比方说："山一程，水一程，身向榆关那畔行，夜深千帐灯。风一更，雪一更，聒碎乡心梦不成，故园无此声。"所以他当文联主席时，基本上没有影响他写戏。那时候本地在全国全省有影响的戏基本上都是他写的。本地作为戏曲之乡，响应将黄梅戏请回娘家的号召，在他的操刀下，取得了让世人瞩目的成绩。至今无人敢比。这是没有办法的事，谁叫青黄不接哩。

他的律诗写得好，到底是复旦大学新闻系毕业的，从文后下过功夫。平仄叫内行挑不出毛病，对仗工整，立意不同一般，让何只有羡慕的份。他写词更好，根据曲牌平仄的调式写，雄健之中见婉约，深谙汤显祖和李渔之风。他写的唱词俗中见雅，与他的心境和下的功夫分不开，不然你在文坛立得住？有时候他兴趣来了，也约友人唱和。比方说黄州安国寺旁边不是有座青云塔吗？那是地标式的建筑。安国寺是唐代建的、连成一片的殿堂，金碧辉煌，苏东坡曾经在里边沐浴焚香修过心，至今信徒如云，香火不断。那青云塔是清代建的，塔高七层，向天而立，塔顶有一棵活树，形似一支巨笔，是用来镇地脉和彰显本地人才辈出的。他就带头以《登青云塔》为题写出诗来，让大家唱和。他写的是五律，头两句就是"一塔临空久，登临兴味浓"。你看那气势，不同凡响。何看了后心里大受震动，也和了一首。其实何不懂平仄，只是晓得对仗和押韵，那和诗是私下经过高先生调整润色后，才拿出来给童看的。高是行家，过了他的眼，基本就是那回事。何的和诗也是八句，五个字一句的。"一塔临空久，登临兴味浓。

龙蛇笔走意，大泽际来风。浪白云边水，香馨寺风钟。唐宋明清雨，姹紫发嫣红。"童看了何的和诗后，喜形于色，马上说："你写的在我之上。"你看那胸襟，是何等博大，一点也不嫉妒，没有怕人超过他的意思。接着说："你是懂诗的。而且心志不像常人，难得。至于平仄之事，不是难事，熟能生巧。"这骗不了他，他知道背后有高人指点，并不说破。接着说："写小说是门综合艺术，你看《红楼梦》的作者，诗词歌赋，琴棋书画，以及吃喝玩乐，那叫无所不通。你要是能做到，才算个真正的作家。你的心气比我高，这点我知道。我算什么呢？好比帐前写戏制乐的，御用文人一个。戏者，戏也。写真了领导通不过，写假了对不住良心，左右为难。剧本讨论会上，有时免不了固执己见，面红耳赤，让领导下不了台。所以有人说我个性太强了。你说我怕他什么？我怕的是戏不能上演。"接着说："你是写小说的。写得好不好是自己的事，发不发得出来是编辑的事，比我自由得多！我跟你说，你幸亏没有写戏，写戏是戴碓臼玩狮子，吃力不讨好，不是人做的事。"这时候他与何诉说写戏的苦处，让人动容。哪里像个领导？就像一个受委屈的孩子。找人诉说的样子，天真可爱。但写小说也不是容易的事。何说："写小说不也是同样的，哪能随心所欲呢？不也要看准风向，认清潮流，剑走偏锋？"说的都是常识。二人都懂。都懂之人经过诉说之后，心里才敞亮，心情才愉快。这才叫同声相应，同气相求，有共鸣呀！你说在这样的领导手下工作，你能不觉得幸福吗？

算起来童在市文联主席的岗位上，只干了一任。一任五年。他认为他干了五年之后，领导会让他接着干三年，干到六十岁退休。但是他干到五十七岁那年，领导还是让他退到了二线，就地当调研员。当调研员就当调研员吧，他也想得通。既然"散官"当到了头，那就当"散人"哩。无官一身轻，戏还是照写的。那是他的主业。讨论他写的剧本时，就不用看领导的脸色，更敢说真话了。岂不快哉？

组织上宣布童就地当调研员，童没有想到来得那样快。那天散会后，童将何叫到了他的办公室。童将办公室的门带上后，二人默默无言，对面坐着。童递一支烟给何抽，他也点着一支抽。抽完一支，然后接一支再抽，那是云天雾地。童抽完两支后站起来，哈哈一笑，说："靴子落地了。再不理事了。"这是他的释然。何就戚然。于是童说："我退了，你怎么办？"那意思是有他在职，何的事不用担心，他退到二线后，恐怕问题就来了。何不知道怎样回答他才好。童在办公室踱步，绕着办公室转了一圈，停住后，对何说："不要急，先看看吧。'自信人生二百年，会当水击三千里。'"这是毛泽东的诗，何也会背。英雄气短，背诗有什么用？童说："放心。'此处不留爷，自有留爷处。'"这是俗语，何也会说。这是打强心针，还是吃定心丸？何就拿不准。童说："我虽然退了，但你是我调上来的人，我既然看中了你，你的事就是我的事，我不会丢下你不管。"这话才叫真话，落到实处了，比说诗要强好多。

说完私话后，童就把办公室的门打开了，开始整理东西，文件统统交公，叫办公室主任拿走。有用的书打捆，没用的书和报纸，叫收破烂的人进来拿走，也不过秤。他不缺那点钱，让那人捡"落水枣子"。那人早等在门外了。他经常到文联来转，只要见童办公室的门敞着，就会毕恭毕敬地进来问："有废纸卖吗？"童那时候就会说："没有，都是有用的。"童与那人混熟了，知道那人也是个业余作者。那人还将写的小说送童看。童看了之后，转给了何。何看过之后，觉得实在不能用。这才作罢。童不要钱，将那报纸和书送给那人，也算是补偿。童将那些处理完后，办公室就空了。尘埃落定。位子腾将出来。明白人。你想他退职之前，就不大爱来办公室，退到二线后，还要那办公室做甚？这是何的内心旁白。古典戏曲里常用的。童将成捆的有用之书，打电话叫他的儿来，用摩托车拖走了。剩下他空人一个，也不要人送，独自下楼。何目送童下了二楼。童向二楼上的何，挥手告别。那气势不减，颇具大将风度。那日情形，至今留在何的回忆里。那滋味儿也是古诗中有的："桃李春风一杯酒，江湖夜雨十年灯。"只是其中的那数字不切实，少的少了，多的多了。酒就不止一杯，灯只有四个年头。

回忆起来，何领会童那时的心情。童知道他退到二线后，文联必起风波。

到底是当过官的，料事如神。

二

迅速得很，与童退到二线同时，新任文联主席到任了。此人比何要小两岁，正是年富力强的时候，精瘦精明的，正想干一番轰轰烈烈的事业。

他从市直单位调到市文联，并没有升职，只是平调。组织上之所以让他出任文联主席之职，是因为他也是个业余作者，而且是个通才。研究文史之余，从事文学创作，各种样式都会。诗歌、小说、散文、评论都写，在公开报刊上发表的文章不在少数。写诗更是他的强项，出过几本诗歌集的。这样的人组织派到文联当领导，是恰如其分的，只是与何道不相同。

他在会上宣布何不再编刊物，去做通联工作，负责与作者联系、通知开会、入会填表、发会员证等事务。这就让何心里堵得慌。你想何一生只做两件事，一是编，二是写——编别人的，写自己的。编也成了瘾，写也成了瘾。以编带写，以写带编，教学相长，就像水与鱼的关系，怎么离得开？一时迷失前进的方向，找不着北了。当然，也许那时候那主席没有想那么多。

心情呀！心情。那时候何的心情一点也不好，说不苦闷那就是假话。事到临头才知难。谁叫你见识短？何以解脱？只有写诗了。回想起来，何的那首经高教授调整平仄后的五律就是那时候写的。那是那年正月十三的傍晚，苦闷的何来到龙王山上。天下了一场雪，太阳落山了，林间白一块绿一块，雪还没有化完哩。森林公园里没有一个人。何沿山脊漫步林丛之中。那是苏东坡当年约友携酒从黄泥坂到赤壁矶头去游的必由之路。何一路眼看耳闻，天上地下静静的，只有风在林中轻轻吹，鸟儿隐在树上清脆叫。那诗就从何的心里涌出来了："信步矶头上，黄州万盏灯。雪自日前化，春从年后生。小心拾古意，大静听莺声。树竹连天绿，望处大江平。"

现在想来，那时担心有点过度。那时童虽说退到了二线不上班，信息还是灵通的。童把何的事一直记在心头了。何是他调上来的人，不能留下遗憾。

那一次童到文联拿所订的《剧本》。何见他来了，就默默地送他下楼。走到无人处，童就问何："感觉怎么样？"何就无可奈何地摇摇头，一脸的愁容，说："不舒服。"童就对何说："莫急，我跟你想办法。"何问："有什么办法？"童说："调个地方。"那时童并没有说调到哪里。再说调动是非常难的事，涉及编制和进人条件的诸多问题，不是他说调就能调；说不定那是他为了宽何的心。他是退到了二线的人，能有什么办法？何并没有做多大指望。何就做了调整心态，在文联待下去的准备。总不能自动走人吧？那不是自毁前程吗？那段时间，何不编刊物了。何夜里写小说，白天按时上班，喝茶看所订的刊物，有《小说选刊》《小说月报》呀！有所事事，喘着细气儿，缓精神劲。

果不其然，何在日子里就尝到了温暖。忽然有一天，组织部派两个同志夹着公文包下来，到市文联组织全体党员开会。开什么会呢？开调整市文联党组班子的会。因为童退到二线后，文联另一个病休的副主席也退到二线了。市文联单位小，连前带后，连退休的和停薪留职的，在册的只有七个党员。按规定退到二线的，不能继续担任党组成员了。来了一个，退了两个，理所当然要补充新鲜血液。党组成员只能在五个党员中选。党组成员按组织规定最少要配三个。来的主席是一个，那在任的副主席也是一个，另外得配一个。何是党员，自然要参加会议。参加会议的何，坐在小会议室里的后面，想他的小说，对于此事并不上心。你调整你的，与我不相干，不可能轮到我的头上。但是组织部派来的一个同志先说了个开场白，另一个同志就从公文包里拿出印着红头的文件来宣读。读了正文后，宣布市文联党组成员由三人组成，那主席的名字排在第一，那现任的副主席的名字排在第二，何的名字竟然排在第三。宣读完了，就是鼓掌。大家的眼光就集中到何的身上，那是祝贺哩。何事先一点思想准备都没有，根本没有想到他居然进了"班子"。那时坐在那里的何，居然心头一动，就像落水奋游之人，看见上游水中浮过来一块木板，不喜悦那就是假话。这时这样的事，忽然就落到何的头上。何知道这是宣传部的领导在关心他。

何调到市文联后，与宣传部分管的副部长私下交心，多次说到他编制的事，先后两任分管的副部长对此事很关心，说要想进编只有走这条路，搞个副县级，就迎刃而解了。但是副县级是行政级别，是有学历要求的，最低你得有大专文凭。何没有大专文凭，只是高中毕业。用什么办法解决呢？有人就跟何出点子，让他报名读广播电视大学，简称电大，先拿个文凭准备着。何信了他们的话，于是就报名参加电大学习。那学习不是全天的，星期天时就去学，一门门经过集中辅导后趁热地考，及格后一门门地过，然后通过成人高考，达到录取分数线后，就能颁发毕业证。这过程最快也得要两年时间。何通过热考，其他功课一门门地过了。比方说文学概论和文学基础知识呀，比方说美学概论、古典文学、现代文学呀，何还能凑合，按下不表。只是那现代汉语经过一次热考没有及格，补考一次也没有及格。一个中国作协会员考现代汉语竟然及不了格，你说丢人不丢人？据说也不算丢人。一代小说大家王蒙说他做孙子现代汉语的卷子，也不能及格，何况何某。那题目出得叫何摸不着头脑。比方试卷上出的关于朱自清散文的三道选择题，要他分析每段的"绿"有什么不同？那"绿"在何的眼里是一样的，无从判断。哎呀！你说这叫什么破事儿？电大总算门门通过了。但是还要过最后的一关，那就是成人高考，达到分数线录取了，取得资格，才能发证到手。

成人高考要求很严格。必须将准考证和身份证放在桌子上，验明正身之后，才能考。何只得老老实实坐在考场煎熬。成人高考只考三门：数学、语文和英语。数学何还能做做简单的题，或多或少得一点，不会是零分。语文不是有作文吗？这对于何来说是容易的事，两个题目任选一个写，一千字以内，满分得不到，及格那是没问题。只是考英语，何就麻了头。初中和高中所学的英语早就还给老师了，只是那二十六个字母儿还认识。

何准备弃考。电大校长与何熟，可怜他这个"老童生"，就面授机宜，说考英语前面都是选择题 ABC 三项，你都选 B，得分有三分之一概率。于是何进考场坐下来，拿到卷子后，只花五分钟，管它几项，都在后面括号里的 B 上打对号。分数公布后，英语居然也得了三十六分。现在何把此事拿出来当作笑话讲。经过高考的外孙女，对何说："现在这样选不行。这样选判卷还是零分。"魔高一尺，道高一丈了。得亏当年那题型经高人点破放了何一马。成人高考的分数出来了，何刚好达到了。好在那录取的分数线，低得可怜，据说总分一百八十分就够，何得了二百几十分，将大专毕业证拿到了手。那是两年过后的事。那时何经过童的活动，明修栈道暗度陈仓，调到市文化局艺术研究所，走了专业职称评审的路。那张文凭成了一张废纸。但还是有点小作用的。在填晋升职称表时，在学历栏目中可以填大学。但创作系列的评审们，根本不看你的学历，评委们看重的是你的成果。比方说你在什么级别的刊物上发表了多少作品呀，比方说你在什么级别得了多少文学奖呀，依质定价。在文联童的手下工作的那几年，何还是有成就的，中篇小说《洪荒时代》评上了第三届北京文学奖，几篇小说上了选刊，由此评上副高职称。这都是单位的名誉，也是个人的名誉。但评和聘是两回事，你没进编，是编外之人，是不能聘的。不聘工资就加不起来，只算个荣誉称号。何有幸被评为省有突出贡献的中青年专家。这有用，市人才部门根据有关政策，给何加了一级工资。这标准是何调上来时定的工资标准之上加的，算是奖励性的。总而言之，那时候何被编制的事卡死了，动弹不得。

三

童是说到做到的人。过了不久，童到文联来找何，私下对何说："我找了文化局的文局长，希望能把你调到市文化局，文答应了。而且文化局艺术研究所有空编，编制的事也能解决。"这就是好消息。童对何说："你去找下他。"这是当然的。你想调去得当面表态。何就想去试水。那一天何到市委宣传部开会出来，在市委大院铁栅栏门前，正好碰到文的车。文有事向领导汇报，车就停在那里。文准备上车回局时，何就赶上去，叫文停一下。文与何先前就熟。文在车窗里问何："有什么事？"何说："我有事向你汇报。"文说："你说。"何说："到车上说。"何就拉开车门坐上去。文坐前排，何坐后排。等何把车门关上后，文笑着问："说，什么事？"何说："我想调到文化局。"文问："调到文化局做什么事？"何说："到艺术研究所。"文就点头说："可以。"就那么爽快，从前到后不过一分钟。得到回答后何就下车了。文是爱才之人，得本地之才而用之，是他最大的快乐。一个问得急，一个答得快，这叫信息对称。背后是童用心良苦，做了功课。那时候市文化局艺研所的所长，调到黄梅戏剧院当副院长去了，那岗位正好空着了。这就是机会，能不窃喜？

何知道从领导答应接收到正式调动，中间有很长的过程。那段等待调动的期间，真叫人难熬。古城里，燕儿来了，雁也去了。春花开过是夏花，南风过了是秋风。柳条儿挂在树枝上，在风中摇摆不定。何不时到龙王山上漫步。那天又来了四句："蒿草离离小径深，松风高树野蝉鸣。余闲借得龙山去，早看丹霞晚看云。"那是闲吗？那是"有约不来过夜半，闲敲棋子落灯花"。不难理解，心情急切呀！

在那段等待去留的时间里，何的人看起来是闲着了，但心并没有闲着。除了上班，就是写他的小说。这暗疾何一生也好不了。任何艰难困苦，都不能浇灭他心中对于文学创作的欲望。他面对电脑的屏幕，夜以继日，将心血渐渐地变成文字，总有作品发表出来。这就是他的狠气。

如今在何的作品研讨会上，现在的文学后辈中，有人说何之所以能有如此的成就，是因为何有过人的天赋和才华。这是他们对何缺乏真正的了解。真正了解何的是商教授。商听了此话就笑，笑他们知其然不知其所以然。商笑着说："我敢肯定地说，在这个世界上，比何有写作天赋和才华的人多的是，包括你们在内。但是你们缺乏何'咬定青山不放松'的韧性。

你能在任何条件下，不为困苦所左右吗？你能在当年的水利工地上，长天野日地累得臭死，肚子根本填不饱，收工的时候，还伏在用稻草铺成的地铺上读书吗？你能利用那时候一个月两天的休息时间，拿着稿纸和笔，到山上找个大石头当桌子，找个小石头当凳子，坐下来写诗吗？你能在一生之中，坚持一年三百六十五天，除去俗事，朝如斯暮如斯，像蚕吃桑叶那样，吐丝结茧地构思小说吗？没有那样的品质，就不要遑论天赋和才华了。"这调式相当高，说得何难为情。评论家的话能不高屋建瓴吗？不高屋建瓴谁听他的？击中得了要害吗？如果说这是种品质的话，那就是何从四位农民作家，特别是王老师身上学来的。

那期间何就写出了一个中篇，题目叫作《你知道我为什么时时仰望苍穹》。那题目就有点长。长点就长点吧，从心里流露出来的东西，不长不足以表达何完整的内心世界。那题目是那天何清早到龙王山漫步过后，郁结在心，抬头看天时，忽然得来的。那个中篇是写他高中读书时教他语文的陈老师。那时候就发生了那个所谓的"反标"事件。周校长要开除他的学籍，是陈老师想方设法，从专用名词的角度，帮他渡过那个难关的。还是那个陈在何毕业后走投无路时，叫何从事业余写作的。写那个中篇时陈老师已经过世三十多年，何始终将他记在心中，决定以陈的事迹写篇小说。稿子快写完了，但叫什么题目还举棋不定。那天清早何苦思苦索叫什么好，走下樱花大道时，何从世俗的风中，抬起头来仰望天空，仿佛看见陈老师就站在苍穹的云端之上。何忽然灵光一现，顿时百感交集，从心中冒出了这个题目。那才叫达意！于是神清气爽，风和日丽。这就是为师者在冥冥之中，精神造化的力量。这个中篇发在当年的《长江文艺》上。发表之后得到许多搞评论老师的叫好，上了《中篇小说选刊》，评上当年《长江文艺》优秀小说奖。可以说那个中篇是那个时间段何的心理坐标。人困惑之时，必定会有对于精神高地的向往和追求。

过了不久，文化局分管人事的同志给何打电话说调动的事解决了。这回就是真的了。

说句实在话，何并不想离开文联，离开他所喜欢的编刊物的岗位。他调上来就是文联的人，文联是作者的"娘家"呀。但是不得不离开了。何的调动简单得很，因为是同城，不过是换个地方上班。何从办公室清理完要带的东西之后就走了。"轻轻的我走了，正如我轻轻的来，我轻轻的招手，作别西天的云彩……我挥一挥衣袖，不带走一片云彩。"只是编辑部的同事们，有点伤感。那在办刊物过程中结成的患难与共的友谊，至今叫何难以忘怀。

　　何走的那天，天气真好。古城黄州街道两边的桂花开了，一树树的清香，在风中传送。那真的叫好。人生不过是搭长途公交车哩。坐了这一站，到了那一站，一站站地坐下去，直到来到你所想去的地方哩。至于你想去的地方好不好？你到了站才知道。

　　何将调动的事同父亲说了。父亲对何说："儿哇！树挪死，人挪活。"父亲的漫长一生，总在搬鸭棚一样地过日子，择善而行，带儿苦过来，盼到幸福的。

　　儿听父亲的话。父亲的话肯定不会错。

香自苦寒

第一章

一

何就是那年桂花开过、蜡梅初绽时，如愿以偿调动的。

那天早晨何从文化路上龙王山，走在去文化局报到的路上，心情久久不能平静。还是俗话说得好："人不能在一棵树上吊死。此处不容人，自有容人处。"还是古人说得好："良禽择木而栖，贤臣择主而事。"对于一生有志于创作的人来说，这恐怕是再好不过的选择。北雁南归，风中传来雁鹅列阵奋飞的呼叫。何仰目向天，睹雁思人，亦喜亦悲。他想到此次调动，恐怕是他退休前，最后的一站了。太伯奔吴，成败在此一举。此生再也没有供他选择的余地了。因为何已年满五十岁，到了圣人所说的知天命的年纪。想当年孔夫子，为了实现心中的理想，从五十四岁起，带着学生，用了十四年的时间，周游列国。纵然没有人相信他的说教，惶惶然如丧家之犬，但他还自信天不丧斯文，六十八岁时，才回归故里，开始埋头删述六经以明道也，确立了被后人称颂的儒家学说。一部《论语》，堪称立德立功立言的经典。那是圣人的故事，高山仰止。何身为农家子弟，幸此生以文为生，岂敢攀比？但是作为创作之人，到了知天命的年纪，还是心存理想的。那理想好比赤壁公园里刻在亭子石碑上的，苏东坡画的供人瞻仰的那幅东坡老梅图。那幅东坡老梅图，经年历世，供人拓片。图中的老梅叶子全无，杆如铁石，只有一弯新月挂在天上。而历代到此一游的文人们，却梦想它能孕出花来，育出果来。何走在涣散的风中，格外思念王老师，不禁想起王老师五十岁那年所写的，那首叫作《东坡老梅》的七言绝句。那首绝句写得多好："泼墨空间稠又匀，老梅凸出更精神。枝头有雪如无雪，巧使梅香独占春。"王老师就梦想它在雪中开花了。那么作为后辈的何，当然梦想它能开花。心同此心，梦同此梦。是啊，五十岁是人生守常思变，梦想老梅开花的年纪。岁月磨砺，生活如曲，只要用心酿造，那就是："墙角一枝梅，凌寒独自开。遥知不是雪，为有暗香来。"这就是历代为文之人，共同向往的境界。

此次调动，洗尽铅华，在平静中进行。何从文化路独自上去，踏着龙王山风中的蜡梅香下来，从明清古城遗留下来的汉口门入城，穿过魏街和八卦井，到市文化局报到。不要笑话他。杜甫当年在朝廷任左拾遗，不也写下过"明朝有封事，数问夜如何"，生怕误了朝廷大事吗？那样的心情不难理解。

那时市文化局在古城南边的青云街。文化局办公楼就建在明清古城的城墙之上。文化局办公楼的铁栅大门，开在青云街上。青云街背后的一条街叫沙街。沙街的后面就是长江。早年的船码头就建在这里的江边上。明清之时，城墙上开了一个便民门，让城里的人到城外讨生活。于是古城城外就发展成了青云街和沙街两条街。青云街为什么叫青云街呢？有人说取"平步青云"之意。这当然是读书人的想法。有人说青云街得水陆两路之便，是明清之时，黄州最繁荣的一条街，青天白日，店铺如云，生意格外地好，所以叫作青云街。这当然是生意人的想法，并不影响什么，它就叫青云街。至于沙街为什么叫沙街呢？顾名思义，就是在沙滩之上建起的一条街呀！告诉你，何调到市文化局那年，青云街还是古城最繁荣的地方。街两边的店铺对着开，街上的人推进涌出，昼夜喧哗不息。现在当然冷落了。城市扩展了数十倍，随便的一条街就比那里繁华得多。今非昔比。

那时候文化局还叫文化局，没有像现在这样将旅游局合并了，叫作文化和旅游局。那时文化局的办公楼与市艺校同着一个院子。从铁栅大门进去，顺坡而上二十余米，转过身来，侧边有楼门，上去即到。这里以文化局办公楼为中心，集中了古城文化的精华。一边是剧团。剧团另有门，开在十八坡的巷子里。剧团先是汉剧团，随着时代的选择，省里主要领导号召将黄梅戏请回娘家，于是从安庆挖来了两个名角，改叫湖北省黄梅戏剧院。称号是省里的，但实际上还是市里的。艺校名称没改，还是艺校，为黄梅戏和楚剧培养人才。那时候市博物馆、图书馆和群艺馆，还在赤壁公园山下，离文化局不远。可以说青云街聚集着黄州文化人所有的梦。古色古香。而现在你去看那是何等气象！文化局搬了，搬到东方广场文化中心，群艺馆也随文化局搬到同样的地方。那是广厦联体，气派辉煌。黄梅戏院、艺校和图书馆，都搬到风景优美的遗爱湖边，各成体系，升级的升级，升格的升格，雅致经典，一座座成了众人瞩目的艺术殿堂。但是何仍然忘不了青云街。那里是文化人的思源梦。

那时候的早晨，何沿着青云街，走到市文化局铁栅门前。铁栅门有人把守。那人是艺校的退休老人，在铁栅门边开了一个小店，卖小百货，守门兼带照顾生意。那人并不认识何。何准备进去，那人问："你找谁？"何说："我找文局长。"那人问："你找他有什么事？"何说："来上班。"那人问："有介绍信吗？"何说："没有。"就在这时候，就听到了门里的坡上有人笑，那人对守门人说："放他进来吧！"何抬头一看，那是文局长。那人就打开铁栅门上的小门，让何进去。何进门后，朝坡上走。文笑着从坡上迎下来，同何握着手说："来了？"何说："来了。"文的手就不松，拉着何从楼房的侧门上了文化局办公楼。

文的办公室在三楼。门敞着。文的办公室不大，干净、简洁、大方。有办公的桌椅，也有会客所坐的沙发和喝茶的茶几。墙上挂着字画。那字画当然是本系统名人送来的。画是《东坡老梅》，是从赤壁公园那块画像石上拓下来装裱过的。字是"见贤思齐"，苏体，也是装裱过的。于是二人对坐。文不抽烟，倒一杯茶给何。文说："知道你要来报到，我早就来了。有失远迎。"这就亲切，令人感动。

坐了一会儿，上班的人陆续到了。文就领着何到文化局各科室拜门。文化局就比文联大多了，各种科室设置齐全。门上挂着牌子。楼上楼下都是。文领着何进一个科室，就介绍："这是我们新调来的艺研所的何所长。"

于是副局长和科长们，就同何握手欢迎，都是笑声。其实用不着文介绍。何是在浠水文化站和文化馆干过的，一个系统的人，打过交道的，年纪相当，几乎是熟人。

拜过门之后，文局长就叫办公室主任通知人到会议室开会。会议室设在四楼，不大，坐满了人。那会当然不是为何开的，是布置和检查工作的。但是有一项内容叫何没有想到。那就是在会议开始后，宣读了何的任职通知。任职通知是文亲自宣读的。文拿出通知宣读："经局党组决定，报市委宣传部批准，任命何括为市文化局艺术研究所所长。"艺术研究所所长相当于正科级，文化局党组有权决定，报市委宣传部批准、备案就行。你看文想得多周到，人才一来上班，就将任职的事搞定了。还有什么可说的？留人莫过于留心。温暖呀！除了感动就是感激。于是何成了文化局新的一员，静坐着听文的指示。其他的同志拿出笔和本子记。何虽然带了包来，包里也有本子和笔，但不记，只是听。只是听，文也不纠正他。这叫大度。他晓得尊重搞创作的人。

又换了吃饭的地方哩。从那之后，何的身份又变了，成了人们口中的何所长。这是官名。所长相当于正科级，在市级单位多的是，不算官。如果把自己当官，那就叫人笑掉大牙。那个喜欢开玩笑的年轻科长，叫他"何所长"，将"所长"的"长"字念作"长短"的"长"字，听起来就是疑问句，意思是"什么所长"？何哈哈一笑，说："一无所长呀！"这叫随缘。那个年轻的科长笑过之后，严肃起来，说："不对。你不是一无所长，而是一有所长。"那伙计又将话题绕回来了。何报到之后，局办公室将艺术研究所的档案移交给何，何才知道设在文化局的艺术研究所的处境。何才明白那伙计叫他"一有所长"，仍是一语双关。何只有哑然失笑。想起那伙计说的话，真是入木三分。

那伙计真是活宝一个。

二

那时候坐落在古城青云街的文化局，办公室格外紧张。办起公来，紧扎扎的样子。

其实文化局机关人也不多，算起来只有二十多人。办公室除外，五六个科，一个科只配一名科长，都是正的，没有副的。那办公楼虽说有四层，但底层对街开着许多小门，以艺校的名义，出租给人做生意，以文补文，年终与局里分红。所以实际上，只有三层空间用于办公。由于走楼梯上去是一边的走廊，所以显得狭窄，光线比较暗，通风和隔音的条件也不是很好。每间办公室的大门上，钉着两个科的牌子，屋子里两张桌子对排，两把椅子对着，坐两个科长，合署办公，共用一台空调。天热或天冷时，两个科长商量好后就开。因为那时财政吃紧，文化局的办公经费同样紧张。但文局长理财有方，制定内部政策，每年将财政局下拨的有限办公经费，年初按人分割到每个科，包括办公费、出差费和年终奖金在内。财务室分科做账，只要账上有的，就可报，不足部分，由每个科想办法创收，以文补文。至于用什么方式，从哪个渠道创收，他放手不管，只要不违反政策就行。所以每个办公室安的那块电表所产生的电费，由两个科平摊，公平合理，谁也不会有意见。

艺术研究所与艺术科分在同一个办公室，两把钥匙开一个门。于是研究所的何所长，与艺术科卢科长就成了同窗好友。那卢科长也是经过奋斗出来的。卢科长高中毕业后推荐无望，是恢复高考那年，考上华中师范大学，然后经过四年苦读毕业的，当然是本科。那时候大学本科毕业在局里就是高学历。卢读的是历史系，历史与文学搭界。卢与何虽然没有见过面，但是何的名字，卢早有所闻。所以一见面，卢科长与何所长就亲热，一点陌生感也没有。

何提着包儿，进了办公室，发现那间办公室靠壁的角落，放着一张桌子和一把椅子，上面落满厚厚的灰尘，结成了壳子。何就知道那是他的了。卢见何进来，忙着起身，帮忙将放在角落里的桌子椅子移出来用干抹布擦，甚是热情。那沉积的灰壳子，岂是干抹布擦得干净的？卢就哈哈笑，说："不好意思，这是积尘，不好处理。"何怎能怪他？卢人好，随和，又有才，从大学毕业后，分到文化局就没有离开过，直到那年市单位改革，他才升到副县级副调研员退到二线。三十多年来，文化局轮岗，卢在每个科都干过，对文化局各科的业务都熟悉，是文化局的通用人才。何调到艺术研究所时，卢轮到了艺术科。卢什么都优秀，只是不爱做卫生，每天上班，进门后将自己坐的桌椅，用干抹布擦一下，可以坐就行了。这叫独善其身。至于办公室没人坐的桌，他觉得没有必要操那个心。何将坐的桌椅与卢的摆正后，只好借卢的抹布，走到走廊尽头的水池，将水龙头打开，将抹布打湿绞干。来去几个轮回，才将那桌子和椅子上的灰尘抹干净，好坐人了。何又将拖把打湿绞干，将办公室水磨石的地板拖干净了。水迹汪汪，可以照人。卢也不反对，站在那里只是笑。那笑容像花儿开在春风里，和蔼可亲。

何将办公室彻底搞干净后，开始看资料，着手研究文化局艺术研究所的历史。你不将新到单位的来龙去脉搞清楚，怎么能开展工作，做出成绩来？这是必修课。卢科长是个明白人，就知道这时候不能打扰何所长。人家是想来干一番事业的，"一万年太久，只争朝夕"。于是亲爱的卢科长就泡了一杯咖啡，捧在手上喝自己的。他不喝茶，只喝咖啡。那咖啡是磨好了，袋装的，泡出来就满屋喷香。人家是受过高等教育的，有自己的品位。不像何什么茶叶都可以泡着喝。卢科长喝着咖啡，开始处理手头上的艺术科的工作。艺术科日常工作并不多，无非是报表之类的东西。卢将手头的工作处理完了，抬起手腕看表，发现时间有的是。他就开始看从报箱里拿上来的《参考消息》。这报纸是他每年必订的，什么报纸都可以不订，这份报纸不能不订。他订这份报纸做什么呢？是通过这份报纸，研究国际和国内经济形势的。他工作之余最大的爱好，就是研究股市，通过他的判断，买进卖出，赚不赚钱无所谓，乐在其中。他也不隐瞒这个爱好。文化局的同志们都知道。文局长也知道，并不批评他。有什么可批评的？谁没有个业余爱好？不影响工作就行。

艺术研究所的资料，是从局办公室移交过来的。用一个塑料袋子装着，很简单的几样东西。一样是编办发的事业单位资格证，朱红色的一个硬皮本子，里面盖着编办红章子，统一编号的，相当于营业执照。那是第一轮事业单位改革后下发的。另一样是随资格证下发的红头文件，文件上规定着法人、单位性质、定编人数。从文件上看，艺术研究所定编六人，从事文学艺术研究活动，属于全额拨款的事业单位，与博物馆、图书馆、群艺馆是同样的性质。何看那法人，竟然是林老师。林是何写戏的老师，是早年从家乡县剧团调上来的，现在退休了，退休之前是艺术研究所的所长。何就问卢科长："这上面的法人，怎么还是林老师呢？他不是早退休了吗？"卢就笑，说："这是本老皇历。'千门万户曈曈日，总把新桃换旧符。'林老师从所长任上退休之后，还换了个所长。"何问："换了谁？"卢说："你不知道呀？换了姓周的。"何问："啊？"姓周的何有所闻。卢说："周原来是黄梅剧院的编剧，到艺术研究所当了所长，但不到一年就升了，调回黄梅剧院当副院长去了。"何这才恍然大悟，怪不得那套桌椅上积满了灰尘，原来是周坐的。这就说明艺术研究所没有所长后就是空巢，虚位以待，等着他来。作为一个法定单位，是不能空巢的。他来当所长，说明这个关有人守了。一夫当关，顶了一房"烟火"。何这才明白，怪不得那个年轻的科长，叫他"一有所长"，艺术研究所只有他一个所长。官就是兵，兵就是官。

何问卢："艺术研究所不是有六个编制吗？六个编必定有六个人哩。其他五个人干什么去了呢？"卢笑着略作说明。何就明白那五个人做什么去了。因为艺术研究所不是独立的单位，多少年来文化局把它当作内部的一个科室。那五个人有三个是局里的司机，在办公室上班。另外两个人，一个抽出去长年驻队，一个抽到了新闻出版科长年帮忙。他们名义上是艺术研究所的人，但不归艺术研究所调遣。这就叫人哭笑不得。何就明白艺术研究所是文化局人员流动储备库，利用编制将人调进来，然后根据需要派出去，为局里的中心工作服务。作为一个艺术研究单位，一个人能研究出什么来？那一代不如一代，渐渐式微的现状，叫何所长心里不是个滋味儿。

卢科长笑着劝导何所长，说："你不要小看了艺术研究所，这可是一块风水宝地哩，是出官和出大家的地方。"何通过研究发现，还真是藏龙卧虎之地。艺术研究所原来并不叫这个名字。原来叫戏剧工作室，简称"戏工室"。这个机构早在"文革"时期就有了。那时候戏工室多风光，集中了地区所有的创作能手，阵容强大。比方说后来文联的童主席，比方说后来黄梅剧院的院长张，比方说后来市人大的副主任鲍，还有后来的名导演林老师，还有现在调到省研究所的名编剧周，都是从这里主任或所长的位子调上去的。走专业的，功成名就，成了专家。走仕途的，官至副地级，或者正县级。在不同历史时期，他们所写的戏，或所导的戏，比方说《唱春花》，比方说《银锁怨》，比方说《情愿做你的新娘》，轰动一时，当然还有很多，就不去枚举了。这些戏有集体创作的，有个人创作的，都通过会演在国家级和省级获得大奖。多次的成功，见证了本地区和本市戏剧创作的辉煌，为将黄梅戏请回娘家，做出过巨大的贡献，值得载入史册，让后人景仰。

卢科长笑着说："文局长既然慧眼识珠，把你何所长调来了，现在就要看你的了。你看戏工室不是随着历史的发展，更名艺术研究所了吗？艺术研究包括文学呀！应该说天地更广阔了。'天将降大任于是人也，必先苦其心志，劳其筋骨，饿其体肤，空乏其身，行拂乱其所为。'你就应该明白。"这伙计现身说法，晓得用先贤语录教导何。何只有洗耳恭听。是啊，昔日的辉煌摆在前面了。何所长深感肩上的压力不轻。这"一夫关"，不是那么好守的。这"一有所长"不是那么好当的。用屈原《离骚》中所说的，那就是："路漫漫其修远兮，吾将上下而求索。"

这时候文局长不失时机，踱到何的办公室里来坐。这是巡视。文看着桌上摆的资料问何："搞清楚了吗？"何当然懂文局长话里的意思。卢笑着说："在我的帮助下，他搞清楚了。"文就点头，对何说："那你就晓得怎么搞了。"何说："晓得。"文说："晓得怎么搞，我就放心了。"文接着说，"有什么困难和打算直接找我。"艺术有分管的副局长，文叫直接找他，这就叫重视。何说："好。"文于是又伸出手来同何握。何不得不握。文走后，何问卢："不是握过了吗？再握是什么意思？"卢说："这也不懂？再握表示对'一有所长'充满期待哩。"这伙计用的是冷幽默。

何的心中就响起了巴水河边的山歌："这山望到那山高，我望乖姐捡柴烧。没得柴烧我来捡，没得水吃我来挑，没得丈夫我来了。"何是写小说的，对于写戏只是客串，中间隔了一条河，好比恋爱，实现得了心中的愿望吗？不好说。

"试玉要烧三日满，辨材须待七年期。"

三

何调到艺术研究所写大戏是被文局长逼上路的。

说句实在话，何从家乡县文联调到市文联后，原本此生并不打算再写戏。为什么呢？因为写戏的那滋味，何早年在家乡县当业余作者时就尝过。那时候业余作者们，主要任务就是配合形势写演唱材料和写戏，为业余剧团和群众演唱提供节目。

那时候上面一有风吹草动，县里就召集业余作者们办创作学习班，集中精神和精力完成上级交代的政治任务。何作者接到通知后，就到县参加业余作者学习班。与同志们一道创作那些东西。何在十几年的时间里，很写过几个小戏的，但都流产了，没有一个能搬上舞台。剧本千辛万苦写出来后，领导就召集专家和导演，同作者一道召开题材讨论会，对所写的剧本进行拿脉会诊。那阵势就强大，济济一堂，业余作者们就如坐针毡——因为经验告诉他们，所写的剧本很难通过。不是领导说这个题材不行，就是专家说这个故事不成立，根本不是戏。于是你只好心甘情愿，将分发的剧本收起来，回家放在抽屉里，成了一摞废纸，让它在日子里渐渐发黄。残酷的现实告诉你，写戏不是你想成功就能成功的事。你骄傲自满不行，谦虚过度也不行。最终折磨得你败下阵来，没有任何脾气可发。

何还算幸运的。因为后来总算碰到了一个《飞来的草帽》。那是与汪大哥合作的。也是历时三年，反复修改，入了高师的法眼后，才搬上舞台，获得成功的。但就是那四十多分钟的小戏，何在创作过程中的心情，就像坐过山车一样惊险。一会儿传来消息说不行，被枪毙了，让你的心情跌到谷底；一会儿传来喜讯，省里的专家说，还是可以修改好的，让你老老实实根据他们的意见，改过来修过去。终于通过了，但心仍悬在空中。所以你想写戏，就要练到宠辱不惊的程度，才算正常人。所以辅导老师语重心长地告诉你，写戏不同于写小说，写小说或得或失，是个人的事，写出来能发表就行；而写戏就由不得你了，或成或败，要各级领导表态，上下专家拍板，与导演和演员通力合作才行。有一关卡住了，你就吃力不讨好，前功尽弃。那叫"蜀道难，难于上青天"。所以你不是吃那碗饭的人，最好不要去碰它，以身试法。但是如果你端了那饭碗，就没有退路，铁锅顶了头，赶鸭子上架，不得不做。何不是调到艺术研究所吗？艺术研究所前身是戏工室呀！万变不离其宗，写戏仍然是艺术研究所的首要工作哩。职责所在。

你看看，何调到艺术研究所上任没过几天，就被文局长赶鸭子上架了。那天上班后，天气不错，窗外红日升天。文局长就打电话，叫何所长到他办公室去一趟。去干什么呢？当然是去听教导的。池塘水暖鸭先知，这一点何心里还是有所准备。何到了文三楼的办公室，文就示意，让何在他办公桌的椅子对面坐着。文笑着说："何所长，你知道我今天叫你来干什么吗？"何说："听你布置工作。"文说："搞创作的到底都是聪明人。柳丝消息月明中。那我就不用拐弯抹角了，照直地说。"何说："那当然。你是领导。"文说："我既然把你调到艺术研究所，你应该知道艺术研究所的工作与文联的工作有所不同。"何说："明白。"文说："明白就好。所以你就不能只写小说，要写戏的。你心里应该有所准备。"何愣了一会儿，问："写什么题材的？是小戏还是大戏？"文说："到艺术研究所工作，艺术研究所是专业的，哪能是小打小闹？你是知道的，苏东坡当年被贬到黄州留下一词二赋，千古流传。黄州因苏东坡闻名，黄州成就了苏东坡，相辅相成。但是千年过去了，黄州至今没有他在黄州的戏呀。我现在交给你一个任务，希望你写一部关于他在黄州生活的大戏。"何说："我没有写过大戏呀。"文说："你写的小戏，不是获过文化部的创作二等奖吗？写得出小戏的人，也能写出大戏来。要有这个信心。"何说："那我就试试。"文说："我要的就是这句话。你也不用急，给你三年时间。用三年时间给我写出来，怎么样？有困难吗？"何那时候还年轻，自信满满，被文煽动了，相信只要是创作，不管什么门类，只要用心下功夫，没有什么难倒他的事，就点头答应了。文高兴了，从椅子上站起来同何击掌："军中无戏言！"何说："恭敬不如从命。"文说："这就对了。当年尾生与女子期于桥下，女子不来，尾生水至不去，抱柱而死，不改初衷。"文博学，与何说的是庄子寓言，以此激励，达成诺言。这个寓言有点悲壮。说者无心，听者留意，何心里咯噔一下，用什么不好，偏用这个？但就是这个寓言，印证了此戏后来的结果。让人哭笑不得。

站着的文接着说："你作为艺术研究所的所长，如果写出了一台苏东坡的大戏，艺术研究所那就蓬荜生辉。至于开展其他的工作，我想听听你的想法。"这话说到何的心坎上。文是个内行的领导，他知道何不可能是仅来写戏的人。人家还有他的本行哩，三句话离不了。何的本行是什么呢？当然是文学创作和办刊物辅导作者，有瘾得很，一生也离不了。野心不小。而且想尽心思，自讨苦吃，不达目的誓不罢休，自作自受，无怨无愧。

何就是在那时候，面对文说出他心中蓄谋已久的想法。何说："文局长，我想把市作协的牌子挂到文化局来。"文望着何仍是笑容满面。文理解何的心情。市作协那时没有换届，童主席虽然退休了，还是主席，市作协的工作基本上交给何了，他只在幕后指挥。因为何是市作协主持工作的常务副主席，还兼着秘书长哩。市作协是社团组织，没有专职的，所谓的领导都是兼职的。何从市文联调到文化局来了，作协的牌子随人走，挂到文化局，这是符合常规的。文局长说："可以。这是好事。"何也知道文的心情。市文化局与市文联虽然分设两块牌子，但繁荣文艺事业是共同的。文学艺术名分上归文联领导，但下面各协会的人才，十有八九，都是文化局和下面二级单位所管的人。一家管事，一家管人。市作协的牌子挂到市文化局，文当然喜欢，这也是长脸面的事。主动投靠，何乐不为？文说："我尊重你的选择。你还有什么打算？"

何接着说："我还想创办一个全国首家地市州大型文学丛刊。"文一听马上兴趣来了，问："全国首家地市州大型文学丛刊？"何说："对。刊名我想好了，叫《问鼎》，我与童主席商量，他同意了。"文局长是喜欢做大事的人，当即表态，说："你这个想法很好！本市是文学大市，应该敢想敢做。'占断春风第一枝，银钩低挂玉尘吹。清标压倒繁华境，桃李纷纷总后时。'"文用清代严澄华的《早梅》诗，加以赞扬。何就备受鼓舞。文想了一会儿说："不过，那办刊经费的事，文化局经费紧张。你得自筹。"何早料到会这样，说："这你不必担心，我想办法解决。"文就笑容满面，说："很好！我支持你。"一拍即合。这样的领导哪里去找？

文局长是说话算数的人。于是过后不久，当市文化局从青云街，鸟枪换炮，搬到东门路文化中心办公时，文就叫办公室主任，做了两块金字招牌。那两块招牌，做得格外大，用钢筋铁皮焊的，漆着油漆，像塔架一样，竖在文化局门前东门路的路边上，醒目得很。一块是单面的，上面写着"市文化局"。一块是双面的，一面写着"市作家协会"，另一面写着《问鼎》编辑部"，生怕业余作者们找不到"娘家"。那是何等的荣耀，给市作家协会和《问鼎》编辑部挣足了面子。那时文化局的办公经费那样紧张，那两块招牌花了三千多元，文局长没要何所长出钱，是在他局长办公费名下出的，足见他对何工作支持的力度。那叫什么呢？那叫爱屋及乌，名正言顺。那是苏东坡诗中所说的："只恐夜深花睡去，故烧高烛照红妆。"

那天一件是写大戏的事，一件是作协挂靠和办《问鼎》的事，都是何汇报后与文当面达成的。双方满意，舒心哩。这两件都是"明知山有虎，偏向虎山行"的事，想办成办好都不容易。这不要紧，世上哪有一篷扯起，顺风顺水的？好比恋爱，二人过河见面会话了，情投意合哩。文对何说："可以了吧？"何说："可以了。"文就提着公文包到宣传部去开会，留下心潮澎湃的何。

那时候微风吹在窗子外，太阳升到半空中。这说明什么呢？这说明坚冰已经打破，航线已经标明。何不由得又想起敬爱的王老师。还是他老人家写的绝句说得好："转换歌喉新且奇，冬春秋夏四时宜。知音自有知音听，何患无人唤画眉？"可不是吗？岁月好比是古城之外奔流到海不复回的长江，人生一世，好比在古三峡之中撑船的船夫。至于船行得怎么样，有多少险滩和暗礁在前面，风向如何，涨水或退水，顺利不顺利，你胸中有数也无数，前途可料也难料。但是既然你下了决心，就得将船撑下去。是奋力拼搏达到目的的喜悦，还是留在风波中的些许遗憾？全在撑船的过程中。

那过程比较漫长、复杂和艰难，急不得，需要分项细说。

总而言之，都不容易。

四

先说写大戏的事吧。

从实招来，何所长写大戏是"大姑娘坐花轿——头一回"，但客串写关于苏东坡的那个大戏，是用了心血的。从收集素材到苦心构思写成初稿，不动声色，孤军奋战，前后真的花了三年的隔行功。为什么叫隔行功呢？毕竟他不是写戏的人，是被逼到花丛的。这不比当年当业余作者时，写春节演唱材料，可以鱼目混珠。那是写完之后，经文化馆辅导老师看了说行，才印成册子发下去，任各公社红色宣传队和业余剧团选择上演的。选上就选上，没选上发在纸上也可以。那叫本子在先，守株待兔，发表就行。何决心写大戏的时候时代变了，写大戏是县市剧团和剧院，需要根据形势量身定做的，本子写成之后，需要剧团和剧院选择，看中了，搬上台后才算成功。不是写戏的想都不要去想，因为各个剧团和剧院都配有职业编剧，每个编剧守着一个摊，拿着饭碗望着锅里，护食得很，你想挤进去，相当困难。

何所长写那大戏花了三年的时间。三年来他也不是专做这件事，是"戴碓臼玩狮子"，挤时间夹着磨出来的。艺术研究所不是设在文化局吗？文化局是正规单位，上下班有严格的考勤制度，上午和下午上班时，必须到办公室签到的。这是文局长开会强调的纪律，不管是谁都得遵守。正人先正己，包括他在内。文局长晓得创作的甘苦，对何网开一面，在会上强调纪律之后，明确宣布："何所长就不必上全天的班，上午来就可以，下午在家里写东西。"会议室里就不平静，下面窃窃私语。文局长知道下面的意思，敲桌子让大家安静，笑着说："同志听着，你们不能同他比。"此话一出，文化局在座的同志们，就拿眼睛朝何瞄，知道他是特殊人才。何所长不好意思，一会儿，就好意思了。

那时的艺术研究所，虽说只有何一个所长，但事情还是有得做的。比方说三年要搞一次全市黄梅戏和地方戏会演呀！下面剧团排的戏，将本子报上来，你作为所长得看，看了之后得提修改意见。提得在不在行，人家是不是按你的意见修改，那是另外一回事，但你得按程序走。何所长也知道，人家同样将剧本打印若干份，送到省里专家的手上了。省里专家的意见，才是他们必须重视的。但市艺术研究所，也是一级艺术组织呀，不能绕过去。你这个所长将本子的意见，列出一二三条来，说明你在其位谋其政哩，不是来吃白饭的。不管人家说你充内行也好，爱脸也好，反正得做出样子来，传达下去，供人家参考。何并不认为他是外行，只是底气不足。

那些戏是下面各县市区专门写戏的人写出来的。下面各县市区文化局，也设了相应的写戏组织。有的没改名字，仍然叫戏工室，有的改了名字，也叫艺术研究所。有几个写戏的人，守在那里坚持写戏，所以何与他们有必要的工作联系。比方说看会演戏的草排，那些戏是各地剧团和剧院量身定做的，到了编剧们该出成果的时候，他们守在那里望眼欲穿。所以有剧团和剧院的地方，才有编剧的用武之地；没有剧团和剧院的地方，没听说能出编剧，除非在北京和省里。这道理何所长现在才弄明白。但那时候何所长还米汤里洗澡，糊里糊涂的，比较幼稚。

何随市局的领导和专家下去看戏草排时，那几个写戏的会陪着何，同何坐在一起亲热，显示一家人的情分。但是写戏出身的，骨子里并不见得瞧得起写小说的。他们认为学术有专攻，隔行如隔山。有的出言吐语，晓得隐忍，也把何当专家待。比方说某县戏工室的徐主任，他是业余作者，写小说的，后来在文化馆搞辅导干部，当馆长后才调到戏工室写戏。他就晓得谦虚，对何所长保持应有的尊重。有的就不晓得讲客气，直来直去。比方说某县戏工室的所长谌先生，他是某大学中文系毕业的，毕业后分到某县艺术研究所，为黄梅戏剧院写戏。他到上海戏曲学院进修过，眼界就比较高，当何对他写的戏提出修改意见时，他在会上不反驳，散了会就对何说："何所长，戏由我们来写，你把旗举着就行了。成功了就是你功劳。"这叫什么话？说明人家根本不把你当专家。你一个写小说的，有什么资格指手画脚哩？这就伤了何所长的自尊心，心里不服，在暗中与之较劲。文局长不是叫他写一台关于苏东坡的大戏吗？何所长就决心是骡子是马拉出来，让人看看。谌先生一生勤奋，以写戏为命，很写过几个像样的戏，比方为五祖寺写的《传灯》，就是他的代表作。他六十岁退休那年脑溢血，累死在写戏的桌子上，实在叫人痛心。当今世界在基层写戏的原本不多，能将戏写好的更是凤毛麟角。此是后话。

说那时候吧。那时何心高气傲，基于以上原因，就不想要人帮忙，想独立完成关于苏东坡的那台大戏。当然这也瞒不住，这需要造势，得让本市剧本创作圈子内的权威人士知道。当时本市剧本创作圈子内的权威人士是谁呢？当然是童主席。他虽然退休了，但仍然是本市剧本创作的头牌。本市的剧院和剧团有什么题材要写大戏，就由他担纲，非他莫属。这是他的本行，练了一生的功夫，一系列获奖的大戏摆在那里了。那些大戏剧本写成之后，就请省里著名导演余老先生来排，余老先生就认童写的戏。就是别人将剧本写成了初稿，那也得由童来加工润色，才能成形；一旦动得太多了，署名时童的名字还得署在前面。这是难以逾越的事。

可是那时初到艺术研究所的何所长，心比天高，就想吃独食哩。他想像写小说一样，独自完成。这叫不入江湖，不知水有多深；不登珠峰，不知天有多高。可不是吗？古往今来，戏剧创作一向是业内人，高雅艺术注册的专利。那门槛比小说要高得多，要有舞台经验和系列的专业修养才行。不是菜园门，是个人想进去就能进去的。在他们眼里写小说是野路子，只要是闯进去，发一篇轰动了，然后一发不可收，可以成名，也可以成家，谁想拦也拦不住。写戏就另当别论，要入得门去，拜师学艺，饱经沧桑，多年的媳妇熬成婆，才有你施展才华的可能。否则贻笑大方。所以写戏的人，听说写小说的人想写戏，看着你心里就发笑。啊，你也想写戏！爱你的人，就劝你最好莫去写。如果遇到想害你的人，就怂恿你去写，他们等着哩——等着看你的笑话。

那天夜晚何到童主席家中，将写大戏的事，私下同童主席汇报了。必须的。这叫投石问路。取得他的认同后，方好行事。灯光明亮，夜窗临风。童主席在书房接待他。二人见面，分外亲热。你抽烟我吸，我抽烟你吸，那是烟雾缠绕。童主席是爱他的人，听了何的话后，面露难色。如果何不调到艺术研究所，童主席就要劝他不要写戏，会说你写你的小说吧。但是何既然调到艺术研究所当所长了，童就不能这样说。童就对何说："你可以写。"可以写是什么意思呢？何当时并不理解，认为童觉得他写戏也行。这对于何来说，就是好大的鼓励。何也晓得谦虚，说："我写出来后，请您指导。"童听出何话里的意思，何想独立完成。童就笑，说："好。那你就试试吧。"试试是什么意思呢？何当时并没有听出童话里有话。三年过后，才明白那话里藏的意思有好深。话说完了，何准备出门时，发现童主席桌子上，覆着两本翻开的书。何好奇伸手拿起来看，一本是孔尚任的《桃花扇》，另一本是王国维的《人间词话》。何才知道童主席做到老学到老，仍在灯下用功夫。观那满室的书，其中一架之上，全是此类先人的著作，不得不叫人肃然起敬。再看那壁上挂的条幅，换了新的，上书："世事翻新杨柳曲，人生入戏况味同。"何下楼梯，童主席立门相送，合掌一击，楼灯亮了。那是感应的。

为了写苏东坡的那个大戏，何所长开始收集资料。先看林语堂写的《苏东坡传》，童主席对他说，林语堂先生写得最好，其他人写的也可以看，可供参考。何看了几本传记之后，知道苏东坡的一生是如何度过的。再就是将苏东坡一生的作品，凡是收集到的都看，从中感受和学习苏东坡过人的才华和处世的胸襟。更重要的是要将苏东坡被贬黄州四年零两个月所写的诗赋和小品文及日记，全部阅读消化，变成血肉。这有《苏东坡作品全编》，是丁副部长生前担任主编，组织人编成的。何心中有数后，就开始构思，取了个剧名叫《赤壁赋》，慢慢写，采取多幕的形式，反映苏东坡在黄州的生活和他的情怀。

对于写戏，何自信也不全是外行，毕竟是写过小戏的。晓得置境，在典型事件中构成矛盾冲突，刻画人物，升华主题。晓得人物在典型环境下，如何对话，环环相扣，烘云托月，营造氛围。晓得什么时候说，什么时候唱。晓得写那优美的唱词儿。他早年是写新诗出身的，楚辞唐诗宋词以及元曲，都有涉猎，受王老师的影响，晓得融古注今，遣词练意包括押韵，练了功夫的，用起来得心应手。他认为三年的时间没有白用。他在写作过程中，那是沾沾自喜，志在必得哩。

那心情可以用儿童也会背的一首古诗来形容。"碧玉妆成一树高，万枝垂下绿丝绦。不知细叶谁裁出？二月春风似剪刀。"哈哈，见"小"了，见笑了。出水才见两脚泥，那高兴有点早。

人说事非经过不知难。何是事到经过方知难。

曾经的何所长，现在才知道那用的全是隔行功。

五

何所长后来才明白，他写的那个关于苏东坡在黄州的大戏《赤壁赋》，还没有遇到节点。还没遇到节点是什么意思呢？是当时本市的主要领导人和省黄梅戏剧院，还没有达成共识，没到将此戏搬上舞台不可的时候。那个大戏只是具有前瞻意识的文局长，打提前量布置给何完成的作业。既然你自愿调到艺术研究所，是条好汉，那就勇挑重担哩。

这相当于单亲母亲，一厢情愿将孩子生下来之后，还没有人前来认领。排这样的大戏，要花好多钱，市里主要领导，不将此事提到日程上来，资金问题就无法解决。省黄梅戏剧院不会自找苦吃。但是戏不是终于写出来了吗？文局长还是很高兴，看过之后，文从字顺，觉得还行，就吩咐分管艺术的陈副局长，将剧本打印若干份，寄到省艺术研究所，请省里的专家们，召开讨论会，进行论证。这是剧本创作过程中，必不可少的程序。不管是谁，剧本写出来后，得先过这一关。

剧本论证会，是那个晴天，在省艺术研究所小会议室召开的。分管艺术的陈副局长，起大早派局里的公车，将何带到省艺术研究所。按约定的时间，八点前到了。剧本论证会因为是随机的，也没有通知很多专家参加，出席专家的名单摆在桌子，要来的只是省艺术研究所几位写戏和排戏的专家，分别是古所长——国家一级编剧，专业编剧明先生——同样的国家一级编剧，还有从本市调上去不久的周同志和所里一个年轻导演。古所长是所里的领导，又是写戏的行家，写的大戏，都是得过大奖的。明老师更是老手，他是从基层通过写戏一步步走上来的，几部在国家获奖的大戏，都是他操刀的。明老师与古所长，那时候在省里戏剧创作界是双峰并立，各领风骚，令人仰慕。下面各地市州，只要是写戏的，剧本写出来后，都知道找他俩。投名帖也好，拜把子也好，总而言之，所写的剧本只要得他俩的首肯，那就离成功不远，否则连门也摸不着。你可知道，戏苑门庭深似海，曲径通幽别有天。

朝那里一坐，何所长的心情，有点像"妆罢低声问夫婿，画眉深浅入时无"。何虽然是写小说的，但曾经与汪大哥合作写过得奖的小戏《飞来的草帽》。既然都是老戏骨，自信说出来他们应该是知道的，但又底气不足，因为毕竟那是小戏呀，又是全国农村题材业余剧团调演得的，不是大戏，也不是专业院团生产的，在他们眼里自然算不上什么大事。他们是专业编剧，院团生产的大戏，才能入他们的法眼。何那时写的小说，在国家级和省级刊物上发过很多，多篇被《小说选刊》和《小说月报》选载过，有一定影响，省作协小说界的人知道他。至于剧本创作写大戏，那是"大姑娘坐花轿——头一回"，属于新手。这何所长心里清楚。开论证会之前，因为没有交集的机会，古和明并不知道，也不认识何，不知道他是哪路神仙。这不足为怪，术业有专攻，各守各的山头。

剧本论证会定在八点钟召开。古所长先到了会议室，接待从下面来的客人。陈副局长因为分管艺术，与古早是熟人，古见了陈副局长热心快肠，分外亲切。都是茶客，茶泡在手上喝，那是热气汤汤。都是烟虫，烟摆在桌子抽，那是烘云托月。陈副局长将何介绍给胡所长，说："这就是何所长，有名的作家。是我们从市文联'挖'过来的。这个剧本是他写的。"古所长伸出手来握，说："欢迎！欢迎！"陈副局长对何说："这就是大名鼎鼎的古所长，著名编剧。你得虚心向他学习。"古客气地说："互相学习。"陈副局长介绍时用的是纯正的普通话，悦耳动听，显示出超人的风度，叫人高看一眼。陈副局长是不容忽视的角色，他的普通话说得那样标准，人又长得标致，古听过他在艺术专题片里的解说，与话剧演员和中央电视台的播音员有得一比。有艺在身，素养摆在那里，来分管艺术工作，那才叫内行。古就握着何的手不放，说："强将之下无弱兵！"于是拉家常。何得知古与他是同年生人，那亲切就更深一层。于是坐下之后等人开会。

开会的人陆续来了，每个人手中都拿着一份送上来的剧本。明老师是最后一个到会场的，很匆忙的样子，一手拿着剧本，一手拿着从食堂买来的两根油条，进门后坐在正中的位子上。那是特意留给他的。他理直气壮地坐下。于是就开会，会由陈副局长主持。陈副局长非常客气地说明原因后，就请在座的各位就剧本提意见。古所长点名要明老师先说，他是权威，大家得先听他的。春来他不先开口，哪个蛙儿敢作声？戏剧界历来是论资排辈的地方。明老师说："不好意思，剧本我还没看。等会儿我再说。"他居然没看。这也不奇怪，你晓得下面送到他案头上的剧本该有几多。于是他一手拿着油条啃，一手拿着剧本翻，一目十行，现场办公。于是古所长就问其他人："你们看了吗？"其他人说："看过了。"古所长说："你们把人先说。"那些人不肯先说，说："我们想听听您的意见。"古所长说："那我就先说。"于是从座位上站起来伸出手又同何所长握，说，"祝贺！祝贺！我收到剧本看了后，非常激动！我没有想到突然冒出一新人，写出这么好的戏。功底深厚，唱词优美，对白到位。原来是你！"大加赞扬后，提出几点意见，供何所长参考。古所长的话，让何所长大喜过望，没有想到能有这么高的评价。古所长说过之后，其他的同志分别说了自己的看法，都是以表扬为主的。最后是明老师发言。明老师说："唱词太多了。唱那么多有什么用？又不是歌剧。写大戏光唱词写得好重要吗？重要也不重要，关键是要懂戏。戏有戏的结构，不是写小说。"这不是什么好话，何所长记是记了，但心里并不以为然，难道写戏不要唱词好吗？

　　会开得差不多了，古所长就做总结，归纳意思，就是一句话，此戏可以搞，而且可以搞出精品来。陈副局长做答谢，让何所长也表示谢意。于是就散会。找地方喝酒，当然是陈副局长代表市文化局做东。陈副局长酒量过人，分别敬在座的人。何所长那时也有酒量，当然义不容辞，对在座的见人三杯，以表谢意。那餐酒喝得何所长天昏地暗，回来上车时就吐了，涌出两眼的泪水。那是"君不见黄河之水天上来，奔流到海不复回"。那是君不见"乱花渐欲迷人眼，浅草才能没马蹄"。

　　剧本通过那次讨论后，何所长就专家的意见修改了。由于没有遇到要上台的时机，就搁置下来了。就算是入门礼，让省艺术研究所的同仁们，晓得某市艺术研究所，有个写小说的何所长在串行写大戏哩。没想到那戏一搁就是好几年。只有何所长把那当回事儿了，心里老是惦记着。

写戏呀写戏！就是写戏的事，把那个何所长折磨得儿女情长，英雄气短。何所长调到市艺术研究所到正式退休，算起来也有十年时间。何所长在那个位置上边写小说边客串写大戏，很写过几个的，比方说与省地方戏剧院签约的戏《山乡腊月》，开始认为不错，经过再论证后，圈子内还是通不过。比方说与省京剧院签约修改的戏《载梦的小船》，改出来后，论证会上专家提了一大堆意见，一人不如众人意，只得流产了。何对这些戏的参与得益于当时省文化厅分管艺术的副厅长冼大姐。她是写话剧的，早年也写了很多小说和散文。话剧与小说挨得比较近，她长年订阅《小说选刊》，注意文坛动向和发现优秀作品，从中汲取营养。冼大姐是那年通过《小说选刊》上的作品，发现何所长的。那一年何自愿到麻城挂职深入生活，计划写关于黄麻起义的长篇小说。市委组织部下文件，安排他到麻城市委宣传部挂了副部长，为期一年。这是方便采访的，没有其他什么作用。那一年何所长将采访所得，为长篇做准备的素材，试笔写了个中篇《姐儿门前一棵槐》，投到《解放军文艺》，被编辑看中。编辑将"姐儿"二字去掉，以《门前一棵槐》发表了，发表之后被《小说选刊》选载了。小说中那关于将军的前妻与将军之间的恩怨情仇，展现的世事沧桑之中的人性，引起了当时军事文学界和小说创作界的注意。冼大姐那天夜晚看完了小说，心中久久不能平静。一看作者简介居然是本地的，一问此人还调到了市艺术研究所，冼大姐就连夜同省黄梅戏剧院的院长通电话，问："你知道何括吗？"冼是那院长的顶头上司，那院长不敢怠慢。那院长说："知道。"于是冼就告诉那院长："古往今来，一个名角背后需要一文人包装。何在本地哩，你要和他主动联系，加强合作。"后来那院长笑着问何："你与冼厅长什么关系？"何说："没有什么关系，我认识她，她并不认识我。"那院长心里就有底了。

《门前一棵槐》发表之后，何就对童主席说："这个小说可以改成戏的。"

童主席说："我看看。"看过之后，说，"可以。"于是就由童主笔，何署第二作者，改成东路花鼓戏《凤儿》，参加艺术节会演，得了省级大奖。冼从那之后，开始极力推荐何参与写戏，想用写小说的何这股活水，冲击一下当时本省戏剧创作的套路化。她对何的重视程度不一般，叫何至今难忘。比方说省里两年一度的重点编导扶持，她叫何报名，专家论证时，何得票不够，没有评上，她宁可将自己的名分让给何，让何展身手。上面所说何参与的那些大戏，都是冼大姐一手操办的。没想到关山重重，一个都没有能搬上舞台。冼大姐后来兼任省文联主席，到了退休年龄，仍然抓全省的舞台剧艺术创作，返聘几年后还是退休了。个中甘苦，圈内人都知道。

回到《赤壁赋》上来吧。过了几年时机成熟了，市主要领导要打苏东坡的牌，发展旅游事业。何心想，剧本不是有了吗？但是不行了。有关人士建议向全国征集剧本，设一、二、三等奖，奖金各是多少元。广告选在全国发行的报纸上登出。于是何所长就负责收集剧本了。截止时间到了，收到的剧本也有三十多个，能入眼的几乎没有。童主席见全国征稿，开始并不想参加，后来经人劝，又写出一个参加了。于是就开始评奖呀！请来的当然也是以省艺术研究所的专家为主，市文化局的主要领导也在其中。这时候文局长调到市委宣传部当副部长去了，继任是高书记。评奖是封闭式的，搞得很神秘。但是经过三天论证下来，专家们达成一致意见，还是童主席写的《苏东坡》和何所长写的《赤壁赋》要强些。主要是接地气。专家建议在两个剧本的基础上，进行加工。加工时，何想署名，童主席就笑，说："你这是何苦来哉？你的剧本不是得了二等奖吗？要记住君子有所为，有所不为。你集中精力写你的小说吧。"这就由不得你了。何只得放弃自己的想法。

何所长后来才知道，这不仅是童一个人的意思，省黄梅戏剧院的那院长也是这样想的。何所长就知道写戏不是属于他的事业，于是何所长就将他写的那个剧本修改成《东坡救婴》，发在自己主编的《问鼎》，孤芳自赏，聊以自慰。至于那戏是不是戏，能不能排，排出来有没有戏？只有天晓得。

这就是那些写戏的事。得也罢，失也罢，过眼云烟，哈哈一笑。只能证明何在市文化局艺术研究所所长的位置上，对于写戏还是做过种种努力的。"莫笑当年梦中人，曲成无琴弹未成，凭窗望白云。春来一江向东水，两岸青山波中粼，只是意难平。"这也许是一种情结，属于英雄的。比方说项羽，当在此列。

　　写戏的事就此打住，得说创办全国地市州首家大型刊物《问鼎》的事情了。

第二章

一

关于办刊物，何可以说是个野心家。他就像怀春的少女，看中了意中人，一生痴情不改。那时候他不是从市文联出走，不办刊物了吗？但是他一调到市文化局艺术研究所后，仍然野心不死，还朝思暮想办刊物哩。他走马上任，将此事同文局长汇报后，文局长不是一拍即合，欣然同意了吗？他那时不是还兼着市作协常务副主席，将此事同作协童主席汇报后，童主席不也高兴地同意了吗？有开拓意识的领导，还怕你有野心？有这两个主管领导的首肯，等于有了主心骨，接下来的事，就看他的了。

为文一生的何，有个最大的特点，那就是做起文事来，胆子比较大，有了想法就要在公众场合说出去，不怕人笑话。你知道作为业余作者出身的何，此生最大的梦想是什么吗？"癞蛤蟆想吃天鹅肉"，这之前他居然胆大包天，想创办一家公开发行的全国基层文学选刊。

这想法是他在某一次省作协主办的内部刊物主编的培训会上表露出来的。那次省作协领导，点名要他在会上做典型发言。他比领导大两岁，领导了解他，看重他，让他在会上说一说基层文学内刊的办刊经验。他在掌声中，红着脸站到了讲台上，大言不惭地将他的编辑和辅导经验说了一通，然后说："我建议省作协办一家全国地市州基层文学选刊，选载全国地市州内刊物上的优秀作品。如果没有人办，我愿意着手办。我此生最大的愿望，就是办一本公开发行的文学刊物。如果没有实现，那就死不瞑目。"下面各地市州内刊的主编们，就窃笑他野心不小。他也不怕脸红。因为他天生就是一张红脸，一发言脸更红，像个关公。反正生就一张红脸，从娘胎里带出来的，遮得住羞。坐在台下的领导仰脸望着他笑。你想想办一家全国地市州基层文学选刊谈何容易？那主席佩服他的勇气。

他为什么敢出此言呢？基于两个方面的原因，一是他觉得内部刊物是培养作者的园地，他正是内部刊物培养出来的作者，作品先在内部刊物上发表，然后在公开刊物上发表，一步步走出来的。如果作品仅在内部刊物上发表，不能在公开刊物发表，他的作家梦就无以实现。如果他能办一家公开发行的全国基层文学选刊，就能从众多的内部刊物上选发优秀作品，培养许多业余作者步入文坛。二是他觉得他有这个能力。他是从文化站办油印刊物起身的，到县文化馆和县文联办铅印刊物，调到市文联后接着办《鄂东文学》，培养了一批业余作者，以写带编，有的是办刊和辅导作者的经验，对于好的作品，不会看走眼。他坚持认为好的作品在基层，在于人去发现。此话有一定的道理。散会后领导对他说："上级规定地市州不准办公开发行的刊物呀！你不能调到省作协和中国作协，就不可能编公开刊物了。"

那主席的意思很明白，就是说你身在基层，野心再大，也只能办内刊。但是何不死心，因为内刊不能发行呀，只是内部赠阅。那面就窄，印一千册，影响有限。而且内刊由于经费的原因，页码就少，就是季刊，一年也只有四期，充其量几十个页码，每期只能发一个中篇和两三个短篇，配以诗歌散文或者评论，薄薄的一本。本市是个文学大市呀！业余作者多，光是写小说的就有百十多人，而且写长篇和写中篇的居多。他们写出来的作品很难找到地方发表出来，编者和作者都觉得不过瘾。既然不能办公开发行的全国基层文学选刊，那么就着手创办一家内部的大型文学丛刊吧。那容量就大，体面风光。你看这是多么美好的事！何是个说干就干的人，不爱纸上谈兵。

关于创办大型文学丛刊千头万绪的事，何经过半年多缜密的思考。首先考虑办多大的容量。这个野心家，从小生长在巴水河边，身上有的是巴河人敢为天下先的勇气，刊物的定位就是全国地市州首家大型文学丛刊。

这就叫气势！每年办两期，不以年论，以期数编号，国际流行的大十六开，每期十六个印张，二百五十六个页码，每期发作品四十万字。纵观全国，莫说内刊，就是公开发行的刊物，也没有这个规模。何订的刊物不少，拿出来比较过的。这就叫勇气！那么叫什么刊名呢？刊名当然要叫得响，不说影响全国，起码要在本省引领风骚。湖北古属楚地，想当年楚庄王饮马黄河，问鼎中原，那是何等的气势？何就决定用《问鼎》做刊名。何将此想法在市作协会上说出来后，得到了童主席和商教授的支持。他俩眼睛一亮，桌子一拍说，好！那两人是何等的角色！"登山则情满于山，观海则意溢于海。"这就叫何血脉偾张，眼睛放亮。于是就讨论栏目设置的事。文学刊物无非小说、散文、诗歌和评论四大版块。但各大版块，何也用古楚经典文学进行包装。小说长中短，就用"筚路蓝缕"，引《史记》"辟在荆山，筚路蓝缕"之意。文化大散文，就用"沧浪濯缨"，引古楚《孺子歌》"沧浪之水清兮，可以濯我缨；沧浪之水浊兮，可以濯我足"之意。散文随笔，就用"滋兰树蕙"，引《离骚》"余既滋兰之九畹兮，又树蕙之百亩"之意。诗歌，就用"断竹续竹"，引古楚《弹歌》"断竹，续竹，飞土，逐宍"之意。文学评论，就用"上下求索"，引《离骚》"路漫漫其修远兮，吾将上下而求索"之意。妥了，妥了。与会之人，欣然会意，皆大欢喜。

于是他就想请谁来题刊名。如果请全国的名家来题，那当然更好。但他知道那是不可能实现的。因为他的知名度不够，尽管在全国刊物上发表过不少作品，各大选刊也选过他的作品，但没有多少人关注他。他充其量在本省还有点影响。他那时候正是省作协文学院连续几届的签约作家，经常到省作协开会，与省作协当时的领导们熟。他就找到当时省作协党组书记韦启文先生。他将想法向韦书记汇报了，想请书书记题刊名。韦书记是个诗人，字也写得好。韦书记是壮族人，儒雅敦厚，见人一脸笑。他握着何的手说："可以。"第二天何散会时，韦书记就将题写的刊名，用一个大信封装着，交到何的手上。何抽出铺开一看，那写在宣纸上的"问鼎"两个字真叫好，古朴苍劲。"问鼎"这两个字并不好写，他居然写得很好。

何看在眼里，喜在心头。有省作协党组书记题的刊名，还有什么话说？分量到了。更重要的是没有花一分钱呀！而且送到手上了。书记说："祝你成功！"希望之情溢于言表，叫人温暖。那真是"好风凭借力，送我上青云"。

于是发通知向全市作者征稿。全市作者们听说本市创办全国地市州大型文学丛刊，喜出望外，稿子源源不断通过邮箱传来了。于是何开始选稿，看中了的稿子，就提出修改意见让作者修改，达到可以发表的程度。创刊号四十万字齐了。于是设计创刊号封面。经高人指点，决定封面和封底用红色的，配以从网上搜来的一方古鼎，刊名竖放，正反亦然。醒目，大气。封二、封三和中间的插页，是本市书法家和画家的作品，彩色的。好马配金鞍，美不胜收。

妥了，妥了。但是钱哩？印刊是需要钱的呀！钱从何来？何就千方百计地找钱。何就挖空心思，想到那诗人。那时候那诗人挂靠省作协，办了一家图书公司，动用他的智慧，据说赚了一些钱。此前那诗人在古城工作过，与何很熟。何是他的老哥，他很看重何。何先打电话联系，然后到省里找到他。他在办公室接待了何。见面后，何为难了好半天，不知如何开口。那诗人说："老哥，有什么事？"何说："不是私事。"那诗人说："老哥呀！有什么需要小弟帮忙的，你就直说。"何就将创办《问鼎》的想法和印刊缺钱的事，对他说了。那诗人说："需要多少？"何说："想请你支持一万元。"那时候一万元不是小数。那诗人就从抽屉里拿出一摞钱，当面交给何。那诗人说："老哥呀！这是你来之前，我上班时从银行取出来的。我知道你打电话找我是什么事情。家乡办这么大的刊物，我应该表示心意。你不要难为情。请收下。"何说："我打个收条你。"那诗人说："不用了。我相信你。"这就叫何感动！一万元可以解决创刊号的印刷费呀！及时雨呀及时雨！如果没有那诗人的一万元钱，创刊号就印不出来。何的野心何以实现？《问鼎》拿什么去问？那不是画饼充饥、望梅止渴吗？那诗人是大气之人。难怪后来他的诗能得全国最高文学奖。他与何心气相通，惺惺相惜。那是"人生不相见，动如参与商"，"夜雨剪春韭，新炊间黄粱"。

就在那年冬天，《问鼎》创刊号新鲜出炉了。寄的寄，送的送。寄的是作者们，送的是市里四大家领导们。当然还有省作协的领导和同志们。他们收读后，上下一致，认为办得不错。特别是童主席写的发刊词，将办刊宗旨与楚文化结合在一起，说出了"问鼎于文"的气势。这效果是何预料到了的。

何是送创刊号到市委大院时，碰到市文联那个新主席的。那个主席问何："你到市委大院做什么？"何说："送刊物。"那主席问："什么刊物？"何就拿出一本送给他。那主席问他："你又办了一家？"何说："是的。"那主席拿着那本厚厚的创刊号，吃惊地望着他。那主席没有想到何"野火烧不尽，春风吹又生"，旧梦新成，而且出手不凡。吃惊之余，望着何的背影，摇头讪笑。那意思是这家伙，人还在，心不死，真是一个野心家哩。

二

办过刊物的人都知道，办刊物不是一件容易事，何况野心家办的，是号称全国首家地市州大型文学丛刊。你看那铺得多开，架子搭得多大。办一期好说，如果想连续办下去，那就像燕子垒窝一样艰难。

至于稿源，那就不用细说了。何是办刊物的老手，晓得在日子里闲时办着急时用，长计划短安排，做到了手中有粮、胸中不慌。虽然是内刊，没有稿费，但是本地业余作者和业余作家们，还是想将自己写的东西变成铅字。变成铅字，该是多么美好的事。那就是发表呀！他们将初稿写好了，发到指定的邮箱，何及时看了之后，提出修改意见，指导作者们根据意见对稿子进行修改。何对于稿子的要求有点严，不会降低门槛。如果修改一次达不到发表要求，那就再来一次，直到何满意后，才能留着发表。好在本市是文学大市，几百万人口，下面县市区喜欢文学的人不在少数，有庞大的作者群，各类稿子从来不缺。这不是问题。园子大好选苗。

但问题是刊物编好后，巧妇难为无米之炊，需要钱印出来呀！办刊初期，财政困难，没有给一分钱的补贴，刊物的印刷费全靠自筹。美其名曰是编辑部，其实《问鼎》只有何一个人支撑，主编责编一肩挑。文局长给艺术研究所配了一个年轻人，作为何的助手。但那个年轻人，负责处理所里的日常工作，兼给局里写材料，比较忙，也没有拉赞助的人脉。所以办刊物全靠何出去拉赞助。那就像箭在弦上，一期刊物印出后，下一期跟着来了，此情漫漫无尽期。于是那时候何就挖空心思，将精力放在给刊物拉赞助上面，为文学立命，打着"神圣"的旗帜，成了"乞讨客"。

现在说起来，真是不好意思。那时候的日子里，或公或私，何只要在场面上与人打交道，就要将眼睛审视着对方，脑子里高速运转，那是在想心思。想一想，是不是能从对方身上拉点赞助哩。如果觉得有可能，就同对方套近乎，投其所好地说话，动之以情，晓之以理，直至将对方说动了，才松一口气。于是约定时间，自告奋勇给对方去写报告文学呀！说好将写好的报告文学发在本刊之上，同时给单位或个人拍照片，在刊物中间加若干彩页，印出来后，作为典型推介宣传呀！好在那时候单位的负责人，或是民营企业家，比较好这一口，随多以少，谈好价钱，也能将每期的印刷费凑齐，不至于赊账。如果像现在的，对刊物宣传不感兴趣，那刊物就不见得办得下去。所以说"人随王法草随风"，每个时候的社会风气很重要，你得顺风而为。

翻开《问鼎》过刊，你就会发现，那时候这样的事情，何亲自操刀，做的还真不少。每期都有，期期离不开。这种精神就与清代光绪年间那个叫作武七的办义学的做法有得一比。据说武七是山东聊城人，乞丐出身，大字不识，竟然想办义学，居然办起了三所义学。那办义学的钱，就是靠他乞讨得来的。轰动一时。后来光绪为了嘉奖行乞办学开风化的精神，赐他嘉名为武训。可见古往今来，靠行乞办文化事业是提倡的。所以那时候何认为拉赞助办刊物，并不是丑事。那时候，公开提倡以文补文，办内刊需要拉赞助讨钱，办公开刊物也是如此。办刊物的人以此为己任。俗话说："人不求人一般高，人若求人矮三分。"所以那时候办刊之人，为了文学事业，就不要去多谈什么自尊心。如果你一定要端着架子，以名家自居的话，那是人家看在面子上给你的。你得有点自知之明。那时候办刊人真叫可怜。

那时候何动用了多少感情资源呢？不好意思去细数了。《问鼎》过刊摆在柜子里，拿出来历历在目。只要是老乡，只要是同学，只要是曾经弄过文的，或者听说过他的大名的，他就见缝插针，乘势而上，当说客，千方百计说动人家就范。好在他在本地也算是名家，同情他和文学的，不乏其人。他的阳谋往往就能得逞，从而坚定了他将刊物办下去的信心。事实证明，普天之下，就像太阳在天，凡有人群的地方，就会有同情心存在。有讨的，就有给的，谓之慈善事业。

这信心是受一件事启发，变得愈加坚定的。那时候不是改革开放初期吗？各种思潮兴起，潜伏在民间的古老职业，像雨后春笋一样冒出来了，就地复苏，呈"乱花渐欲迷人眼"之势。那一年春节过后，何抽空到巴河米贩子垸的岳父家去接客。这是夫人交代的。夫人是遵从传统，叫何去接岳母的。因为过年时男人可以拜年走动，女人留在家中待客。年过完后，过了正月十五，女儿家就要请娘到她家"吃粑"。这也是古往今来，民间联系感情的方式。那时候岳父岳母健在，儿孙满堂，那是一家的欢乐。吃过早饭，何就说明来意，隆重其事，请岳母到黄州他家去住几天。一般来说，做岳母的会高兴地应承。时间紧，何催岳母打点行装随他走。岳母问何："今天就去？"何说："对。您女儿说今天是个好日子。"岳母为难了，说："今天我不能走。"何问："您今天有什么事？"岳母说："实在不巧，乡亲们说丐帮今天约定到米贩子垸来开会，推选帮主。他们要在垸中每家每户讨一遍，图个好兆头。说好了的，家家都要给。我要在家给他们赏米。"何说："岳父赏不是一样吗？"岳母说："这是内当家的事。岳父是外当家。"这话有道理，在乡间行善积德是"比脸"的事，由内当家出面合适。何就惊奇，解放多少年了，居然还有丐帮复活哩！居然还要开会民主推选帮主！居然还要在开会之前，在垸中挨家挨户讨一遍，图个好兆头！这相当于入场式呀！岳父木讷，站在旁边，对何说："你不要急着走，看看，有点意思哩。"

于是何就没有急着走，想看热闹。只见河边的太阳，随着雾气升起来了。各路乞丐着乞丐装，背着叉角袋子，拿着渔鼓筒子和竹板，从大路上，三五成群，陆续来到米贩子垸。其中有的是盲人。盲人由童儿用竹棍牵着走。也有不是盲人的，他们顺着垸路来，眼睛里喜气洋洋的。垸子错落有致。他们集合了，像游垸的队伍，从这条路进去，那条路出来。垸中的人，守在各家的门口，见他们结队来了，就放爆竹迎接。那爆竹声，那家连着这家哩。红的烟，紫的雾，腾空而起。那些人多才多艺，此时闻风而动，拍响渔鼓，打起竹板，唱将起来："胜日寻芳泗水滨，无边风景一时新。等闲识得东风面，万紫千红总是春。"这是雅词儿哩，从《千家诗》中得来的。开场唱这词儿，显得雅致，就有品位，勾得动乡愁。这一帮人唱了，另一帮人接着唱："叫我唱，我就唱，我到贵地化了妆。给多给少是心意，保福保寿保安康。"这是俗语，即兴编的。即兴编的，也合辙押韵，朗朗上口，撩得起俗情。

　　何就明白，这就是传统丐帮入垸开会的开幕式。年轻人当然没见过，觉得新鲜。年纪大的人，小时候见过，是久违之后的重温哩。垸人哈哈大笑。这样的时候，谁也不愿意小气，都出手大方。有米的给米，有钱的给钱。这就是赞助呀！有拉的，就有赞的。好玩得很。相当于过年过节"玩故事"呀！玩龙灯是一种，打狮子也是一种，但都没有这样好玩。丐帮走到岳父家门前唱过之后，岳母从米缸里铲出二升米，倒在他们背的叉角袋子里。岳母家钱不多，只有米。何就掏出二十元钱随米赞助了。那时候二十元钱不是小数。他愿意在这样的场合发善心。何递钱是那个明眼人接的。那个明眼人接钱后，打量何半天，认出他来了，说："何站长，你在这里呀！"何也认出那人来了。那人是何在竹瓦当文化站站长时所领导的说鼓书的艺人。此人鼓书说得好，有组织能力，被何选为鼓书协会的会长。何的家乡与巴河隔着好远，何没有想到此人跨界加入了丐帮。此人就在那次会上，因为会现场编词，即兴演唱，鼓板打得好，嗓子又洪亮，被丐帮推为帮主。从此他领导这一帮人，在乡下走村串户，用传统的说唱艺术讨生活，居然风生水起，过了好长一段时间。后来再没听说丐帮的事，烟消火熄了。据说此人还是"耍单鞭"，说他的鼓书过日子，过得不算差。这也不奇怪，追根溯源，鼓书艺人与丐帮本是一家人，在历史长河中，都是以文讨吃的，同属"下九流"。

何就感慨，他毕竟是有艺在身的人，没有日子过不下去的道理。何记得在老家当文化站长，领导他们时，听此人用鼓书帽的形式，讲了一段古，让何很受教育。鼓书帽说的是，有个富人想学乾隆游江南，问一个乞丐："你说要得多少银子才行？"乞丐说："恐怕要得十万两银子。"富人说："哪来的那么多银子？"乞丐说："没有那么多银子，那你就游不成。"富人问乞丐："你游江南有那么多银子吗？"乞丐一笑，说："我游江南一棍一瓢足矣。"那个富人听后想了半天，恍然大悟，连连点头说："那是，那是。人比人，怄死人。我不如你。"那富人在乞丐面前，自惭形秽了。

何从那时候起就知道，在中国传统文化中，就有丐帮文化，源远流长，魅力无穷。后来何在指缘堂书店的书架上看到一本书，书名就叫《中国丐帮史》。何买了下来，看过之后，眼界大开。原来丐帮也是有文化历史的，而且博大精深。这就是为文的榜样。不是说自从盘古开天地，三皇五帝传到今吗？不是说"自信人生二百年，会当水击三千里"吗？落实到何的心里，那就是只要是能拉到赞助，《问鼎》就能办下去！你要相信从古到今，心中的梦、眼前的景、脚下的路，关键在于人怎么去想、怎么去看、怎么去走。有志者事竟成。榜样的力量是无穷的。

诚如斯言。

谁能说不是呢？

三

何能将《问鼎》办下去，得益于创刊号出来后，筹备第二期时，遇到了那个贵人。如果没有遇到那个贵人，《问鼎》怎样朝下办？办不办得下去？那就不好说。父亲生前经常教导他的儿："英雄造时势，时势造英雄，识时务者为俊杰。"父亲用的是《古今贤文》中的话。父亲说："只恐夜深花睡去，故烧高烛照红妆。"这不是《古今贤文》上的，是苏东坡咏海棠的诗。"踏破铁鞋无觅处，得来全不费工夫。"两者结合起来，就是"处常求变"的格言。

那时候何就像一只蜘蛛，结树连草，苦心营构，织成一张大网，守在网中，拭目以待。你说巧就巧，你说不巧就不巧，那时就有一个作者闯进网来，引起何的注意。那人是写诗的，准确地说是写歌词的。诗歌，包括诗与歌词。诗是写给人看的。那么歌词哩？也是写给人看的，也可以谱上曲子供人唱。收稿的何通过作品后的作者简介，知道那人是红安的，姓竹，时任老区烟厂办公室主任。那人是通过关系，收读《问鼎》创刊号，觉得办得好，就向《问鼎》投稿。投来的都是为老区写的，反映传统文化和红色文化方面的歌词。一次投就有好多首，热情很高。何看了之后，感觉不错。这是基于一个老编辑的职业眼光。何看得出竹写歌词，是练了功夫的，合辙押韵，而且意象通达，谱上曲子就能唱，当然达到市级刊物发表的水平。何此时除了看中竹歌词的质量，还看中了他的身份。为什么呢？因为他是老区烟厂的办公室主任。办公室主任的含金量，一般的业余作者是不能比的。

那时候原来遍布在各地的小型卷烟厂，撤的撤了，并的并了。那家卷烟厂因为是革命老区的，得益于将军们的进言，保留下来了，与中烟集团合并了。本市境内只留这一家效益好、自动化程度高的厂子，一跃成了众人瞩目的国营企业。这样的国营企业，当然是不缺钱的。何就喜出望外，竹主动投稿，歌词写得不错，又是办公室主任——办公室主任是厂长身边的人，可以当半个家哩。通过他与厂长取得联系，说不定就能拉上赞助。

何就用作品后面留下的电话，与竹联系上了。何说："竹先生，你的歌词写得好，准备在《问鼎》上以小辑的形式推出。"竹很高兴，说："谢谢何老师！"竹写了多年，早知道何。何说："我想抽时间，到厂里去拜访厂长。"竹是个聪明人,当然知道何的意思,说:"好。我愿意搭桥。"于是竹就趁机向厂长汇报,说:"有个本市的全国著名的作家,要到厂里来采风。"竹不说拜访,而说采风。拜访是私事,采风是公事。竹汇报是讲策略的。厂长听了后,并没有马上表态,只是坐在办公室桌子前笑。竹为了玉成此事,将何的身份努力朝全国著名夸,制造名家效应。厂长笑着问:"是龙吗?"那时候厂长以为本市的全国著名的作家是龙。其实那时候龙早调到省里工作了,何怎么能与龙相提并论哩。竹说:"不是龙,是姓何的。"竹说出何的名字,厂长居然晓得,"啊"了一声。说明厂长对何也有所耳闻。竹就拿出早就准备好的《问鼎》创刊号,递到厂长的手上,说:"这是他创办的刊物,叫我送给您指导。"厂长拿在手上翻看半天,说:"他是个做大事的人。"这等于答应了。竹就打电话过来:"何老师您来吧!"这就是好兆头。

于是约定好时间,何就叫车去了老区烟厂。那是冬寒过后的春天。车顺着公路,往大别山深处的老区开。漫山遍岭的杜鹃花,在风中开放了。"两百个将军同一个故乡"的老区,春雨过后,空气清新,河水清亮。自从那年那两个部队作家到老区采风,写出那篇《两百个将军 同一个故乡》的报告文学发表之后,轰动全国,老区就以杜鹃花为标志,说那是烈士鲜血染红的。一路风好,树绿花红。

何到了老区烟厂,竹主任出面迎接,将何安排到烟厂招待所会客室里,坐着喝茶。竹对何说:"厂长在开一个会,散会后来陪您吃中饭。"烟厂有招待所,而且档次不低。厂长将何安排在此,说明有戏。

快到吃中饭的时候,厂长来了。他清瘦修长的,眼里透着明亮的光。何见了厂长起身迎接。厂长上前同何握手,说:"何老师,久闻大名!有失远迎!幸会,幸会!"于是交换名片。那时候是时兴交换名片的。何看了名片,才知道厂长大名,姓向。向说:"我是烈士的后代,我祖父是红军。"何没有想到向厂长是个春风拂面的人,见到何一点架子没有,开口就叫老师。他比何小两岁,算是同代人。向说:"我曾经也是文学青年,早年热爱诗歌，也写点东西。"这就一下子拉近了心理距离，让何觉得亲切。毕竟是来拉赞助，求人之事，何不知如何开口，惴惴不安。向看出何的窘态，问："何老师来是不是为办刊物的事？"何赶紧说："是的，是的。"向说："小竹将创刊号转给我了，我看过，办得很好。何老师出面，我理应支持。您开口，想我们支持多少钱？"何没有想到向是个爽快之人，解开了心结。何说："我们是半年刊物，每年出两期。我想你们每期支持一万。"向厂长笑了，说："这对于我们来说是小钱。好说。但既然是约定，那就是双方的。我们正想创建企业文化，想听听您对于我们的条件。"这是当然的，何早就想好了。何说："条件之一，是每期刊物的封底和中间的彩插刊登宣传你们企业的广告。"向说："上级有规定，不能宣传企业，只能宣传企业生产的品牌广告。"于是就商定按上级的规定办。烟厂那时候以生产两种品牌为主，一种是中式经典品牌"黄鹤楼"，广告词是"天赐淡雅香"；一种是"红金龙"，广告词是"思想有多远，我们就能走多远"。这一条广告词叫何心里一动，说得多好！让人振奋，耳目一新。这些广告词和宣传版式，都经过高人设计好了的，由他们提供，只要发来印就行，不用何操心。条件之二是什么呢？何答应负责在烟厂建立一个作者群，作品写出来，通过辅导修改，定期在刊物上推出。这就中了向厂长的意。他很高兴。他说："我高中毕业后，在很长时间内也想写东西，走文学创作的路，当作家哩。后来身不由己，步入企业为商。何老师，我是个商人，在商言商。君子约定，您不见怪吧？"何说："哪能哩！"

双方约定之后，于是就吃中饭。酒席之上，向并不喝酒，只是用水代酒敬何。何用酒回敬。此时向厂长意气风发，回忆当年的事，背诵那当年红极一时、流行全国的作品，《船台放歌》《西沙之战》，还有《我爱韶山的红杜鹃》。他记性真好，一字不差。说到老区的红色故事，向厂长了如指掌，如数家珍。他知道家乡二百位将军的出生地、功绩和每一位将军是哪年授衔的，相当于一本活字典。对于古典文学，向博闻强记，那功底好生了得，他能一字不落地背诵文天祥的《正气歌》和范仲淹的《岳阳楼记》，还有荀子的《劝学篇》。何听得春风拂面，竹只有仰视的份。向对传统医学也有研究，说到养生，那也是抽丝剥茧，条条在理。的确是文化人哩。底子摆在那里，让人敬佩。于是向说："何老师，我想加入您的队伍。我们厂的才女彭想出一本散文集，要我给她写个序。我写了，题目叫作《你是清泉我是鱼儿》，也请您斧正后，在《问鼎》发一发，算是给您交的作业。"一个厂长给企业员工的作品集写序，可见他的素养和情怀。这还有什么话说？何当即答应了。后来何编稿时发现向的序言行云流水，对文学青年满怀深情，充满呵护和敬意。企业是清泉，而员工则是鱼儿，鱼儿离不开活水。这是性灵之作，读后满嘴生香。

与有文化的企业领导打交道，就是过瘾，一点即通，事半功倍。

于是《问鼎》从第二期起，封底和插页就推出老区烟厂的产品广告和厂里业余作者的作品小辑。从《问鼎》第二期到十七期，连续八年都是如此。那八年因为合同是一年一订的，一年期满后，就得续订。每年春天，当满山杜鹃红了时，何就要到厂里去续订。每次向就热情接待何，尽管很忙，他都抽得出时间来。合同是履行手续，更高兴的是谈心呀！他们成了无所不谈的好朋友，直到向厂长退休。向退休后，厂里换了新领导，向不再理事了。向事先给何打电话，说："何老师，对不起！我只能扶持到这里。'君问归期未有期，巴山夜雨涨秋池。何当共剪西窗烛，却话巴山夜雨时。'"说的是推心置腹的话，引的是情真意切的诗，叫何感动不已。此时竹调到邻省同行业高就去了，也不方便将此事进行下去。《问鼎》与烟厂的合作，到此为止。天下没有不散的筵席，只是情难舍。

何与该企业八年合作的结果，还是让人欣慰的。八年来《问鼎》为该厂培养出三个省级作协会员。向是，竹是，彭也是。听说竹现在仍在写诗歌。彭现在是活跃在本市小说创作界的优秀女作家哩。一家企业能出三位省级作家，实属罕见。这就是以人化文的结果。

所以说诗为缘哩。诗的确是世间的好东西。如果不是以诗为缘，《问鼎》说不定就夭折了。在财政没有一分钱补贴的情况下，《问鼎》坚持八年出刊，烟厂是难得的"渡船"哩。那时候没有"桥梁"呀！如果不是"渡船"过渡，《问鼎》能"问"得下去吗？能坚持"问"到现在吗？真的不好说。

有人说办《问鼎》是何的功劳。何不敢据为己有。

《问鼎》是一块千人糕。

四

《问鼎》办到十八期后，办刊经费捉襟见肘，遇到了瓶颈，让何倍感艰难。那时何将能动用的关系都动用了，对于支持《问鼎》办刊的热心人，可以列举一个大名单，何铭记在心。他们在不同时期，用不同方式，尽心尽力了，再找他们不好意思开口了。何感觉到了山穷水尽的地步。因为此一时，彼一时，宣传热已经过去了，单位领导和私人企业家再不对报刊，特别是文学内刊上的宣传感兴趣了。你口若悬河也好，你天花乱坠也好，再也打不动他们的"芳心"。内刊的管理也规范了，文学内刊不能刊登广告，不能拉赞助，变相的也不行。比方说以各种名义举行全国征文大奖赛收参赛费，然后评奖，同样不行。比方说以刊物的名义拉理事单位，每年收"份子钱"，也在禁止之列。内部文学刊物更不能标工本费，变相卖。内部文学刊物只能在封面打上"内部交流，免费赠阅"的字样。如果不能做到上述规定，那么内部刊号年审的时候，就过不了关，会吊销的。

好在天无绝人之路，艰难的那几年，《问鼎》得到了市里前后几任领导的扶持。何培植地方文学土壤的苦心被领导们看在眼里。有领导对何说："何老师，我敬佩您的事业心。"这话说的何心里暖暖的。

何努力将《问鼎》办到第二十三期时，终于遇到一个解决办刊经费的好机会。那一年本市根据上级重视人才的有关政策，组织部人才办首次在全市范围内启动组织评选科学技术领军人才的活动，将文学艺术也纳入其中。领军人才的评选，分优秀人才和杰出人才两大类，一共三十个名额。优秀人才评二十人，杰出人才评十人，都是双数。这次评选活动，由单位推荐人选，经过资格审定之后，分三个步骤进行。首先组织初评委，根据大名单投票，初评三十人入选；再将初评入选名单，在网上公布，发动网民在网上投票；然后组织终评委，参考网上和初评的得票数，经过投票评选，确定下来。

文化局理所当然将何推荐上去了。那时候何是正高职称，叫作文创一级，符合条件，人才办受理了。经过初评委投票初选，何被列入了三十人的大名单，发到网上。网民开始投票。三十人的得票数，那是日新夜异，此消彼长，轰轰烈烈，搞得人晕头转向，找不到北。有人闻到风声，觉得有机可乘，于是从中兴风作浪。有消息传来，有人雇用"水军"花钱投票，那票数突飞猛进，几天下来，过几十万的也有。何的票数倒数第二名，比蕲春那个华师毕业、一生志在山区学校从教、桃李满天下的得了癌症的老教师多了一点。何后来才明白，他的那个票数，也是别人设的局，先让何尝个甜头，免费给何推的，不然得不了那么多。热心人叫何也花钱做做，说网上得的票数多，会引起组织部门重视的。有人就主动与何联系，说："你打五千元过来，我们给你再涨票数。"何就笑，说："谢谢！用不着。你的心意我领了。"何那时候没有心思也没有闲钱做这样的事。如果花钱买票，那不是开玩笑吗？神圣何在？权威何在？何决定不做这样的事，能评上就评上，不能评上就算了。

何没有把这事放在心上。叫何没有想到的是，那天中饭过后，他收到了一条信息，信息是市政府秘书长发给他的："祝贺你评上首届十大杰出人才。"这位秘书长是位书法家，国家书协会员，写的字在本市属于一流。此人平时与何有联系，惺惺相惜，所以及时将终评信息发给了何。何就打电话过去，问明情况，这才放下心来。原来终评最后还有一关，要经过市直各单位一把手集中投票，以得票多少定下来。此人参加了投票会，当然给何也投了票。何说："感谢你对我的支持！"他说："不必感谢。你为黄冈文学做出了成绩。这是你应该得的。"这是领导们对何创作成绩的肯定。那时候何深入麻城创作出版了两部长篇——《门前一棵槐》和《太阳最红》。

前者被拍成三十八集电视连续剧，在中央八套和全国各卫视播出了，许多人看了。后者参评了第八届茅盾文学奖，虽然没有评上，但也有一定的影响力。这就是资本。

于是过了不久，组织部门就在市电视台演播厅，开颁奖大会，现场直播。组织部门精心组织了那场颁奖大会，事先将每个被评上的人才的材料发给何，要何根据每个人的典型材料，写颁奖词。那颁奖词不要很长，但要画龙点睛。何就用心写那每个人的颁奖词。何给每个人写的颁奖词，用的都是长短词，押韵的。发给组织部门的领导审定，有关领导很满意。颁奖大会那天，那场面就宏大壮观，喜气洋洋，市四大家领导悉数参加，被评上的人才先后登台亮相。市委书记亲自念名单，给每个人披红挂彩，发大红证书。宣布被评上的人，除了三年每年的奖励补助金外，还一次性奖励二十万元，作为领军人物用来培养后备人才的科研经费，打到单位的账上。何这二十万元做什么呢？正好用来办《问鼎》和开笔会呀。二十万元不是小钱，可以支撑《问鼎》几年哩。原来那网上的投票，只是个扩大宣传的形式，并不能决定最后的结果。所以网上得票倒数第二的何，被评上了。所以那个终生志在山区教书、桃李满天下、身患癌症的教师，虽然网上的票数倒数第一，也被评上了，而且名列第一。那个排名第一的老教师，何给他写的颁奖词是："扎根山区育桃李，一肩重任铸师魂。新理念，育新人。甘洒热血守清贫。二十六年如一日，竹瘦笋肥见精神。"那个教师因为癌症到了晚期，快走到了生命的尽头。他躺在同济医院的病床上，没能参加那次颁奖会，由他的儿子代他来的。颁奖大会的大屏幕上，放的是电视台记者采访他躺在病床上的画面。他的临终遗言是："感谢党和政府！'春蚕到死丝方尽，蜡炬成灰泪始干。'"搞得台下的何和观众泪流满面。何给自己写的颁奖是："本是农家子，常怀文学情。寒来暑往，伴孤灯。寂寞每向高山望，可见朝霞可见春。黄冈多少萦怀事？也写英雄也写人。"不好意思。这相当于自我标榜。商教授就笑何，说："逻辑混乱。英雄难道不是人吗？"你就跟他扯不清楚。英雄是人不错，但是不是所有的人都能成为英雄，人与英雄还是有所区别的。总而言之，有那二十万元经费，《问鼎》又办了几年。

关于《问鼎》的办刊经费，形成定规，是在二〇二一年。从那年开始，办《问鼎》的经费由宣传部统筹，在每年划定的宣传经费中列支。这就形成了定规，何就不必再为办刊经费操心了。

《问鼎》办了二十年，每期发稿四十万字。二十年来，培养出多少本地作者和作家？那是整整一代文学新人呀！本地作者和作家的成长，离得开《问鼎》吗？桃李无言，下自成蹊。《问鼎》的成长，离得开这块文学厚土吗？"谁言寸心草，报得三春晖？"扪心自问，何只是做了应该做的事。"我来问道无馀说，云在青霄水在瓶。"

何作为一个作家，离不开编和写。可以不编，但不能不写。办《问鼎》，只是何在文学日子里，念念不忘愿意做的。还有他更念念不忘愿意做的哩，那就是他自身的创作。二者好比鸟之双翼，相辅相成。不是说"大鹏一日同风起，扶摇直上九万里"吗？何可是个有野心的人哩，做梦也想写出他的"枕头之作。""枕头之作"是什么意思呢？据说是百年之后，可以枕在头下睡觉的东西。这话有点悲壮。写作之人，有个毛病，喜欢将话朝悲壮处说，引人注意。

何写那"枕头之作"，是夹在编刊的过程中的。好比喝酒吃菜，边喝边吃，边吃边喝，两不误，不停空就是。父亲生前教导他的种，说："一条耕牛，一生哪能做一件事呢？要能犁上解到耙上，耙上解到耖上，才算得上好用的牛。"

第三章

一

何写"枕头之作"的念头，是在写《世纪承诺》时深入红安采访时萌发的。何是那年五月去红安采访的。五月又被称作红五月。五月山外的花已经开尽了，而山里的杜鹃还在如火如荼地开放，鲜红如血。红安的杜鹃为什么这样红？见到红安的杜鹃，何的心情就格外沉重。

红安古称黄安，翻开楚前历史，何知道黄安是古黄国的属地。当时的黄国治理现在的黄州、黄陂、红安。黄国的都城就在现在黄州郊外的女王城。强大的楚国从江南攻占江北，统领了江北周天子分封的包括黄国在内的各诸侯国。黄国的都城被攻陷后，楚王将该城封给了他的女儿，所以叫作女王。后来人们将女王城叫作禹王城。那时候黄安是黄国的属地。黄安是解放后才改称红安的。

公元一九九一年，两个军人作家来到红安，不是写了一篇叫作《两百个将军 同一个故乡》的长篇报告文学吗？于是红安就在全国打响了。在中国近代史上，一个县就出了两百个将军，这是红安的骄傲，也是中国现代革命史的骄傲。红安县从此又被叫作"将军县"。全国人民大吃一惊，一个小小的红安县竟然出了两百个将军。这两百个将军都是从战争中活过来的。按照战争的规律，一将成名万骨枯，那该有多少烈士？在《红安·中国第一将军县》这本画册里，有一组鲜血染红的数字。位于大别山南麓的红安是黄麻起义的策源地，是中国工农红军第四方面军、红二十五军、红二十八军的诞生地和重建地。当时红安流传着一首革命歌谣，记载着当时红安的人口："小小黄安，人人好汉。铜锣一响，四十八万。男将打仗，女将送饭。"在二十多年的革命斗争中，红安先后有十四万人流尽了鲜血。所以在和平的阳光下，五月大别山这块红色的土地上杜鹃如火，那是烈士的鲜血染红的。烈士的英魂，一年一度伴着山风如泣如诉。小小的红安出了中华人民共和国的两位国家主席，那就是董必武和李先念。

那么红安人为什么要如此奋不顾身地革命呢？他们革命的最终目的，是什么呢？当然，他们是为了实现社会主义和共产主义的远大理想，这不用怀疑。但是在革命初期，在这块红色的土地上，识字的人并不多，他们参加革命，应该是为了改变他们的生存状况，想过上作为人的好日子。当时的黄安土地贫瘠，穷山恶水，四十八万人绝大多数过着吃不饱穿不暖，在现在叫作绝对贫困的生活。他们革命是为了生存。这是他们的革命理想在没有升华之前，最原始的动因。他们投身革命，与一个人分不开。他是鄂东近代革命之父董必武。

董必武的故居很不起眼，一个圆门进去，是一个很小的院落。故居坐落在如今的红安县文化馆内。何那年去时，还没有像现在这样扩建，作为一处人文景观，就小得可怜。里面也没有什么可看的东西。但是它的确是董老的故居。他就是在这里长大的。

何来到董必武故居时，是黄昏时分，天上下着小雨。院墙内一棵石榴树，在雨雾里格外地红。这时候正有一对新人在故居酒楼里举行婚礼。一树爆竹放过，青霭的烟在雨里蒸起。两句诗就跳进何的脑子："石榴红时雨，新婚宴上人。"石榴是从丝绸之路传进中国的。石榴传进中国后，就成了富贵和多子多孙的象征。楚地人结婚时，新娘的头上，就要戴一朵石榴花。何不知道董老故居前为什么没有别的树，独独只有一棵石榴树。何不知道这棵石榴树，是不是董老生前栽下的。但是这棵石榴树，有意或无意，的确具备着生命生生不息、向往荣华富贵的象征意义。

作为清末秀才的董必武，出生于红安县城一个清贫的教书匠之家。本来他可以走其他的路，比方说治学，比方说经商。但是他没有走其他的路，恰恰走了一条革命的路。学业优秀的他，在湖北文普学堂读书时，就与革命团体日知会发生联系，后来加入同盟会，一九一四年在日本谒见孙中山先生，加入中华革命党。董必武是国民党元老，同样是共产党创始人之一。他的一生始终与"革命"二字连在一起。他是一棵石榴，结出了许多红红的果子。这累累的硕果，对于红安来说，就是两百位将军。董必武是鄂东和红安革命的先驱，同样是中国革命先驱。有关他一生的革命事迹的展览，并不在故居，而是集中在董必武纪念馆里。这是一所官办的、具有革命意义的纪念馆。馆内展出着他一生的光辉事迹。这个纪念馆似乎与他的故居没有多大的联系。一个是生活的，一个是革命的。生活的质朴无华，革命的琳琅满目。何觉得应该把生活的和革命的结合加以考察，才能更好地了解董必武一生革命的动因。他为什么革命？他革命为了什么？

在董必武纪念馆里，何看到了董必武和他的夫人的合葬墓。墓碑很新，是二十一世纪之初立的。黑色大理石刻着他一生革命的简历，红色大理石盖着他与夫人的骨灰。革命一生的他，以落叶归根的形式，葬入了生他养他的故乡。

在中国工农红军的队伍中，曾经每三个红军中就有一个红安人，每四名英烈中，就有一名是红安人。从这里走出了二百二十三名将军，产生了两任国家主席。革命胜利后，他们梦牵魂绕的是家乡父老乡亲的日子过得怎么样。乡亲们是不是过上了幸福的生活，始终是他们心头的牵挂。后来将军们还乡，演绎出许多可歌可泣的故事。

二

公元二〇〇一年，何时隔五年之后，终于找准了机会。那时鼓励创作者深入生活，到实地挂职。于是何先向当时的文化局领导写申请，请求到麻城深入生活，写关于黄麻起义的长篇小说。当时的文局长很支持何的行动，于是将何的申请作为附件，以文化局的名义，向市委宣传部打正式请示，按组织程序递交到市委组织部。市委组织部开部长办公会研究后，同意了何的请求，于是以文件的形式决定，下派何到麻城市委宣传部挂职副部长，深入生活一年。这是本地以作家的名义挂职深入生活的首例。

何这次为什么没有请求到红安呢？是因为看中了黄麻起义的策源地之一的乘马岗。乘马岗不在红安，而在麻城与红安交界，是打响黄麻起义第一枪的地方。

麻城市的乘马岗镇，位于麻城市西北部，和鄂豫皖三省交界。乘马岗镇是全国著名的革命老区，是红四军、红二十五军和红二十八军的发源地，也是著名的黄麻起义策源地之一。大革命时期，乘马岗镇共有二万多人参加红军，六千多人参加了长征，出了二十六位开国将军，其中大将一人——王树声，上将三人——王宏坤、许世友和陈再道，中将七人——王必成、李成芳、张才千、周希汉、鲍先志、郑维山、张池明，少将十五人。乘马岗是近代中国出将军最多的将军乡。这是解放后授衔的。在战争年代牺牲了的，不在其列。在革命战争中，乘马岗全家参加革命的大有人在。其中就有闻名的王氏三兄弟——王幼安、王树声、王宏坤。王幼安是大哥，他是麻城县地下党第一任县委书记，是黄麻起义的组织者和领导者。他在大革命时期早早牺牲，并没有等到全国解放授衔，所以他的名字只留在早期为革命牺牲的烈士长长的名单之中，并不显眼。在漫长的革命历史中，一个地下党的县委书记，就不算什么了，因为牺牲得太早了。王氏三兄弟中，数二弟王树声的成就最高，是开国大将。他参加过黄麻起义，土地革命战争时期曾担任红四方面军副总指挥，参加过商潢战役、潢光战役、麻城战役和历次反"围剿"作战。红军三大主力会师后，王树声又随徐向前一起参加了西路军作战，任西路军副总指挥兼第九军军长，率部和马家军多次血战。抗日战争时期，他历任晋冀豫军区副司令、太行军区副司令和中原军区副司令等职。解放战争爆发后，他和李先念一起指挥了中原突围。新中国成立后，他先后担任湖北军区司令员和中南军区副司令等职，并在一九五四年出任国防部副部长。三弟王宏坤，在革命战争时期战功卓绝，解放后授上将军衔，历任解放军海军副司令员、中国人民志愿军海军舰队司令员，先后荣获一级八一勋章、一级独立自由勋章、一级解放勋章和二级红星勋章。何到麻城深入生活是冲王氏三兄弟去的。

驿道苍茫连古今。何到麻城报到那天，是驱车沿着古驿道向麻城进发的。沧海桑田，昔日的古驿道如今变作平阔的公路，让人感觉不到一点古老的痕迹。

离开喧哗的城市，进入乡间，田园隐在雾霭之中，炊烟随风飘荡，使何感觉到土地是沉默的，日月和星光也是沉默的，土地与日月星光之间不肯沉默的是人。一代又一代的人，在土地上，日月星光下，繁衍生息，创造声音让人间不再沉默。这些声音，有的是吃饱穿暖之后的幸福和欢笑，有的是饥寒交迫的痛苦和哭泣。变作文字的叫作文明，沉积在古籍里；没有变成文字的，随风飘散，归于沉寂。

车子沿着沉寂的古驿道向麻城县城进发。麻城县城位于古城黄州往北两百余公里处，过团风、新洲，沿古老的举水河蜿蜒而上，平阔的公路，开车两个多小时即到。麻城县城背负大别山名脉雄关，面长江以北中下游平原，古往今来，靠着这条驿道与中原相连。春秋时期，当古楚国筚路蓝缕以启山林，以荆山、江汉为中心发展时，长江以北的鄂东还不是它的领地。鄂东以这条与河南相通的古驿，早得中原文化的熏陶。当时的鄂东有黄国、英国、六国、弦子国、舒国、巢国等周天子分封的众多小国。当时的麻城属弦子国。这些诸侯国的分封与这条驿道分不开。后来楚国雄起，过大江灭众国，鄂东才属楚。楚依大别山筑雄关以拒中原。朝代更迭，灰飞烟灭。古驿道不因雄关而废，同河山永在。这条驿道上的歧亭、中馆驿等地名，在中国历史上像一颗颗明珠熠熠发亮。

叫何没有想到的是，位于这条中原往鄂东的古驿道中间的麻城，由于举水河和大别山的造化，古往今来，土地是肥沃的，人民是安康的，并不像山里那样穷。这条古驿道古往今来走过多少英雄人物，多少人物把他们的风流写在这条古驿道上？苏轼就是从这条古驿道走进黄州的。宋神宗元丰三年一月一日，时值四十五岁的苏轼，由御史台差人押出汴京，启程前往黄州，二十天后进入麻城县境。过春风岭见梅花，作《梅花二首》，其中写道："何人把酒慰深幽，开自无聊落更愁。幸有清溪三百曲，不辞相送到黄州。"看来那时候并不缺酒肉。在歧亭他遇到了旧友、隐居此地的陈季常，留下了《过歧亭五首》。那也是风光无限。就是此时，就是此地，使苏轼开始了他深入民间的黄州流放生涯，开启了他在中国文学史上的一页雄风，为后世所景仰。也是因为有了这条古驿道，麻城成为中国近代史上黄麻起义的策源地之一。为了改变命运，为了过上更加幸福的生活，麻城牺牲了十万余优秀儿女。六万多人从这里走出山去，参加了中国工农红军，其中六千余人参加了二万五千里长征，走出了王树声等十七位共和国的将军。

古驿道无言，有过多少战火和硝烟！有过多少鲜血和苦难！天地间，一条苍茫的古驿道，是麻城人与封建社会做斗争、摆脱苦难追求幸福的象征。

何的车子经过麻城市宾馆，一尊宛如出水芙蓉的古装少女像，立在苍松翠柏丛中，迎接何。少女手托玉盘，玉盘里放着一颗硕大的仙桃。这尊雕像古色古香，一点也不现代。但你要是以为它是一件某个民间艺术家随意的作品，那你就错了，那是你根本就不了解麻城。这尊塑像可以说是麻城的市徽。麻城的历史与这尊雕像紧紧连在一起。

隋开皇十八年，改信安，设麻城县，此是麻城建制之始。但是麻城这个名字的由来，却与东晋后赵大将麻秋有关。东晋后赵将军麻秋筑麻秋城，劳民伤财，征民工无数。这个赵将麻秋，只管筑城的速度，不管民工的死活，下令民工不分日夜地筑城，不到子夜不能休息。一时间，民不聊生，哀鸿遍野。麻秋有一个美丽善良的女儿，叫麻姑。麻姑不忍看到父亲的残暴，同情民工，不到半夜就学鸡叫。美丽善良的麻姑，学鸡叫学得像极了，她一叫，周围的垸子的鸡都叫了起来。她的父亲听见鸡叫，就下令收工，让民工们得以休息。后来麻姑学鸡叫的事，终于被她父亲麻秋觉察了。麻秋鞭笞麻姑。麻姑愤然与麻秋断绝父女关系，剪断青丝，逃到距麻城市六公里处的仙居山半山腰的山洞里隐世修仙。那个残暴的麻秋早随尘化去，但他的女儿麻姑却千秋万代活在麻城人民的心中。昔日的仙居山、如今的五脑山的麻姑仙洞成了旅游胜地，麻姑受着民间顶礼膜拜，香火不断。

如果说麻城得名于麻秋所筑的麻秋城，不如说得名于美丽善良的麻姑。不信你去问一问麻城人，有几个知道麻秋，而又有几个不知道麻姑？

存史者易，存口者难。

麻城市委对于何的挂职非常重视，将何安排到市地税宾馆。那里有一个单人间，配了桌椅和床，采访期间，何就在那里起居，会见采访对象，在房间里座谈，同时给何发了碗筷和饭票菜票，吃饭时可以到食堂窗口排队就餐。这就极大地方便了何的采写生活。

三

何在麻城挂职深入生活一年，也不是一直住在那里。因为要编《问鼎》，研究所还有其他工作，何基本上每个月去一次，一次深入生活采访一个星期，然后回来边工作边结合采访的记录看资料，消化素材。因为事先做了预案的，知道哪里是采访的重点，所以他对于采访是做了时间安排的。

此次何的采访重点放在乘马岗，那里是黄麻起义打响第一枪的地方。王氏三兄弟的家乡就在这里的石槽冲和项家冲。一条山冲顺路上去，两边就是王氏家族的祖源地。王兄弟的舅舅家隔此地不远。大革命时期，两家反目成仇，发展到你死我活的故事，就发生在这里。何在乘马岗深入采访很长时间，走访了各个将军的故里，听当地三十多人讲将军革命时的故事，做了二十多万字的笔记。何的重点放在采访当事人身上。

那时候王幼安的儿子还健在，老人住在县福利院里。那一天何到石槽冲采访时，王幼安七十多岁的儿子刚好有事回到家中。何就在王幼安出生的老屋里，采访了老人家。老人家将何带到后山，看了王幼安的墓。王幼安的墓是老人家从王幼安牺牲的新洲河滩上移到家乡，安葬在祖坟山的。王幼安是黄麻起义的指挥者，因为牺牲得早，没有更多的殊荣，只是个烈士。何看到那个普通的墓时，心里就不是个滋味儿。王如果没有过早地牺牲，能够加入二万五千里长征，还能活下来的话，恐怕比他的二弟王树声和三弟王宏坤的职务还要高。何就是在王幼安破旧的老家里，听他的儿子含着泪水，讲王树声率大军南下解放全中国时叫通讯员到他的老家寻访"人种"的故事。因为王树声离开家乡长征时，记得他的哥哥那时有一个儿子的。王树声要通讯员去打听他的那个侄儿还在不在。通讯员通过各方打听，终于找到了。他的那侄子，作为孤儿经过九磨十难，居然还活在人世间。于是王树声在渡江作战的前夜，抽空接见了他的侄儿。那是大难不死，久别重逢，叔侄喜极而泣，抱头痛哭的人间至亲欢聚的场面。

作为大革命时期革命的对立面，王氏三兄弟舅舅的家乡，当然也是采访的重点。因为作为长篇小说，王家三兄弟与他舅舅家恩怨情仇的故事，是构架的结点。那么小说中王氏三兄弟的舅舅家放在哪里呢？如果放在原地就没有特色，应该放在夫子河边的傅兴垸。

何在熊主席的带领下，驱车来到了夫子河镇，在那里深入实地采访，住了一个星期。这之前何来过两次。夫子河边的傅兴垸所有的故事，就是何先后三次深入得来的。当地农民告诉何夫子河镇的来历。他们说夫子河是孔夫子来楚地讲学的地方，这里离新洲的问津书院不远，所以叫作夫子河。夫子河是举水上流的一条支流，河水清悠，河两岸杨柳依依，一派古意。何去的时候，夫子河边傅兴垸的小商品市场很有名。一个垸就是一个自然村子。那时傅兴垸周围有两千多人在汉正街租门面经营小商品，有一个农民，在武汉承包了几个大商场，积累了四百多万元的资产。傅兴垸一般经营小商品的农户积累二三十万资产是常见的。看来此地古往今来，经商意识很强。夫子河有四大历史名产，样样都是农民赚钱的来路。"夫子河的鱼面不浑汤，夫子河的麻花脆又香，夫子河的烟叶赛金黄，夫子河的陶器闪金光。"夫子河的鱼面是夫子河农家脱贫致富的拳头产品，每年从国庆节到腊月间，夫子河的农户就从新洲进鱼回来，做鱼面，一年总产值上百万元。夫子河的陶器有上千年的历史，龙窑、竖窑遍地皆是。窑场里堆满了各种陶器。在松枝的香烟里，何看到了精美的陶缸，那是佛家人坐化用的。夫子河的烟叶，得过巴拿马万国博览会金奖，至今美名远扬。夫子河的麻花松脆可口，是掺汤的佳品。

何先后两次深入扎进坐落在举水河的傅兴垸，才得以了解它的历史和今天。一马平川，傅兴垸隐在盛夏蒸起的雾霭里，第一次去的时候，就引起了何的注意。一条沙路，进了垸头，车再不能进了。于是何将车停在垸头。一进入垸子，何就感到了它的不平凡。脚下泥土，开始发黑，散落着许多陶片。何知道脚下泥土的颜色是世代人烟沉积起来的，脚下的陶片是世代日子沉积起来的。何闻到了扑面而来的文明沉积的气息，感到血在身上热热地涌。

傅兴垸全垸一千九百多人，一个行政村，十二个村民小组，全垸都姓傅。傅兴垸垸头有一口二十亩见方的大塘，塘岸用青石板砌成。垸周围环绕着护垸河，古城墙依稀可见。解放前垸子就是一座城，分东南西北开有四座城门。垸里街巷纵横，所有的房屋青砖贯顶，飞檐高耸。垸里的路，青石铺就，古色古香的木板门对开着，每家每户都做着小商品生意。前堂是铺面，后面一进几重，有天井，是放货和住人的地方。一千九百多人的傅兴垸，绝没有一座土砖屋。人出人进，都是进货、出货的。

何感到吃惊，没有想到在贫穷的革命老区麻城，解放前会有如此富饶的垸子。也没有想到这偏僻的地方，现在会有如此兴旺的小商品市场。是什么人留下了这遗址？为什么会崛起这辉煌？直觉告诉何，自己走进了一片沧桑的土地。

何第二次深入采访的时候，傅兴垸村四十八岁的村长傅全慎接待了何。他参加过傅兴垸的修谱工作，对于傅兴垸的历史，他是知道的。他说他父亲傅勉之更了解。他父亲是傅兴垸个协主席，负责全垸的税收，那天他父亲收税去了，没有时间来。他父亲七十多岁了，比他晓得的多。他说，我只能给你们说个大概。他说他们傅姓是明代从江西迁来的。迁来麻城夫子河的始祖叫傅德兴，至今传了二十六代。他们傅兴垸的垸名是用始祖的名字起的。始祖定居举水河边，开始种田种地，传了十一代人。传到第十一代时，开始做生意。清朝中叶，他们的十一世祖，只身到老河口做生意。做的是秀油生意，将四川秀山的秀油从老河口用船顺汉江运到汉口，在汉口设点销售。秀油就是桐油，当时是木船上和农家必不可少的物资。他们傅家发迹是在十三世，从做小生意到发家经过了三代人的努力和积累。到十三世时，傅家出了三兄弟，在老河口有五个当铺，在汉口开有"万兴裕"油庄和两个"净花庄"。净花就是去了籽的棉花。净花是从江汉平原和鄂东进的，用木船运到老河口后入川，再从四川运秀油回来，两面不空船。发财以后，三兄弟建起了傅兴垸，分家做了三支。三支各起名号，一支叫"江记"，一支叫"元记"，一支叫"裕记"。元记和裕记继续做生意，江记不做生意了。江记的一支，买田置地，做起了地主。江记当时的田地很多，麻城、新洲以及黄冈的很多好田好地都是他家的。

傅姓的三支，各自继承了始祖的一个方面。解放前，三支子孙走的路各不相同。现在留在垸子里的绝大部分是江记的后人。江记的一支与元记、裕记的两支处世方法决然不同。江记富甲一方，但就是不让后代读书。做生意的元记和裕记的两支，除了积钱外，还让后代读书。这样一来，三支后人的命运后来决然不同，就可想而知了。

江记的一支一生以土地为生，解放后划的都是地主，其子孙在三中全会后，才抬起头来；后来经济上的翻身，还是靠始祖的生意经，做小商品生意发起家来。江记的后代不读书，父母让他们吃玩，吃玩得他们到了不知世事的地步。关于江记后代傻大爷的故事，至今在傅兴垸流传。当时的傅兴垸有七十多个巷子，四个门进垸城。佃户给江记交租子，不认得主人，只认得管家。一日，佃户挑着稻谷来交租子，在垸头遇到了江记公子傻大爷。佃户问，请问傻大爷家在哪里？傻大爷笑了，指着巷子说，朝左转，再朝右转，就到了。佃户挑着谷子，左转，右转，转了一上午，又转到原地方。傻大爷还在那里。佃户问，请问，我转了一上午，怎么没到？傻大爷说，你不认得傻大爷？佃户说，我不认识，只听人说。傻大爷指着自个儿的鼻子笑，说，我就是傻大爷呀。你这么聪明，怎么被傻大爷骗了？佃户愣在那里。傻大爷说，算了，不收你的，你挑回去吧。佃户说，那怎么行？傻大爷说，怎么，连傻大爷的话都不信吗？我在你褂子上按个手印行不？傻大爷不会写字，按手印还行，就真的在佃户的褂子上按了个手印。佃户喜出望外，将租子挑回去了。一日，傻大爷与用人一道到新洲徐古看戏，戏散场后遇雨，被人冲散了。傻大爷到徐古街上一家店铺里去买伞。傻大爷出门是不带钱的，钱由用人带着。用人不在身边，他没有钱。他硬要，店家不给。傻大爷说，我是傻大爷。店家说，我不认识你。傻大爷说，你不认识我？明天我就让你认识我。店家笑，明天我怎么认识你？傻大爷说，明天我让你跟我家做生意。店家说，不见得吧，明天我还是跟自己做生意。傻大爷对店家说，你等着。傻大爷回家后，就要他父亲将徐古一条街全买下来。他父亲说，不行，你一夜买人家的一条街，人家会出天价。傻大爷非要他父亲将徐古一条街全买下来不可。他父亲没有办法，只好连夜出钱派人去将徐古一条街买一天。也就是说徐古一条街一天所有生意的钱归他家付。第二天，傻大爷到了徐古街上，从街头走到街尾，所有店铺的人就都认得他。他边走边问两边店铺的人，是不是跟我家做生意？店铺的人点头说，对，跟你家做生意，跟你家做生意。傻大爷高兴了，说，怎么样？我说怎么样就怎么样。

　　傅兴垸元记的一支，读书人很多，革命得最早，早在辛亥革命时，他们就跟随孙中山先生革命。抗日战争时期，冈麻边区第一任财政科长傅汉如就是元记的后人。元记才女、三姑娘傅淑华，是董必武先生的秘密交通员，任过上海闸北区长，一九二三年任妇救会会长，解放初任西南局副书记，一九五三年去世，邓颖超亲自主持了她的丧事。三姑娘傅淑华一生未嫁。傅兴垸裕记的后人八姑娘，跟随五大队抗日，在鄂东著名的夏家山战斗中被国民党俘虏，宁死不屈，最后被国民党押到傅兴垸枪杀，鲜血染红了生她养她的土地。如今垸头的桂花楼就是裕记一支修的，有庭有院，有楼有阁，古色古香，一棵参天的桂花树像伞撑着，下面是一个幽静的花园。

园内有假山和盆景，有两棵千年的古松和许多名贵的奇花。此楼是民国四年建成的，一建成，裕记后人就根据革命形势的需要，献出来办了学校。至今还是学校。何采访参观时，书声琅琅，桂花树下的小楼，住满了学生。

经过两次深入采访，何知道这里是一块沧桑的土地。富过穷过，终于又富了起来，阳光里充满着生命的感动。傅兴垸本身就是一部关于百年沧桑的长篇小说。所以何决定将王氏三兄弟舅舅的家放在这里写。实则虚之，虚则实之。后来证明这是正确的途径。

四

何挂职一年深入生活，过程虽然很短，但从构思到创作完成那部长篇的过程就很长，先后呕心沥血，用了三年多的时间。对于这样题材的写作，何没有先例，心怀敬畏。他原来是写巴河流域乡土题材的，进入红色题材写作，他是新手，所以长篇动笔之前，就想写个中篇试试水。

何试水写的那个小中篇，是在乘马岗采访中得来的素材，是一位将军和前妻的恩怨故事。何动笔写这个小中篇的时候，激情满怀，不知叫什么题目好。于是就给商教授讲他在乘马岗听到这个故事时心中深深的感受。那是古历四月，放眼望去，乘马岗漫山遍野盛开着一种白色的花儿。那花儿的浓香呛得人喘不过气来。那是鄂东人叫作"头痛花"的植物。不是槐花，却似槐花。那花的浓香，不好闻，吸进去后，脑子里一片晕眩，说不清是爱还是恨。商教授知道那种感觉，说："是花儿使你感动的。那么你就用鄂东民歌《姐儿门前一棵槐》做题目。你不是经常在酒桌上唱那歌儿吗？唱得感人极了？"一语中的。商教授的话，使何眼前一亮。于是何写的时候，就用这首鄂东民歌做了题目。《姐儿门前一棵槐》多好！让这首常唱常新的爱情民歌，贯穿将军和前妻的生命过程。将军和前妻在夜校扫盲时，是唱这首歌恋爱的。前妻寻找将军时，也是唱这首歌的。还乡的将军不近人情时，前妻也是唱这首歌儿，找将军论理的。大别山的人家，生下女儿后，就要在门前种一棵槐树，等女儿长大后打嫁妆。大别山的女儿成熟了，就在槐树下唱着这首歌儿等郎来。大别山的女儿，一生离不开槐树，它是生命和爱情的象征。不然这首歌儿，在大别山为什么口口相传、常唱常新？这是古往今来的精神食粮。

这个小中篇写好后，何就投给了《解放军文艺》。何原来在这个刊物上发过一个中篇，所以与当时的主编熟。何没有想到主编换人了，老主编就将何的小说转给了新主编。新主编对何的这个中篇很重视，于是在当年的《解放军文艺》发了出来。也不是头条，放在中间。题目也改了，去掉了姐儿，变成《门前一棵槐》。这不难理解，毕竟是部队的刊物，题目不能脂粉气太强。叫何没有想到的是，小说发表后，引起很大的反响，著名军旅评论家陈先义写出专文，给予很高的评价。他说："没有想到军事题材的作品，可以这样写。而且能够写出如此的分量，叫人耳目一新。"于是这个中篇被《小说选刊》选载了，而且被评为《解放军文艺》年度优秀小说。一个不是军人的作者，能得到这个奖，实属意外的惊喜。

这篇小说发表后，还被某家影视公司看中，以一万五千元的价格买去了改编权。何是到北京去订那合同的。何到北京后，那个导演让何在那个郊外影视基地的旅社里待了两天。那时候何就看到郊外的那个影视基地里，影视公司多如牛毛。每天人出人进，拍的都是电视剧。那是影视剧空前繁荣的时期。何在旅社里等急了，就打电话过去催。那个导演才安排见面，签了那个合同。于是那个导演开车送何到北京西站乘火车。在车上时，那个导演对何说："这个故事太短了，你能不能改长点？按每集五千字，改成二十集的故事梗概，十万字左右。"何说："可以试试。改成后多少钱？"那个导演说："你说多少钱？"何伸出一个指头说："一字一元。"那个导演说："可以。"于是就定了交稿日期为两个月。于是何就回来加紧扩充，扩到了十二万字。到了交稿日期，何将扩充稿发过去。过了几天，何打电话过去问："怎么样？"那个导演说："没有达到要求。"何问："那报酬怎么样？"那个导演说："给一半。"何说："那怎么行？"那个导演说："你要不要？不要就算了。"何没有办法，就问童主席，他是行家。童主席笑了，说："得五万就五万吧。你一个乡下人，拿他怎么办？"何将意思同对方说了。对方将五万元打来了。稿子放在电脑里。何心里想，这事只有这样了。

叫何没有想到的是，当时解放军文艺出版社的丁编辑，看了《门前一棵槐》后，通过编辑部，找到何的电话。丁在电话里问何："你手头上有没有长篇？"何想了半天说："有是有，只是字数不够，只有十二万字，是一家影视公司叫我根据那个小中篇扩充的。"丁说："你发过来看看。"何就将稿子发到他指定的邮箱。何没有想到能出版，因为字数不够。丁接到稿子后，没过几天就给何打电话，说："我觉得很好，可以出版。我给你编了一下，达到了出版的字数。"丁就将出版合同寄了过来，何签字了。年底之前，解放军文艺出版社的样书就寄来了。居然很厚的一本，拿得出手。原来丁将扩充稿，分成了二十章，每章将本章精彩部分提出来，列到了目录里，目录就占了很多页码。电视剧脚本都是人物对话，丁将人物对话分行排出，这就大大扩充了版面字数，竟然有二十三万字哩。何没有想到一个小中篇，居然引出了一个长篇。而且长篇的题目回到了原来的"姐儿门前一棵槐"。这只是试水之作。就是这个试水之作，后来被拍成了三十八集电视连续剧《红槐花》。这也是意外的事。何并没有想到被拍了。何是那天在网上搜自己的名字的时候，发现《姐儿门前一棵槐》被拍成《红槐花》。那家影视公司在网上发布了拍成的消息。那消息上说是根据他的中篇小说改编的。也就是说那家影视公司只花了六万五千元钱，就购去了三十八集影视剧小说的改编权。导演们对基层作者有的是办法。你没有那个分量，没必要与他们较真。不打不成相识，在后来的日子里，他们同样将何当成了好朋友。这个长篇虽然后来得了屈原文艺奖，但实话实说，它不是真正意义上的长篇。何心中真正意义上的长篇不是这个。何心中真正意义上的长篇，是那时候手头上正在埋头写作的《背太阳》。

何心中的所谓的"枕头之作"，写作时定的题目是"背太阳"。何写《背太阳》时就不轻松了，三年来累脱了一层皮，苦思冥想，睡不着吃不香，写作时烟抽得厉害，干呕得吐出血来。好在他对素材和人物定力在胸，"咬定青山不放松"。漫漫长夜里，只有灯光与他相伴，双手十指在电脑键盘上敲击出鲜活的文字。这才是他心中盛开的花儿。个中甘苦就不去细说了。三年后他写出了初稿，欲寻旧路，将文本发给了解放军文艺出版社的丁。接下来是漫长的等待，度日如年。后来终于盼来了丁的消息。何在电话里问丁："能不能出版？"丁说："稿子我看了，可以出版。只是要做些技术处理。首先是题目，"背太阳"有歧义，"背"有"扛"的意思不错，但也有"背离"的意思。再就是部分地方的文字要略作修改和强调。我建议题目改成"太阳最红"。部分地方的文字修改和强调，我给润色了。你要是同意，我们就订出版合同。"年轻的责编真是认真负责。何当然相信他。于是何的所谓的"枕头之作"《背太阳》就以《太阳最红》正式出版了。首印两万册，后来加印了三万册。首印之后，本地宣传部和作家协会与解放军文艺出版社联合在北京召开了作品研讨会，各位大家、名家济济一堂。其中有几位大家写了评论文章，相继在全国报刊上发出，反响很好。此篇后来荣获了第五届湖北文学奖，参评了第八届茅盾文学奖。参评理由是："《太阳最红》是一部世界文学，或者说它是一部可以走向世界的中国战争小说。之所以这样说，就是因为这部作品达到或者实现了'文学即人学'的艺术境界。如同任何世界文学名著一样，我们阅读或者欣赏它的理由就是文学本身带给我们的心灵感动和震撼，以及对人生价值和生命意义的积极思考。"

何的这部长篇的电视剧改编权，后来被先前同一位导演买去了，为期十年。十年之间由于种种原因，没有拍成。但那个导演还是答应续购回去。他对何说："好酒不怕巷子深，是金子总会发光的。"那导演因为看重何的作品，把何当成了朋友。

何在完成《太阳最红》后，又深入实地采访，写了另一部长篇《最后的乡绅》，由长江文艺出版社出版了。这两部长篇一部是写红色革命的；一部是写抗日战争时期，大别山商城的乡绅当上县长保文保种的。两部长篇，可以说像大别山的两座山峰，同样是那块土地上曾经发生过的可歌可泣的故事。作为一代写作者，何尽了他的心智。是不是"枕头之作"呢？现在想来那是笑话哩。在历史长河中，你"枕头"算什么哩？要历史说了算。作为写作者，你不过是想在浩瀚无垠的天空上，留下作为鸟儿曾经飞过的痕迹。

实事求是地说，他这只仍在天空飞翔的鸟儿，因天道酬勤，得到了他应该得到的荣誉。那一年他如愿参加了全国作代会。他是全省唯一的基层作家代表。他在人民大会堂，听过当时党和国家最高领导人的讲话，吃过人民大会堂的糖。而且将几粒带回来给外孙女和孙子吃。他教导他们："这是普通的糖，也不是普通的糖。"只是那次没有像他的前辈农民作家们那样，有同党和国家最高领导人合影的巨幅照片作为留念。但那也是前辈的鸟儿们曾经飞临过的地方，他作为后辈，如愿以偿地飞临了。值得欣慰。

还有值得欣慰的，那就是何快到退休的那一年，居然作为国家代表团的一员，出国访问哩。那过程不是小事，是去与国际文学接轨的。"土包子""开洋荤"，何连做梦也没有想到。"冷眼向洋看世界，热风吹雨洒江天。"那期间人与人之间发生的故事，同样精彩，令人回味。什么叫开眼界？那就叫开眼界。

第四章

一

何是那一天，忽然接到一个陌生电话的。看手机，是北京打来的。

电话里的人说的是普通话，而且很标准，充满温暖的京味儿："请问是何先生吗？"何马上憋普通话说："我是。请问有什么事？"何说普通话用"憋"最合适。何是"文革"后第一届高中毕业生。那时候读书不学拼音，不学语法，只学方块字儿。所以何说普通话先天不足，一说普通话整个方言系统就关闭了，头就大了，气就与舌头较劲，许多音发不准，含混不清。他急，对方比他更急。对方说："何先生，您听得懂普通话吗？"这像什么话？何某好歹是个中国人哩。何说："说不行，但听得懂。我是从小听新闻和报纸重要节目长大的。"那时候广大乡村别的不行，有线广播垸垸都安的有，垸头架一个大喇叭，清晨太阳出来时广播里就奏国歌，国歌过后，就是《新闻和报纸摘要》节目。广播里男女播音员用纯正的普通话，对全国人民播报。多少年过去了，何怎么能听不懂普通话？对方说："那就好。何先生，我是中国作协外联部的李扬。请问您到过东欧吗？"何说："没有。""没有"这两个字，何说得准。对方问："何先生，您愿意出国吗？"何说："谁不愿意出国？"对方说："何先生，通过与你们省作协领导人联系，中国作协同意您代表中国作家团，出访波兰和保加利亚。邀请函马上用快件寄您。请您按照规定办理出国手续。这就是我的联系电话，有什么情况随时与我联系。"何心里很温暖，省作协的领导还是把我当了一碗菜。但他马上警觉了，说："有一句话不知当不当问？"对方说："怎么不当问？请讲。"何说："请问要多少经费？"何那时尽管是市级作协的负责人，市级作协财政每年也对作协拨一定的活动经费，但何不愿意把有限的经费用在个人出国访问上。也有单位经常组织人出国，那出国的费用就不是个小数字。人家不在乎，何在乎。这不是觉悟，是良心。对方笑了，说："何先生，请放心。这是代表国家组织的作家访问团，除了国内的费用归本人所在单位报销以外，不收其他费用。"何说："谢谢！""谢谢"这两个字，何也说得准。对方说："不用谢。何先生，其实您的普通话说得很好。"何心里就不是个滋味儿，说："让您见笑了。"对方笑了，说："能听懂就行。"结束通话，何如释重负，一身冷汗。与人接触，比方说参加省里和国内文学相关的会，何最怕叫他发言，因为发言要说普通话，一说普通话他的舌头就理不直，一说普通话他就出冷汗。

何就想，因为这个世界上只有一个真理，每个人都以为真理在握，所以对起话来只有一个人对，而且唯上智与下愚不移，很少有两个人都对的时候。何想人活在这个世界上，与人对话本来就是个力气活，与怕听方言的人对话更是个力气活。轮到这样的时候，何总有许多与别人不同的想法。说出来怕伤了别人，说又无从说起，只有憋在心里，不禁唏嘘，就像孔子当年无欲无言的样子。

总之能够出国，而且是公费，毕竟是件好事儿。何写了一辈子的小说，正处在胶着点上。写了不少，发了也不少，但还没有达到自己的理想高度。何总希望自己的小说，能够写出新的精神生长点来，不同凡响，引领人类的精神高度。他以为他的认识对，但搞评论的朋友总是不以为然。何说不清新的精神生长点是什么东西，就在日子里找不到知音，这成了他的难言之隐。何总想开拓自己的眼界，从中找到他所说的东西。何想到曾经是社会主义阵营的东欧波兰和保加利亚去看一看，也许会对他的创作境界有所提升。何想看一看这个世界到底有多大，人们到底怎样生活在这个世界上，说不定真谛就在其中。正如孔子当年所说的："朝闻道，夕死可矣。"所以何很兴奋。

出国到底不是在国内旅游，买张票就行。公费组团出国是件神圣的事，从办理手续到成行，需要层层批准以及各个环节的接洽。何用了快两个月的时间，而且差一点就不能成行。邀请函用特快寄来了，随寄的还有代表团成员及访问的日程安排，供办护照之用。这次组织的访问团是个小团，总共才四个人。太行山脉一个省作协的副主席A君，大巴山脉一个省作协的副秘书长B君，这是省级的。长江中游一个地级市的何，这是基层的。还有中国作协外联部的主任，也就是同何联系的李扬。由官位最高的A君担任团长，其他人等均是团员。

何准备出国比刘姥姥准备进大观园难多了。刘姥姥是贾府的远房亲戚。当然中国与波兰和保加利亚也是远房亲戚。关键是刘姥姥走亲戚不是第一次，胸有成竹；而何出国是"大姑娘坐花轿——头一回"，难免紧张。刘姥姥进大观园将新鲜瓜果摘了，带上童儿就要得，到时候见机行事动用民间智慧讨人欢喜就行；何出国是与国际接轨，有许多的事要办。这期间李扬格外关照他，与他通话最勤，事无巨细。李扬问他："你会上网吗？"何说："会上网。"又小看人了，何用电脑写作二十多年了。李扬说："你首先在网上查一下波兰和保加利亚的基本情况。你用百度搜索。免得到时候出洋相。"这不用李扬说，何早就搜索了，只是网上的资料过于简单。李扬说："你的手机要办国际漫游。"这不要领导操心，何的儿子虽然没有出过国，但他是网络达人，领着老头子到联通公司，办了必要的手续，交了一百元的保证金，到时候就开通，一是通话，二是发短信。李扬说："到国外多发短信，少打电话，国际漫游打电话要费很多的钱。"这也不要领导强调，儿子跟老爸郑重其事地说了。其实就是李扬和儿子不说，何也是知道的。李扬说："到国外消费，你要办一张卡，最好是信托银行的。到时候方便刷卡就行。"何天生对刷卡消费反感，因为儿子别的不行，对刷卡透支消费是内行。何不准备出国消费，心想带点人民币用到北京就行。何说："带人民币行吗？"李扬说："那里不用人民币。"何说："我不用钱行吗？"李扬笑了，说："那是你的事。"何心里说，这当然是我的事。

说到衣裳，李扬说："尽管是秋天，东欧的秋天比国内冷，你最好带上羊毛衫和风衣。你有风衣吗？"何说："有。"李扬说："那就好呢。不然在国外冻病了，那就麻烦。"何说："我晓得。从小父亲就教导我，晴带雨伞，饱带衣粮。"李扬问："你口味重吗？"何说："年轻时口味重，现在年纪大了要淡一些。"李扬说："东欧吃的西餐，为了保证你的身体健康，你最好买些榨菜和方便面带上。"这一点何倒没想到。何是个稀松的人，国内出游总是随便，提个袋子就走。何说："谢谢提醒！"李扬说："你有照相机吗？"何说："没有。"李扬说："你的手机可以拍照吗？"何说："像素太低了。"李扬说："那最好要买一部。就傻瓜的吧。自动调焦，只要一按就行。外国风景好。"于是何就真的买了一部。李扬说："你有手提电脑吗？"何说："儿子有。"李扬说："你就不用带了，我带着。期间国际国内的大事，我随时关注，由我向你们传达。"还有充电器和烧开水的壶以及茶叶，李扬吩咐何都不用带，由他带着。李扬说他的茶叶是四川名茶，很好的，到时候让何尝尝。何说茶叶他有，大别山的茶叶也不错。李扬还问何括抽不抽烟。何括说："平常可以不抽，写东西时抽。"李扬说东欧公共场合和旅馆是不准抽烟的，抽烟要罚款，要抽烟就要安排准许抽烟的房间。何怕麻烦，说那就不带烟了。李扬说不要紧，他是抽烟的，吩咐何可以带烟。何决定不带。李扬就有些遗憾，说四个人中有两个是职业烟民。何觉得李扬很认真，是不是对他负责过了头，就想与他"打邪"，"打邪"就是正话反说，请示出门时是先迈左脚还是先迈右脚。到底不敢，一来不熟，二来人家是好心。

　　一切都按李扬吩咐的办了。临到出发前三天，李扬又与何打电话。李扬说："何先生有一件事疏忽了，现在正式地通知你。"何说："请吩咐。"李扬说："按照惯例，组团出国访问，重要场合需要着正装。"何问："什么是正装？"李扬说："国际惯例，正装就是西装领带。"何问："中山装不行吗？"李扬说："好像不行。你没看到中央领导人出访吗？"何说："电视上看到过。"李扬说："那就是榜样。你有西装吗？"何说："没有。"何生在基层，没有出席过重要场合，没有置正装，也不需要着正装。李扬说："我估计你没有正装，所以提醒你。这是代表国家形象，希望你按照规定办理。"

何说："我听领导的。"

于是就去置行头。儿子大方，说老爸出国是人生中的大事，别舍不得。儿子就带何到精品店，花了大几千从头到脚给老爸置了一套行头。包括尖头皮鞋。那皮鞋特硬，穿在脚上就不舒服。领带，那带子系在脖子上出气就不畅。皮带，那皮带倒好，比平日系的强多了。何装扮了，头发也染了，站在精品店的镜子前照，那真是焕然一新，判若两人。儿子当即用手机拍了，发到微信上。

为了装备齐全，儿子又带着何到另一家精品店，花大价钱，买一个带轮子的皮箱。何尽管心痛，还是情愿。儿子拍着老爸的肩，说："老爸，怎么样？"何骂儿子："你娘的头。用的不是你的钱。"儿子说："你一生就是舍不得钱。"何说："你有几多？"自信是儿子的，何也有，但不多。人活着是为了人看的，自己倒在其次。农家儿子苦惯了，不是出国何还真觉得划不来。

女儿给老爸买了一大袋子方便面、饼干还有榨菜。儿媳妇也不甘示弱，同样买了一大袋子同样的东西。那个拉杆箱子尽管大，但是装了正装，装了羊毛衫和呢风衣，再也塞不进别的东西。于是榨菜饼干方便面之类的就需要另外一个包装了。何也知道出门需要体面，另外一个包也需要漂亮。于是就选择一个时装店装衣服的袋子。这个袋子外表绝对好看，外面一层锃亮的布，绘着时尚的花纹，内面是线缝的。只是小，装不全女儿和儿媳买的那些食品，何只得选一些装了。另外背了一个包，那包更小，是市作协年会发的，只能装笔和本子，那是记笔记用的。何在家里的镜子前试，背着，提着，拉着，很像一回事。老婆笑了，说："回来后你要认得我。"何说："那倒不见得。"老婆说："不认得我也行，只要晓得进这个门。"何说："估计错不了。"这是说笑话。老婆说："到了什么地方，记得给我打电话。"这是说正事。何说："不是说了，发短信吗？"老婆说："我又不认识字，发短信有什么用？"何说："你不晓得？国外打电话好贵。"老婆委屈地说："又是你对。"何说："我没说你错。"老婆说："还是我错了。"何就特同情老婆，默默无言。想当年她家成分好，他家成分差，她下嫁何家是有精神优势的；现在她在他面前遇事忍让，随圆就方。

何想人与人活在这个世界上，真的不容易，能够真正双方理解，做到人格上互相尊重、精神上互相平等，的确很难。

二

何是坐高铁提前两天到北京的。何找到了入住的地方。

这地方是作协内部招待所。由于是内部招待所，所以价格便宜，住一晚上才收一百元钱。其他人都没来。来的那天李扬在门卫处放了名单和房间的钥匙。保安对号，就把钥匙给了何。何拖着箱子进电梯，正好遇到了李扬。李扬马上判断来人就是何。这一点非常准。于是陪何到房间坐了会儿。边和何抽烟边聊。李扬烟瘾特大，一根接一根。李扬问何："北京大不大？地方好不好找？"何说："还好。好在我不是第一次来。又认得字，打个的士就行。"李扬介绍何吃饭的地方，说出门朝左转，有一家快餐店，味道不错，价格又便宜。于是就请何自便。出门前吩咐何要记住出发前的下午三点钟，作协有关领导要开个出国前例行会，在七楼，务必按时参加。还关照何最好不要乱走，北京小巷里古老的四合院特多，大同小异，很容易迷路，走丢了或是出了什么意外，就不是好玩的事。李扬要何检查手机状况，随时保持畅通，有事随时与他联系。何特听李扬的话，把手机给他看了，那电充得足，屏幕闪闪发亮。

出发前那天下午三点，何准时来到作协七楼会议室开会。会议室小，其实是个接待室，分主次摆着简单的沙发和茶几儿，正面墙上是书法作品。何细看是苏轼的《寒食帖》，当然不是真迹，真迹据说藏在台北故宫博物院，这是复制品。苏轼一生的成就是被贬到黄州才达到高峰的，何是黄州人，见了这字就亲切。何就"打邪"，何说："这个苏居士怎么跑到这里来题壁？"话一出口，何就觉得有卖弄之嫌。这是什么地方？用得上你先声夺人？李扬笑了，说："是吗？"何的脸就红了。还是规矩地坐好。这就见到了访问团全体人员：A君和B君。二君到底与何不同，有底气，含而不露，气宇轩昂。李扬说："随便坐。"但大家都知道哪是主次。一会儿领导来了，外联部的负责人，很谦和，进门就与众人依次握手，说："同志们辛苦了。"大家没说"领导辛苦"，只是站起来微笑致敬。领导在主位上坐下，招手说："坐，坐。"接着说，"按照惯例，作家组团出国，出发之前作协领导要出面讲话，强调出国纪律。领导忙，委托我来传达。"大家鼓掌。领导忙摆手，说："不要太正规。人少，太正规了，我不习惯。"大家就停了。领导就拿出名单来，叫各人先自我介绍一下，以便对座认人。首先是A，A是团长。A站起来说："我是从太行山来的。省作协驻会副主席，从事文学评论，负责作协日常事务，分管刊物。"领导就笑，说："我们熟悉。"当然熟悉，他们经常在一起开会。接下来是B，B尽管是团员，但名单上排在何前面，B也是省级的。B站起来说："我是从大巴山来的。省作协副秘书长，是一家评论刊物的主编。"领导对B就不太熟悉，说："你那个刊物办得很好。"何知道这是表扬话，放之四海而皆准。接下来轮到何。因为是基层的，先冠省名再冠地区名，说了半天，大家才知道是什么地方。何说："我是写小说的。这次感谢省作协领导推荐我，退休前才有这次出国机会。"领导说："什么省作协推荐？是我亲自点名的。我从各省出席上一次全国作代会名单中挑选，打的钩。"原来如此。何庆幸上一次参加了全国作代会，入了圈子，不然这一辈子也轮不上他了。就像乔太守乱点鸳鸯谱，谱上没有名字，能点到你吗？最后是李扬。李扬说："我这次受领导委托，是为大家服务的。"

领导就做正式讲话。那讲话有通用的正式文件，打印的。领导拿在手上，说："这文件我就不念了。上级指示任何代表国家出访的团，都得按上面的规定行事。文件不能复印。大家传阅一下，看后收回。"大家传阅了。李扬收回去。领导说："各位都是知名人士，觉悟都很高。代表国家出访无小事。出国之后，一是要牢记一言一行代表国家形象，不能说的不说，不能问的不问。二是要注意人身安全，一个不能少。"领导有会等着开，先走了，让李扬传达具体事宜。

具体事宜不多，主要是第二天什么时候的飞机，什么时间在作协门前上车一同前往机场；不要忘记带身份证和护照。再就是发出国补助。按国家规定执行的。十多天时间算下来，一个人也就一百多美元。钱递到手上，然后在打好的单子上依次签名字。这样手续就齐全，好报销。

那气氛很好。有太阳从窗子外照进来，微尘闪烁，散发着温暖的光芒。何把那张美元接在手中把玩。那美元张儿很小，绿色的，跟人民币一元钱的很像。何心里就好笑。李扬别人都不问，问何："你见过美元吗？"何说："见过。宾馆里喝酒，开酒若是中奖了，盒子底下放的有。"李扬问："面值多少的。"何说："一美元。"李扬说："这是一百美元，按今天的汇率能兑换六百多元人民币。"他关心每天的汇率，这说明他每天都在关心国内和国际大事。何就摸出口袋里装的人民币百元大钞来与美元比，说："美国人做什么都大气，就是做钞票小气。你看我们的百元，多大的一张！"李扬望着何先笑。大家跟着笑。要说这是一句充满爱国情怀的话，应该有艺术，但何听出那笑并不是他想要的效果。比方说相声，你逗人家不捧你，有意思吗？没有。何就只好陪着讪笑。

何是个敏感的人，马上自责了：这就是你何的毛病。看着场合合适，总爱像刘姥姥一样不失时机地插科打诨，证明自己聪明，是个角儿，生怕别人看低你。有这个必要吗？在座的数你何的年纪最大，扪心自问，此举的确有失长者风范，比起夫子当年慎独的精神来，你就差远了。悲哀！何到底见"小"了。这还不算。何让人见"小"的事，还在后面。

何的"错误"，是在出发前一天晚饭后犯下的。

尽管纠结到今天，但站在自我的立场上，何认为自己并没有错，那错只是别人认为的。殊不知地球上的人类发展到今天，据说经过了几百万年的进化，是文明的产物。文明作为符号已经是人类区别于低级动物的重要标志。人类这个群居的高级动物，已经以集体意识和集体行动主宰着这个蓝色的星球。既然是集体行动，就要遵从某些集体意识。书上说，物以类聚，人以群分。群分首先是气味，通过遗传基因落实到每个个体身上，闻得惯就是这个群体的。这是人类的动物属性。再就是肤色、服饰、习俗、语言、文字，以及信仰、风俗还有行为，都有一定的准则。这是人类在几百万年进化过程中，形成民族和国家后约定俗成的。你得遵守，不得自以为是。这是人类的文明属性。

何错就错在没有经验，出发前李扬不是关照他，叫他多带些榨菜、饼干、香肠和方便面吗？其实何按李扬的指示办了，主要是袋子太小，装不下这些东西。出门前勉强装了一些，哪晓得那袋子是一次性的，外面华丽，在火车上一折腾就龇牙咧嘴了，让何哭笑不得，于是在北京胡同里的小摊上吃过拉面后，就寻思买个袋子，再买些李扬吩咐的东西装着带上。北京的袋子当然多，各式各样的。好袋子那价钱就高，何觉得划不来，选择再三，就看中了蓝红相间的编织袋子。这袋子有一个俗称，叫作蛇皮袋。问店主，那价钱很便宜，只要十八元。这蛇皮袋子是中等的，又不是白色，在何看起来很漂亮，也很实用，能装很多东西。于是何就买了一个，再到小超市买了六桶红烧牛肉面，外加八根香肠，装在袋子提着。何想这袋子大，能装很多东西，到时候有东西都朝里边装，很方便的。何提着袋子回到住处，把那一次性袋子里的东西拿出来，装在那蛇皮袋子里，把那个破了的一次性袋子丢在房间的垃圾桶里，然后将新袋子重新提试，这才松了一口气，如释重负。出门在外，袋子就是半个家，让人心安。

说出来不怕人笑话，问题就出在这个红蓝相间的蛇皮袋子上。第二天为了怕堵车，作协派的面包车来得就早，车停在门口的胡同里，人急着上车，大箱小包急急地装在车的后备箱中，谁也没精力注意何的行李。天早，到国际机场的路上车不多，一路畅行。北京还是早晨的景色好。何透过车窗，看不够。那立交桥一座座如葵花开在晨风里，那高楼大厦一幢幢移在薄雾中。到了机场，下车，从车后备箱搬行李，车子开走了。时间还早，离上飞机还有两个多小时。这就不急，各人拖着行李进候机楼，排队等候安检。这时候人们的注意力集中了，开始注意每人所带的行李，并且互相关心。首先是团长 A。团长到底见过大世面，一个带轮子的箱子，一个肩包，拖着捎着，沉着稳健，干练精神。再就是 B。B 也是老手，也是一箱一包，含蕴内敛，意气风发。更叫人折服的是李扬，他经常跟着代表团出访，算得上老江湖了。他也是一包一箱，轻松自如，左右逢源。他那个箱子巨大无比，是中国作协配备的，毫不夸张，有个半立方。那箱子历尽沧桑，上面贴着历年托运出境的各种标签，有的很完整，有的残缺了，更显阅历。箱子里面除了装着李扬所带的东西之外，还装着代表国家作协到出访国的资料和礼品，都是精选的，有纪念意义。

李扬说："这箱子是特制的，防火防水，耐摔。用了二十多年，还在继续使用。"这就叫人肃然起敬。人们不明白何除了一个箱子和一个肩包以外，为什么还要提一个蛇皮袋子？纵观排队出国的中国人，还没有一个提蛇皮袋子的。什么叫煞风景？这就叫煞风景。代表国家出访，你提个蛇皮袋子干什么？ A 和 B 望着何，那眼色就新鲜。不好说什么，李扬指着袋子问何："里面装的是什么宝贝？"何说："方便面、饼干、香肠和榨菜。"李扬说："你还真带啦？不能装在箱子里？"何说："不是你让带的吗？箱子里装不下。"李扬说："老何啊！你真可爱，挺有个性的。"更有喜剧效果的在后头。通过安检时，负责安检的中国小姐见何提着个蛇皮袋子，就问："里面装的什么东西？"何说："吃的。"小姐说："打开看一下。"何就把拉链拉开，把装的东西露出来。安检小姐笑了，没说什么，让何提进去。这就成了风景，用武汉话说，何就"掉得大"。事情到这个地步，何尽管觉得不合时宜，但坚持认为自己没有错。有谁规定出国访问，一定不能提蛇皮袋子呢？我提蛇皮袋子是我个人的事，与别人不相干。但一提蛇皮袋子，就直接影响他在团中的地位。这一点瞎子吃汤圆，何心里自然有数。

一行人将行李托运了，托运都是箱子。李扬那个硕大的箱子上又贴了张新条子，就好比将军胸前戴满功勋章，更显得气质不同凡响。团长他们三个人剩一个包，潇洒地背在肩上。而何则背着一个包，手上还提着那个红蓝相间的蛇皮袋子。托运行李时李扬叫他把蛇皮袋子塞进箱子里。何说："那哪能哩！里面装的是路上要吃的。"李扬哭笑不得。何舍不得放手，就那样提着。在候机室候机的漫长时间里，李扬把团长叫到旁边，同团长商量，还是要强调一下注意形象。团长认为很有必要。团长就回到座位上，重申了一遍。何尽管心里不快，但还是隐忍着。何说："我听您的。因为您是团长。但光有团长不行，团长管大事，哪能管小事呢？还得有个领队。领队管小事。我提议李扬为领队。"李扬说："我是为大家服务的。"何说："你当领队，替国家形象负责。"李扬说："老何，你不纯良。"何说："岂敢。"大家顺水推舟，一致通过，说："那是当然的。"于是在临时组团的四个人中，领导和被领导的地位确定了。团长负总责。领队负责日常事务。B君被团长任命为收集材料，写书面考察报告的，也得有个名分，就叫团长助理吧。归国后这材料按规矩要上交组织。这也是非同小可的事。

何就明白此次在团中自己的地位了。你老何老老实实跟着队伍走，最好不要出洋相。

三

何一行，是北京时间上午八点四十上飞机，离开首都国际机场，直飞波兰首都华沙国际机场的。一切行程按预案进行。飞机票提前一个月就订好了，只要出示身份证和护照到窗口验明正身就可以取。首都国际机场真大，乘飞机的人推进涌出，人山人海，提前一个小时，拿票站队，按标示的入口检票进去后，先坐电动火车，然后坐电动交通车，才到登机口。这期间，李扬生怕手提蛇皮袋子的何挤丢了，那袋子大，在人群中挤很不方便。李扬不时提醒何紧跟着他，使何很感动。说是说笑是笑，要是真的走丢了，那就不好玩。何就紧张，一点不敢打野，盯着李扬不敢挪眼睛，浪费了许多好景色。上了飞机，李扬帮何找到了座位，那座位在飞机的后舱，三个并不在一起。何在行李架上塞进蛇皮袋子，坐下后，这才松了一口气，精气神回到腔子里，于是就有闲心观察和欣赏别的人。

飞机是波兰航空公司的。飞机很新，据说华沙与北京刚开始直航对飞。飞机真大，机舱分头等舱、前舱和后舱，二十九列。各舱分三排，每排有九个座位，中间三个，两边各三个，中间的走道非常宽阔，可以坐三百多人。何的座位在后舱，坐下后朝前望，就像一个大会堂。何不爱开会，但爱欣赏开会。那飞机据说是波音767。到底是什么型号，反正何不知道。何原来坐过几次飞机，都是在国内，从一个城市到另一个城市。那飞机小，坐百多个人的，从起飞到降落顶多两个小时，景色还没看够，它就降落了。坐飞机的多是同胞，外国人很少。这次就不同了，乘机的除了中国人外，地球上各种肤色的人都有，为了一个共同的目标，走到一起来了。用时髦的话说，这就是一个载体。一旦坐上来，不管你穷也不管你富，不管你自卑也不管你骄傲，在生命面前一律平等，同呼吸共命运。父亲说同船共渡前世所修，那么同飞机在天上飞就更不容易，恐怕是百世所修。何是农民的儿子，动用的总离不开那点骨子里的乡土经验。飞机是追着太阳向西飞的，那是东方人太阳落下的方向。那时候何心里升起一行美丽的诗：追着落日飞翔。那时候何就想用这个题目，写一篇东西。

除了机场的提示语用中文外，登机后的提示语一律用外语。李扬说是波兰语。A君说不是，是英语。李扬是学日语的，据说他是研究日本文学的。A君的女儿是留美的，他又经常出国，对英语有所了解。还是B君年轻，又是文学评论刊物的主编，经常与精通外国文学的评论家打交道，见多识广。他对何私下说，还是波兰语，因为波兰语的有些发音与俄语相像。这伙计就是不把结论公开，只是对何私下说。他与何坐得近，一个前排，一个后排。不管是什么语，何反正听不懂，听之任之。

关闭手机，系好安全带，飞机沿着跑道，滑了半天，一颤，起飞了。何屁股一松，就觉得他连地的根被扯断了。

飞机穿透云层，飞翔在蓝天之上。这里没有风雨。如果变化无常，风云突起，那是地球上各地的事。云上永远是青天，一轮无遮的太阳，照着飞机翅膀下的云，远远望去，高的像群山，低的像雪原，还有广袤的湖泊、环绕的岸。就是一只蚂蚁，升到这里的高度，也能产生自豪感。难怪那位伟人生前留下了那样的诗句："坐地日行八万里，巡天遥看一千河。"

这只铁鸟在无垠的天空，居高临下，追着东方人落日的方向飞翔，以每小时八百多公里的速度，要飞十个多小时，才能到达目的地。十个多小时，这时间就不短。那位伟人生前教导我们说："一万年太久，只争朝夕。"十个多小时该要做多少事？何就闲不住。前后左右地观察，想找人说话儿。找谁说话呢？当然是找能听得懂话的人说。如今是信息社会呢，信息无处不在。当年孔夫子进太庙不是每事必问吗？三人行必有我师。外国人就免谈了，你说的他听不懂，他说的你听不懂。那就找中国人吧。何看同行的人在做什么？看团长，Ａ君在睡觉，也许是闭目养神。看李扬，李扬正打开手提电脑专心致志地上网，他要负责把国际国内发生的大事及时地传达给大家。看Ｂ君，Ｂ君正戴着耳机津津有味地看座位前机载的小屏幕，他在点外国一个电影，戴着耳机。何就寂寞，环顾左右，想找其他的人说话。邻座的倒都像中国人，但何不敢轻举妄动。因为像中国人不见得是中国人，说不定是日本人，也许是韩国人，你要是乱开口，那就出洋相。就是中国人，何也怕失言。在何的眼睛里，如今出国的中国人都是有身份的，也许是官员，也许是出国留学的。你主动找他说话，人家要是不理你，你不是自讨没趣。何就觉得失落。要是坐在临舷窗的座位就好了。坐在临舷窗的座位，何就可以透过舷窗看景色。

何就想闭目养神。何把眼睛闭上后，就闻到严重的口臭味。左边是一个胖胖的中年人，样子是中国人，歪在座位上正在睡觉。何觉得那味道是从他口里散发出来的。何把头侧到右边。右边是个年轻人，瘦，但很干练，样子也是中国人。何从衣着和气质上判断，觉得他是个留学生，因为正是开学的日子。那年轻人正在看一本厚厚的书，人家在学习呢。何又闻到严重的口臭味，感觉是看书的年轻人口里散发出来的。何就把头朝前伸，想避开。何没有想到，严重的口臭味，又从前排飘过来。严重的口臭味就包围着何，左边也是，右边也是，前边也是。何就忍不住用普通话问右边的年轻人："你好！你是中国人吗？"那年轻人居然回答了，说："是中国的。"何问："哪里的？"他说："河北人。"何问："到波兰留学吗？"他说："留什么学？那梦十年前有，现在没有了。"何问："你是什么学院毕业的？"他报出南方一个外国语院校的名字。何问："研究生毕业？"他说："是的。"何问："学的什么语？"他说："俄语。"何问："现在在什么地方工作？"他说："天津。"何问："到波兰讲学吗？"他笑了，说："讲什么学？去旅游的。"何问："你在天津搞什么工作？"他说："在一家保险公司。"何问："职前研究生毕业，在保险公司？"他说："有什么办法？赚钱呗。"他说他们生活压力太大了，工作压力更大。公司每年组织他们出来放松一下，经费公司根据业绩出部分，个人出部分。他说每年春节一过，他们盼望的就是这时候，什么都用不想，就是出来玩。何问："你们一共来了多少人？"他用眼睛示意左边右边，还有隔排的，男男女女，说："他们都是。"何就知道他们由于工作节奏太快，压力过大，大都患上胃溃疡，所以口臭。电视上健康节目里的专家说，胃溃疡是典型的压力过大引起的病症。这时候旁边一排的一个女同胞就分口香糖，给同行的每个人递一片过来。同行的都接了，剥了包装，丢进嘴里嚼。看书的年轻人问何要不要，何接了，也剥了包装，丢进嘴里嚼。于是口臭没有了，机舱里弥漫着薄荷的清香。那味儿真好。女同胞心细。何感动过后，就是一阵心酸。

那个年轻人问何："出国干什么？"何说："访问。"那个年轻人问："自费还是公费？"何说："公费的。"年轻人说："那就是真幸福。"何的普通话不行，怕说不清楚，就掏出名片递给他。这名片是何出国前特意做的。早先何外出生怕别人不晓得他也用名片，后来觉得没意思就不用了。出国之前何就想做一盒，没想到费了一点周折。因为如今做名片是微利，做名片的说他要两盒才给他做。何说要两盒做什么，又不是印钞票越多越好。做名片的说那就算了。何觉得出国还是要做，于是做了两盒。两盒一百张，哪里用得完？出发前何顺手抽了十几张带上，其余的就弃在抽屉里。那年轻人接过名片看了,说:"作家哩!"何说:"算是吧。"年轻人问:"写过什么作品?"何说某电视剧就是根据他的小说改编的。那电视剧在全国各电视台都放了。他摇头说:"没看过。商场就是战场,做保险的每天像打仗,哪来的时间看电视剧?读书时我也写作,这辈子我最崇拜的是作家。"那年轻人就把何的名片装在西服胸前口袋里,说:"我要珍藏着。"这使何感到幸福,心想,我道不孤。何问:"你在看什么书?"他说:"小说。"何问:"谁写的?我能看看吗?"他就把书递给何。何接过书,翻到封面,竟是《百年孤独》。他说:"我喜欢这部作品,平时没时间看,这次特地带着路上看。"何翻着书,看到他在书的边子上,批了许多看后的心得,于是更感动。何说:"你有名片吗?"他苦笑了,说没带那东西。他说在职场随身带的就是那东西,见人就掏,时间长了形成条件反射,见了那东西就想呕吐,出国放松就不带了。他说:"老师,来而不往非礼也!真是对不起。"何说:"没关系。"

聊了一会儿,他对何说:"对不起,老师,我累了,想睡会儿。"何说:"你休息吧。"何就调座位前小屏幕,想看飞机上的 GPS,也就是飞机的定位系统。何不会调,他伸手帮何调好了,于是就拿出一条黑色的东西来,从脑后朝前套在两只眼睛上。何从来没有见过那东西,问:"这是什么?"他说:"眼罩。老师,你不知道,我一直头痛,长期失眠,不戴上这东西,就睡不着。戴上这东西才能睡会儿。"何这才看清那东西。那东西何并不陌生,小时候在家乡见过,那是驴磨面转圈子时戴的。果然那年轻人戴上眼罩后,一会儿就睡着了,睡得很香,有细微的鼾声响起来,很幸福。何看着他那样子,鼻子就发酸,因为那个年轻人与他的儿子一样大的年纪;一个卖保险,一个搞媒体,他们成天为了赚钱,见人掏名片,一刻也不敢停息,弄得心力交瘁。"老吾老以及人之老,幼吾幼以及人之幼。"何眼睛里居然有了泪花儿。

何坐得很好,不敢弄出声响,生怕打醒他的梦。

波航飞机上的服务员,没有美女,也没有酷哥。波航飞机上的服务员都是中年妇女和中年男人。她们健壮，笑容美丽。他们诚实，举止得体。她们推车过来派饭，每人发一份西餐。那年轻人戴着眼罩睡着了。何帮他拿了一份，放在他面前的小桌子上。吃过配制的西餐，他们推饮料过来，语言不通，何就指着车上放的要。他们问："咖啡？"何点头。咖啡很温暖。咖啡是音译的，全世界通用，地球人都知道。何帮那年轻人要了一份。做了这些，何觉得很幸福。何的确吃不惯西餐，用不惯刀叉还好说，看着旁边的人怎么用，就怎么用，不也吃完了？主要是不合口味。何口味重，就想吃榨菜。但是装榨菜的蛇皮袋子上飞机前塞到行李架上了，何怕起身吵醒了那个年轻人，只好忍着。

何一直盯着 GPS 看，看飞机沿着落日的方向，飞在万米高空上；看那条航线由虚到实，经过地面对应的哪些地方。很可惜那飞机是波航的，屏幕上地上的地名和城市的名字都是字母组成的，何不认识，只能根据地形估计，飞机早就出了国境线。小桌上的咖啡冒着热气儿，那盒西餐没有打开，静静的。那个年轻人沉在睡梦中，没有醒来。同他一个公司出国放松的男女同胞，都蒙着头睡着了。

飞机真静，所有的人静在和谐里。所有的灯熄了，舷窗的帘子拉上了。这是对的。只要是人就需要休息。何以为是夜，迷糊过去了。

四

何一行是华沙时间中午十二点，着陆华沙国际机场下飞机的。华沙时间与北京时间有六个小时的时差。

华沙机场，天上也是晴，地上也是晴，能见度特别高。站在机场上望，天上太阳光芒万丈，白云朵朵；地上远处的建设物，错落明润，空气像流水，真新鲜。尽管何也知道这个世界上存在着时区和时差，但那是从书本上看到的，没有亲历过。"纸上得来终觉浅，绝知此事要躬行。"何打开手机给儿子发了一条短信报平安："已到波兰首都华沙。"然后看手机上显示的时间，是十八点四十，这是北京时间。北京时间十八点四十，何居住的长江中游那个小城太阳应该落山了，正是吃晚饭的时候。儿子马上回短信过来："冉和荷想您。全家人都想您。"冉和荷是何的孙子和外孙女，是何日子里的至爱。何就想象一家人在饭桌上共进晚餐的幸福情形。何这才明白飞机上的黑暗不是夜，追着落日飞翔，六个小时的时差，根本没有黑暗，是从这个星球上一个白天到另一个白天。这时候何就明确了一个真理：那就是生活在这个星球上的人们，不分人种和民族，不分地域和国度，都以天上的太阳做标志，日出而作，日落而息。所谓的时区和时差是根据太阳升起和落下而定的。没有什么可弄玄的。就这么简单，就这么朴素。

李扬和 B 君赶紧将手机上的时间调整，调到华沙时间，与国际惯例同步。李扬指示何也调一下，何不愿意。李扬说："你不会调吗？我给你调。"何说："用手机二十多年了，用坏了好多部。我会调。"李扬问："那为什么不调？"何说："我跟你走，听你的指挥，保证不误事。"何不调时间的原因，是为了保持着北京时间哩，供他想象那份天伦之乐。这不能说出来，说出来就又见"小"见笑了。李扬就动员团长，说："团长，您带个头。"团长笑了，说："由领队掌握时间，统一行动。"

就排队入关。关口的波兰人一点也不急，都是军人，着军装，佩军衔，腰带里的套子里插着手枪，手拿对讲机。李扬说："那为首的是个团长。"坐在关口的岗亭里检查证件的是女士，两相对应，神情极优雅；站在岗亭外的是男士，男士高大，极有绅士风度。她们和他们泰然自若，例行公事，一点也不急。她们和他们不急，入关的人，也就不急。那情景就与国内的不同。你看那站的队就知道。在国内若要站队，那队站得就直、就密，人防着人，不准人插队。而这队就站得稀松、随意、弯曲，那节奏就好慢。

好不容易入了关，众人到托运转盘处取了箱子。何跟着李扬顺着波文的指示牌子走，出了机场的候机楼，就是车道。有个穿白色夹克的人，举着一张白纸牌子，站在那里，白纸牌子上写着：中国作家代表团。何看到了中国字，就像见到了亲人。

来接机的果然是亲人。李扬冲那人招手，用英语喊："哈啰！"那人就认出来了，迎上前一一握手，说中国话："各位领导辛苦了！"团长说："不是领导是亲人。"他马上改口说："各位亲人，想死你们了！"看来这人不简单，深谙中国国情，经常看国内娱乐圈的节目。李扬对大家介绍说："这就是这次我们波兰站的导游，中国籍，现居波兰，是我通过中国驻波兰大使馆与波兰中国国际旅行社联系上的。他是中国通，也是波兰通。"于是导游就给大家发名片，名片上有中文，也有波兰文。他说："我姓吴，我是你们波兰站的地陪。这几天就由我全陪，为大家服务。大家就叫我吴陪好了。如果是女的，就不能这样叫，那要叫吴导。我是男的，叫我吴陪，不要紧，与风月无关。"大家就笑，疲劳消除了，感到了轻松。这人风趣幽默哩。于是就上车，车是中巴，是吴陪自己的，亲自开，这就省了司机的费用。九座的中巴，坐四个人好宽松。李扬说："跟大家说明一下，此次波兰之行，经费是中国作协出，日程和导游是通过组织事先安排好了的。波兰作协只负责出面接待一次。"

吴陪果然是个中国通，知道何一行的心理，边开车边对大家说："各位作家，'有朋自远方来，不亦乐乎？'大家一定好奇，心想你一个中国人为什么来到了波兰，而且成了波兰通。为了加深大家对我的印象，必须对我有所了解，因为感情是建立在了解的基础上。进入市区有段时间，我就先介绍一下我的出身和我在波兰的创业史好吗？说不定对各位的创作有所帮助。如果诸位今后的作品里有我的影子，就是我的幸福。"他这次不叫"领导"，而叫"作家"，说明他像一条快活的鱼，游在这个世界的河流里，知己知彼，左右逢源。他的普通话带着吴越方言的影子。这有什么要紧的？能听懂能交流就行。

他说："我是浙江人。一九五九年出生的。父母都是农村人，他们节衣缩食让我读书，我读到了高中毕业，恢复高考那年考上中专，是水利学校。毕业后分到上海市郊一个区水利企业当工人。十七年前，我通过朋友的关系，来到波兰打工。开始在波兰搞房地产开发，淘到了第一桶金。有了资本后，我把全家带到了波兰，现在主要与波兰国际旅游公司合作开发旅游。全家人都上。老婆、女儿和女婿都在公司里。主要是接待国内同胞。"

他面带微笑，说得轻描淡写，讲的都是过程。何很感动。何从小就生活在苦难和挣扎之中，知道人叙述痛苦和挣扎过程时，有三种状态：一种是流泪，一种是平静，一种是微笑。流泪的说明还在痛苦之中，平静的那是刚刚摆脱痛苦，只有走出痛苦的才面带微笑。能叙述苦难而面带微笑的，那不只是物质的满足，更重要的是精神的升华。殊不知这微笑之中饱含着多少血泪和辛酸。

他说："我为了融入波兰，十七年来拼命学习，学习波兰人文历史、风俗和波兰语。我的口语绝过过关，只是书面语还有隔。我可以与所有的波兰人对话，包括能听懂他们的方言。因为我热爱我的祖国，同样热爱波兰。中国是我的故乡，波兰是我的第二故乡。在我最困难的时候，波兰人尊重我，我尊重他们。他们对我很好。"李扬问："你怎么不入波兰籍？"他说："我不能离开我的母体，出生时娘把我的胞衣埋在家乡的床底下了，那是我梦里常回的地方。那块土地上还有我的亲人和祖坟。每年冬天旅游淡季，我就带着全家人回老家过春节。直飞才十个多小时，然后再坐飞机回家，很方便。一到家门，就能闻到家乡的年味，就能听到母亲叫我小名的乡声。"

他的眼睛里泪花闪烁，一下子就把大家的心抓住了。

他说："各位作家，咱们中国从古到今，人生有三大快事：洞房花烛夜、金榜题名时、他乡逢知己。今天是'他乡逢知己'。我以往带的团都是官员或者是商人，我对他们不讲这些，这些他们不感兴趣。今天我失态了。请大家记住我。记住一个在波兰生活、姓吴的中国人。"

何就从背包里掏出一张名片，说："兄弟，这是我的名片。"他一手扶方向盘，一手接了，说："谢谢老哥！"阳光照在车窗上，车子朝着市区开。

这兄弟的路真熟，车开得真好、真稳。

五

车子进入波兰首都华沙主城区。华沙的街道没有北京的宽，也就四车道，一边两个。李扬理所当然坐在副驾的位置上。这是为了便于工作，好同吴陪沟通。吴陪边开车边简单地介绍波兰有关情况，为了让大家好比较，吴陪介绍时都与中国相联系。吴陪说："波兰，全称波兰共和国，是一个中欧国家。中国古称孛烈儿，历史记载蒙古帝国的铁骑曾经踏上过这块土地。"吴陪说："波兰是一个多灾多难的国家，几个世纪以来，波兰的版图一改再改。现在西面与德国接壤，南部与捷克和斯洛伐克为邻，东部与乌克兰和白俄罗斯相连，东北部与立陶宛和俄罗斯比邻，北面濒临波罗的海。波兰是欧盟、北约、联合国经济组织和世贸组织成员国。"吴陪说："波兰版图面积三十二万多平方公里，相当于三个浙江省，人口三千八百五十万，比浙江省少一千八百万。"吴陪说："波兰官方语言波兰语，波兰语属古斯拉夫语系。波兰人百分之九十五信天主教，其他教派有东正教和基督教新教。波兰货币叫兹罗提。一元人民币相当于两个兹罗提……"吴陪真是个人物，不仅对第一故乡中国的历史和现实胸有成竹，而且对他的第二故乡波兰了如指掌，一口气就把波兰的基本情况说得清楚明白。不像中国的导游到了一个景区，只会背书和说人造的神话。吴陪指着胸前的导游证说："在波兰当导游非常严格，没有多少人可以吃这碗饭。拿证的就令人尊敬。"

车开了一会儿，街道两边景色非常好。吴陪就征求李扬的意见。吴陪说："不知道大家饿不饿？"李扬说："在飞机上吃过饭。"吴陪说："要是大家不饿，那就先参观肖邦公园，然后再找地方吃午饭。因为刚好顺路。"车子就那么大，尽管这话大家都听到了，李扬还是向后重复吴陪的话，征求团长的意见。团长正在闭目养神，睁开眼睛听了李扬的汇报，然后叫李扬征求大家的意见。李扬先问B君，B君说："听领导的。"车上连吴陪也就五个人，如此轮回民主一番，何就觉得好笑。李扬问何："你的意见嘞？"

何说："我随便。"李扬说："老何，你不能随便，你的意见很重要。你饿不饿？"何笑了，说："领导饿，我就饿"。李扬说："你要是饿了就吃榨菜。"何说："这不要领导吩咐。"何从小练就了生存本领，因为口淡，早就把蛇皮袋子装的榨菜拿一包出来，撕开了口，放在随身背的小包里，随时准备吃。既然李扬如此说，何干脆把榨菜袋子拿出来，拿在手上吃。李扬说："还是老何有特点。"何说："你说对了。我只有特点，没有缺点。"大家都笑了。吴陪也笑了。吴陪双手掌着方向盘，张开嘴，叫何递一条给他。何起身，递一条送到他的嘴里。他吧嗒着嘴津津有味地嚼，说："地道的中国味。"他问，"什么地方的？"何说："四川涪陵的。"他说："真脆，真香。"

车子开进停车场，于是就下车。吴陪带着大家进入肖邦公园。吴陪说："肖邦我就不多说了，音乐无国界，直达人的心灵。他是波兰的骄傲，也是全世界的骄傲。他身体葬在法国巴黎，波兰人根据他的遗愿把他的心脏用瓮装着葬在这里，因为波兰是他梦牵魂绕的家乡。他生前牢记《圣经》上的话：'因为你的财宝在哪里，你的心脏也在哪里。'所以这个公园美丽得让全世界的人心醉。"

何就有些恍惚，仿佛进入了安徒生笔下的童话世界。华沙的空气真好，阳光明媚，放眼望去，整个城市都在森林里。在肖邦公园，何竟有悬浮的感觉，头就像一只热气球，带着身子朝空中飘。何知道这是书上说的富氧综合征。因为空气中的氧气含量太高了，使人晕眩，飘飘欲仙。要想不晕眩，必须吸二氧化碳才能平衡。何跟着众人走，像在梦游，像是回到儿时的故乡。入门就是一口小池塘。池塘的岸边塑着肖邦的头像，那头像同大树连在一起。那池塘就像一只心脏哩，碧水悠悠，倒映着公园的景物和白云飞过的蓝天。东欧正是秋天，池塘四周花圃里，各种叫得出名和叫不出名的鲜花，一齐开放着，五光十色，在绿草和绿树的映衬下，美得就像天堂。其间设许多长椅供人歇息。何看到情侣们拥在长椅上，旁若无人地亲吻。老人们正在听着音乐，享受天上的阳光。微风之中传来肖邦的交响乐曲。那乐曲一阵阵浸入何的心田。何情不自禁地感动了。世界上这样的天，这样的地，这样的人世，真的很幽静，真的很悠闲。何很长时间没有这样的感受。总是忙，总是忧，心里总是有事放不下。

吴陪说："肖邦公园原来是一个皇家园林，二战胜利后波兰人民把它改成了肖邦公园。整个肖邦公园就是一个原始森林，里面五百年以上的树比比皆是。二战期间希特勒进攻的炮火和苏联反攻的炮火，都没有使它们倒下。它们是波兰人民骄傲的象征。"公园里古树参天，走在其间阴凉湿润，仿佛回到母亲的怀抱。公园里随时可见鸽子从天上飞下来，飞到人群中觅食，头儿一点一点的。松鼠从树上奔下来，吱的一声，竖着尾巴跑。孔雀在绿草如茵的地坪上，张着翅膀围着游人跳舞。老妇人用童车推着孩子在公园里游玩，孩子用小手拿面包喂鸽子、松鼠和孔雀。小溪潺潺，杨柳摇风，芦苇绕岸。水上，野鸭结队地游来。水下，鱼儿成群地游去。全是人间的欢乐。公园太大了，太野了。由于车子停在正门处，所以吴陪带着何一行就得沿原路返回。

何是在进园的小池塘边的长椅上，见到那群昏睡不醒的人的。那时候何就听到中国的普通话。只见那个举着旗子的导游喊："亲爱的同胞们，请醒醒！时间到了！时间到了！到门口集合上车！"那群人居然叫不醒。何走近一看，认出那群人就是来时同机的一家天津保险公司组团的。原来导游介绍完后，规定了游园的时间，说好到时间在入口处集合上车。哪晓得他们进园后游了一会儿，就躺在长椅上睡着了。他们神经极度松弛后醉氧了。何看见那个收他名片、说要珍藏的小伙子没戴眼罩儿，在催叫声中，从长椅上坐起来，睡眼迷离，一副醉酒的样子。何看着心里又难受了一阵。

午饭是在华沙老城区一家小吃店里吃的。街道很干净，花坛里的花儿很香。小吃店古色古香，里边全是木结构，有烤炉，有木桌和木椅。小吃店里欧式食物丰富，有生菜、面包、香肠、烤羊肉、烤鸡肉，都是刚出炉的。饮料有咖啡和可乐，都是免费的，装在桶里，热的，只要拿杯子到桶前拧开关朝里放，尽人喝。小吃店外面临街撑着遮阳伞，同样设着木桌和木椅。任人选择，可在屋里吃，也可以在外面吃。吴陪征求大家意见："是在屋里吃，还是在外面吃？"大家不说话。李扬问团长："团长您说呢？"团长说："那就外面吧。"团长英明。外面好。外面风好，阳光明媚，鲜花开放。

这样的时候李扬对何特别好。何因为无知，怕出洋相，看着别人，不敢动手。李扬问何："老何，喝可乐还是喝咖啡？"何说："喝咖啡。"李扬帮何倒咖啡，让何端在手里。李扬问："你喝过咖啡吗？"何说："写作时喝过。"李扬说："那不正宗。我告诉你，这才是正宗的。"何说："谢谢！"李扬说："老何，你到外面坐好。我给你端食物。"何掇着杯子坐到外面的椅子上等。李扬把食物掇来了，放在何面前。何说："谢谢！"食物一人一份，用盒子装着。有面包，有烤鸡肉，还有香肠。各人把盒子打开，刀叉就放在盘子里。何没有用过那东西，不敢先动手。只见李扬拿着刀子，将鸡肉在盘子里仔细分割，分割成条条块块，然后双手配用刀蘸着果酱，用叉子朝嘴里送，闭着嘴巴细嚼。何晓得李扬在示范，在教他。好在何不蠢，在李扬的教导下，也晓得割开，也晓得朝嘴里叉，只是手酸，累人，到嘴的就少。看团长，团长到底是出过国的，那动作虽不如领队熟练，但还行吧。与李扬相比，B君更胜一筹，B君到底是搞评论的，晓得力与美相结合，那动作更具艺术性。吴陪见何累，说："何老师，你把鸡腿拿在手里直接啃。"何说："那哪行哩。入乡随俗。"吴陪说："不要紧。波兰人尊重中国人，不会笑话的。"何到底不敢，坐在那里犯自卑，浑身不自在。

就在这时候大街上走来一个穿着体面的波兰人，对吴陪轻轻地说了一句波兰话。吴陪就从盒子里拿起一块烤肉递给他。何问吴陪："他说什么？"吴陪说："他说他饿了，需要一块鸡肉。"原来是乞讨的。遍地的阳光下，何看见那人坦然而优雅地把那块鸡肉拿在手里，悠闲地走，慢慢地吃，一点也不难为情。

吴陪说："波兰人信奉天主教，人人平等，都是天主的儿女。在波兰乞讨的也有人格和尊严，必须尊重。你愿给就给，不给他不强求。千万不能伤害他，不管你是恶意还是善意。"

小吃店里放的也是肖邦的交响曲。这时候何才明白，肖邦为什么要立遗嘱，把他的心脏，葬在家乡的土地上。

那时候一股暖流从脚底升上来，流向何的心里。

第五章

一

吃过午饭，吴陪带着何一行参观华沙城区里的景点。

华沙的建筑，基本保持着十八世纪的样子，教堂很多，那尖顶直插云天。华沙的街道比较窄，主要交通干线上，还有有轨电车，两节长长的车厢顺着轨道咣当地驶过来，对于何来说，那就是久违的风景。

下午的阳光里，街上的行人很少，走在街道两边的绿树荫中。华沙人有秩序，不匆忙，给人安宁、安神、安静的感觉。华沙姑娘漂亮大方，金发碧眼个子高。B君朝她们喊："嗨！"挥手示好。她们微笑着，像一朵朵向日葵。十字街口没有红绿灯，车不多，开得也慢。斑马线前，车见了行人就停下来，让行人先走。太阳闪亮，空气清新。

吴陪带着一行人来到市中心的鲜花广场。高大的哥白尼塑像耸立在鲜花广场的蓝天之下。吴陪说："哥白尼是十五世纪至十六世纪波兰伟大的科学家，他的《天体运行》证明地球是围绕太阳转的。这与当时教皇的教义大相径庭。有人说他是被教皇以异教徒的名义用火烧死的，是真的吗？"团长说："那是误传。哥白尼是书出版后病死的。被火烧死的是出版该书的波兰科学家布鲁诺。"团长的书读得多，侃侃而谈。

夕阳西下，吴陪带着何一行人参观华沙城东的老城。这老城是二战前波兰皇家所在地。吴陪说："这是联合国世界文化遗址。"二战时期老城被德国进攻的炮火和苏联反攻的炮火炸得面目全非，是波兰人用碎片复原的。红砖红石都是流过华沙市的波兰母亲河维斯瓦河边的产物。干涸的护城河上，耸立着高大的城堡，围着红色围墙，城墙之上长着许多高大美丽的树，夕阳映照下，秋天的树叶全是金色的，壮观辉煌，像油画一样让人心醉。高大的拱门，石板铺成的路，有高大的白马、棕马驾着古老的马车，拉着游人从外面驶进去，驾车的人穿着宫廷古装，摇着十八世纪如梦的车铃，一路皇家气派和风情。城堡内很多古老的教堂，干净整洁。不收门票，任人进出。

何是在干涸的护城河边的红色围墙外，看到童子军塑像的。这尊塑像是用青铜铸造的，是波兰人纪念二战时期波兰童子军的。吴陪说："德国占领华沙后，四处捕杀波兰抵抗人士。波兰地下人士组织了童子军。童子军按年龄分工，年纪小的在街头张贴标语，年纪大的组织童子军攻击队。这支童子军曾经从盖世太保的囚车中救出抵抗军的领导人，并参与暗杀恶贯满盈的纳粹军官的行动。"何没有想到在波兰竟有这样的塑像。何看着塑像感慨万千。塑像上的童子军也就同自己的外孙女和孙子一样的年纪，应该是父母和祖辈们百般呵护的花季，却竟然头戴钢盔，胸前挎着冲锋枪，一脸的稚气和倔强，叫人生怜生痛。那时候夕阳西下，生命的祥和同死亡的肃杀，潜伏在古城的时光里，交织着，催人泪下。

晚餐是中国驻波兰使馆招待的便宴。便宴选在中国人开的餐馆里。使馆一秘李先生携夫人一同参加。掌厨的是四川人，做的是川菜。餐馆的老板也是四川人，到波兰二十多年了，比吴陪的时间还长。餐馆里布置着中国画和中国书法，气氛非常好。参加便宴的人都说中国话。吴陪说："在波兰的中国人有一万多，越南人有五万多。"大家互相交换了名片。李先生和夫人都是何的老乡，见了何自然亲切一层。于是可以说方言了，说生僻的词他们也听得懂，何就特兴奋，不用憋着讲普通话了。

吃完，一秘和夫人同大家握手告别。吴陪就带着一行人入住宾馆。何一行入住的是波兰四星级宾馆。宾馆坐落在市郊的森林边上，街道两边水杉和橡树高大密集、遮天蔽日，将所有的建筑隐在其中。每个人住的是双人间。房间里干净明亮，不知为什么，床、椅、桌都比国内宾馆房间的矮半截儿。房间里设施齐全，也有电脑，也有网线可以上网，只是要到前台登记才能开通。这些并不使何动心。说实在话，何如今家里的条件一点不比这差，估计其他三位家里的条件比这还好。叫何动心的是外面的景色。拉开窗帘，打开窗子，窗外就是无边无际的森林。正是秋天，树叶初红，五彩缤纷，铺天接地。微风从窗外面吹进来，空气真新鲜，叫人沉醉。

何有早起散步的习惯。何一个人从房间里朝出走。门开着，服务员没起来。这里是波兰的清晨，太阳还未升起，秋露带着初寒，甘洌清甜。何顺着街道两边的林荫路，朝着散落在森林深处的民居走。森林深处所有的民居，都是古老的欧式建筑。两层或三层的别墅，前面有院子，有车库。院子里种的各种花草，绿肥红瘦，赏心悦目。波兰人没有早起的习惯，早起的人很少，人们还在睡梦中，只有鸟儿在森林里啾啾地叫，唤着太阳升。何的思绪就回到儿时的家乡。那时候巴水河畔的家乡，也有这样的秋露带着这样的初寒，只是早起的母亲们在土砖瓦屋上升起的是炊烟。何记起了家，掏出手机给女儿发短信："家里都好吗？这里是早晨。"女儿的短信马上回过来："家里都好。我们正在吃午饭。"有了手机，这样的时候，问候就及时，就温暖。

太阳从东边升起来了，光芒万丈。何就回来，回到房间吃早饭。前一日吴陪对大家交代，早餐在二楼自助餐厅吃。何吃不惯西餐，就在房间里泡方便面，咽带来的榨菜。一桶方便面，就半袋榨菜，使何感觉很好。华沙时间八点整，大家就到宾馆门口集合。吴陪开着面包车早到了，等着出发，领着大家按计划参观。

天晴得真好，万里有云。云在森林与蓝天之间。大家就上车，在吴陪的带领下，直奔波兰第二大城市克拉科夫。吴陪边开车边说："克拉科夫是波兰迁华沙之前的首都。东欧诸国的首都都有从山地朝海滨迁徙的历史。首都从山地朝海滨迁徙是人类文明发展的必然过程。"面包车沿着平原上笔直的高速公路朝前开。波兰的高速公路不像国内的宽，没有国内的气派。中间也有隔离带，但那是纯天然的景色。两边没有护栏，全是森林和苹果林，顺着公路广袤无际，延向天边。正是秋天，一行行苹果树上的苹果红了，红成一片，扑向人的眼睛。吴陪说："波兰种苹果已经不用人摘，全部机械化了。苹果熟了，摘苹果的机器，顺着树行开进来，采摘，包装，然后进入国内超市，出口进入国际市场。"车子在高速公路上一路爬高，平原换成丘陵，苹果换成了小麦。那坡地辽阔无边，小麦长得不高，长相不好，却是遍地金黄。远处大型收割机正在收割。何担心，说："这样的小麦，广种薄收，产量不高。"吴陪扶着方向盘笑了。吴陪说："波兰的农作物以小麦为主，波兰人种小麦历来是人种天养，从来不抱怨产量。波兰人明白人为的因素，在自然界中的作用很渺小，只能尊重它，顺应它。所以只管耕耘，不问收获。"吴陪的话使何触动了，心想，这才是真境界，这才是大气魄。

车子开到克拉科夫市，已是下午。参观老城，老城里有著名的大学。那大学都是古老的建筑，与市区合为一体，不做围墙，游人与学生在一起，遍地是自由飞翔的鸽子，你一伸手它就飞到你的手上。阳光遍地，笑脸遍地。许多教堂的尖顶耸在阳光里。那个有名的教堂就耸立在广场上，教堂顶上东面西北开着门儿。据说这个教堂之所以有名，是因为二战期间，隔段时间就有音乐家，打开东南西北的门儿吹号，指示人们杀人的炮弹从哪个方向飞来，让人们躲藏。现在是和平时代，那号声成为吉祥的号角。一会儿那教堂尖顶上的门儿就打开了，露出金色的小号，接着吹着那古老的曲子。吹完，吹号的人朝游人挥手示意：我在这儿哩！仰望蓝天，时有白花儿开在天上，那是飞机。但不是轰炸机，而是民航。因为按规定不能放单，自由活动时，何就与团长结伴。团长见多识广，何只有听的份，这样倒也和谐。

吴陪在规定的时间来了规定的地点，带着何一行人参观坐落在高地之上的古城堡。这是教皇二世的发迹地。教皇二世是波兰人，是从这里走向罗马的。古城堡高大的教堂里有许多雕像、石棺和金棺。雕像是竖着的，棺材是躺着的。一代代教皇去世了，旁边陪葬的是一代代国王。教皇生前教导国王，死后也让同样死了的国王躺在身边听教导。吴陪说："在西方古老的世界里，政教合一。教皇始终是国王的灵魂，国王始终是教皇的影子。"

这让何感到无形的压抑，气都喘不顺。

　　游人太多，这回轮到李扬领何。李扬深怕何搞丢了，摘下头上的帽子，举在手上，一直叫何跟着帽子走，容不得何多看。何不敢不跟帽子走。一行人又团聚了，站在古城堡的高处，有河流从红色城堡的城墙下流过。居高临下，可以欢呼。脚下是波兰的母亲河。阳光明媚，碧波荡漾，游船在河，游人在岸，清洁，清爽。何忘掉了古城堡里金棺与石棺之间的那种压抑，深吸一口气，呼出来，这才感觉到天人合一、人间至境的美丽。

　　晚餐在房间喝酒。原来 B 君随行李托运，带来了两瓶好酒。那酒是四川产的五粮液。李扬在街上买来香肠、烤肉。团长对何说："放松，放松。"大家对何说："放松，放松。"何这才放松了。于是大家席床而坐，不用刀叉，手撕嘴咬，喝酒吃肉，互相敬酒，碰杯之后，一饮而尽。喝完吃完，团长说："这两天很好，很顺利。"于是就各自回房休息。

二

　　早餐何仍在房间里泡方便面吃，咽的榨菜。

　　吴陪开车带着何一行参观奥斯威辛集中营。车出华沙，这次没有向东而是向北。车上吴陪没有说话，只是开车。李扬坐副驾的位子上，好发指示。B 君挨着团长坐，何一个人单坐。这是中国人的习惯，一旦形成，就很难改变。

　　东欧的天依然晴得很好。仍然是美丽的平原，仍然是茂密的森林和平静的河流，只是村庄稀少了。忽然公路旁边就出现交叉的铁轨，那铁轨锈了，没入荒草之中，说明早就废弃了。四周荒凉，少有人烟。吴陪说："这里因为杀气太重，冤魂太多，过了半个多世纪，到现在波兰人都不愿意在这里居住，任它荒芜。"何这才知道此地为什么如此肃杀。吴陪把车开进停车场，说："到了。这里是一号集中营，还有二号集中营和三号集中营，都是从这里搬出去建立的。二战时期以希特勒为首的德国纳粹分子占领波兰之后，在这里以一号集中营为中心，开辟了大规模的集中营，将各国战俘和犹太人集中关押在这里进行杀害。据统计在这块土地上杀害了七千多波兰知识分子和各国战俘。其中就有中国人。今天我们参观的是一号集中营。一号集中营是按原貌保存的。现在是联合国设立的纪念馆，每天接待来自世界各地的人们参观。一号集中营是二战时期德国建立的犹太人集中营。以希特勒为首的纳粹分子以各种手段，在此地杀害了一百多万犹太人。"何听到这个数字，就不寒而栗。何问："为什么要杀犹太人？"吴陪说："希特勒认为日耳曼人是天生的优等人种，犹太人天生是劣等人种，所以把欧洲各国的犹太人抓起来，送到这里集中杀害，达到灭族灭种的目的。"何问："德国人不是信奉基督教吗？基督教的教义不是说世上所有的人都是上帝的儿女，一律平等吗？"吴陪说："那是对于日耳曼人种的。"何问："希特勒不是基督教徒吗？"吴陪说："是。"何问："他为什么不遵循教义？"吴陪说："希特勒是以基督的名义，分人种优劣的。在这个世界上只要一分人种优劣，后果就不堪设想。"何问："那德国人为什么都听他的话？"吴陪说："你问我，我问谁？"

偌大的集中营，整个的参观过程，格外地恐怖，阴森之气压得何喘不气来，几乎叫何窒息。各个展厅，玻璃房子里，成堆的头发、假肢、照片、各类生活用品、儿童的衣服、死亡档案历历在目。牢房、死亡墙、毒气室、火化炉，充满死亡的气息，叫何不忍看。

何不敢再看了，赶紧逃出来喘气儿。何逃出来到休息室，休息室有买资料的地方。何想买一本回家再看。资料有各国文字的。何对工作人员说："China."居然有中文的，工作人员给何拿了一本。参观出来，何心跳加速、血压升高，快要崩溃了，于是赶紧从包里拿榨菜出来吃，补充盐分。这次参观让何一身冷汗，天地恍惚。

正装终于派上了用场。李扬通知大家下午着正装参加波兰文学家协会举办的座谈会。何就关着门在房间里折腾半天，把拉杆箱打开，把西装从套子里拿出来，对着镜子穿好，然后打领带，从里到外包装自己。虽然是秋天，但穿两件衣裳有点热。结上领带脖子有点紧，不舒服，忍着吧。对着镜子再看自己，那模样居然来了精神。何这才明白外交场合为什么规定要穿西装。来到大厅集合，何看见三位都穿西装，只是只有他的行头是新的。三位看他的眼神就亮，何知道这是穿了西装的缘故。也就是说不管是谁，只要穿上西装，就像正经八百的人了，不能小看。

吴陪开车来到波兰文学家协会驻地。波兰文学家协会的驻地在市中心繁华地带。一幢楼房，门口挂着许多牌子。在以前，文学家协会是官办组织，有正规工作人员和办公经费。现在，波兰文学家协会变成了民间社团组织，没有正规工作人员和办公经费，人员是兼职的，办公经费自筹，这模式相当于中国各地市州作家协会。只是波兰文学家协会有房产，这房产是社会主义制度时留下来的，每年出租以弥补活动经费的不足。

一条长桌分宾主坐下。波兰文学家协会的主席八十多岁了，是波兰德高望重的诗人，在座的秘书长和其他三位都是六十岁以上的，没有年轻人。中国驻波兰大使馆的一秘也参加了座谈会，代表国家做了简短的发言。座谈会开始了，由吴陪担任翻译。首先双方介绍与会人员，然后由李扬代表中国作家协会向波兰文学家协会赠送有关资料和礼品。礼品是竹烫的书法作品，内容是："海内存知己，天涯若比邻。"吴陪真是中国通和波兰通，翻译得风生水起。

波兰是个伟大的民族。波兰有五位作家获得了诺贝尔文学奖。现在的波兰是诗歌的国度，每年波兰文学家协会举办许多诗歌大赛，吸引众多的诗人参加。奖金很少，但是盛况空前。波兰文学家协会主席说，如今的波兰叙事文学相对薄弱。波兰诗人出的诗集很多，但印数很少，每本只能印一百本或五十本送人。在波兰文学是养不活人的，搞文学纯粹是精神需要，与金钱无关，所以波兰的诗人是抑郁内敛的。吴陪把主席的话翻译过来，何就觉得自己很幸福，与波兰诗人们比起来觉得很惭愧。轮到自由发言，李扬要何说话。何的脸就红了，只能站起来向主席鞠了一躬，说："谢谢！"

招待晚餐在一楼餐厅。估计这餐厅是文学家协会出租的。饭钱估计是在租金中出。餐厅里人很少，格调很好。波兰文学家协会主席招呼大家坐下，中方五个人，波方五个人。主席叫人把烟缸拿来，对团长说："可以抽烟。"于是吃西餐，喝红葡萄酒；不过瘾，于是就上伏特加。大家举杯祝主席健康长寿。主席含笑接受祝福。

晚宴结束。主席对大家说："同行们！欢迎你们访问波兰。中国有句古话：'天下没有不散的筵席。'按照预案，我就在这里给诸位说再见了！招待不周，希望诸位谅解！祝愿文学之心与这个世界同在！"主席白发苍苍，主席声情并茂。何感动之后，心里泛上些许酸楚来。

与波兰文学界的真正接触，只有这一餐饭的时间，吃完这餐饭就分别了。

但愿文学之心与这个世界同在。再见了，波兰！

三

万变不离其宗，何还是那副行头，还是那副叫人忍俊不禁的模样，还是一只手拖着行李箱，另一只手提着装榨菜方便面的编织袋子，尾随访问团的一行，离开波兰，坐一架八十多人的小飞机，从华沙机场起飞，经过两个多小时到达保加利亚首都索菲亚的。我行我素，别人就拿他一点办法没有。

飞机起飞之前，给家里发个短信，报个行程。这是妻子规定的必修课。坐火车好说，主要是坐飞机。因为在老婆看来坐飞机是天底下最危险的事——不仅是老婆，就连何潜意识里也是这样认为的。发完短信，然后按飞行规定关机，这也马虎不得。何天生是守规矩的人，也是好奇的人，守规矩与好奇成正比。何总想利用一切可以利用的机会，把这个世界看够看透。比方说坐车，那当然是临窗的座位最好。那就能看到一路的山川河流，风景如画，任他遐想。这次领队发票，何的座位正好在舷窗边上，这就应了他的愿望，心中窃喜。

东欧的天，那真叫天，晴得真好，一碧如洗，天地通透空灵。何坐在座位上，将脸贴着舷窗，随着飞行眼睛一刻也不肯闲着，俯瞰机翼下的东欧大地。机翼下东欧秋天的平原，五彩纷呈，就像油画一般。黄的是小麦，大片大片的，辉煌无比。绿的是森林，连山接岭，青绿无边。庄稼与森林之间，分界的是笔直的沟垄和道路，明媚辽远，叫人心旌摇荡。太阳在天，阳光普照，小河纤细，大河壮阔，流水如镜子一样反映天光。整齐的城市就夹在其中，鲜活滋润，使何如坠梦中，恍然隔世。

飞机落地，下飞机，入关，出关。索菲亚的机场是小机场，人就不多。这回没见举中文牌子的，只见三个人带着两辆的士，停在机场候机楼的出口。见面就握手，然后互相介绍。原来是中国驻保加利亚使馆文化参赞领着保加利亚作家协会秘书长波娃和翻译盛大来迎接。叫何没想到的是，保加利亚作家协会叫的是两辆的士。保方接国际友人也不兴师动众，就波娃一人代表。波娃是典型的东欧女性，金发碧眼，不卑不亢，高昂挺拔，举止优雅，充满艺术气质，叫人看不出实际年龄。

文化参赞姓吴，穿着朴实，人也朴实。互相介绍后，竟然又是何的老乡。吴参赞同大家握完手之后，做了简短的开场白。吴参赞说："欢迎诸位作家访问保加利亚。咱们中国有句俗话说得好：'到什么山上唱什么歌。'入乡随俗，此次访问按中保双方协定，落地后由保方负责接待安排，保方对于规模和经费做了严格的规定和预算，所以我就不能陪同，只能到机场迎接。到机场迎接是依照惯例，也是我的职责。这是实话实说，请大家见谅。希望大家在保方访问期间，有体会，有收获，写出无愧于人类的好作品。大话不多说，一句就行。现在我就把大家交给保方的波娃女士了。"于是吴参赞就把波娃正式地介绍给大家。大家鼓掌。波娃含笑点头，用变调的中文说："同志们好！"波娃不用朋友，而用同志。一声"同志们"，亲切无比，使何想起保加利亚与中国同是社会主义阵营，同志加兄弟的时光。什么是文化？这就是文化。文化可以穿越历史，直达心灵。大家又鼓掌，使波娃神采飞扬。

这时候李扬就问："谁是盛大？"盛大说："我就是。"李扬就上前同他又握手，就把盛大推出来介绍给大家。李扬接着波娃的余韵，对大家说："同志们，担任此次翻译的就是我们盛大。"李扬在"盛大"之前加上"我们"，使亲切更进一层。李扬说："我们盛大是中国国际广播电台派到保加利亚进修的。我们盛大是北京外国语大学研究生毕业，学的是保语。大家知道保语是小语种，现在学保语会保语的人很少。为了找到我们盛大，颇费了一些周折。相信他会出色地完成任务。"盛大对大家说："诸位老师，我是刚毕业参加工作的。此次为大家服务是使馆推荐的，我会努力的，争取不让老师们失望。"何私下问李扬："是义工吗？"李扬说："属于打工性质，由我代表中国作协每天付一百欧元的报酬。"于是何就不失时机地同盛大交谈，得知盛大三十二岁了，结了婚，有一个刚满周岁的孩子，爱人在北京工作，他只身来保加利亚索菲亚大学进修两年，主要是学习口语。进修经费公家出一半，私人出一半。这就需要学习之余，勤工俭学挣点钱。这次正是他实习的好机会。小伙子热情谦虚，腼腆得像个学生，说话不时脸红。

吴参赞坐自己的车先走了。于是波娃就招呼大家上车。波娃带着团长和李扬坐一辆在前开路，盛大带着何和 B 君坐一辆在后，从遍布作物的市郊，沿着乡村公路，向山脉暗影下的市区行进。保加利亚与机场连接的路，不是高速公路，是很普通的水泥路，两车道，同中国二十世纪八十年代的公路差不多。

车上盛大指着那暗影之上的山脉，开始介绍保加利亚。盛大说："那就是巴尔干山脉。保加利亚首都就在巴尔干山脉中部之下。巴尔干山脉横贯保加利亚全境，将保加利亚分成南北两部分。保加利亚北面与罗马尼亚接壤，南面与土耳其和希腊毗邻。境内有两条主要河流，多瑙河和马里查河。版图面积十一万平方公里。人口七百八十多万。主要信奉东主教。"盛大说，"对不起，各位老师，这都是我接受任务后恶补的，所以像背书。"于是盛大就给每人发一份打印好了的中文资料。那是从网上下载的介绍保加利亚的。盛大说："不好意思。为了方便各位老师访问，我就擅自做主了。让你们先看看，做个了解。参观途中，我会根据主人的介绍，翻译时具体讲。"大家也就边听边翻阅起来。

作为保加利亚的首都，索菲亚比波兰的首都华沙发展得差多了，索菲亚的建筑是二十世纪苏联风格兼欧式风格。没有高楼大厦，楼房五至七层而已。街道边森林里的乌鸦看起来要比华沙的小一号，索菲亚的姑娘比华沙的身材苗条。车子沿着并不繁华的街道进入索菲亚市区，一行人入住市中心的旅馆。这旅馆看来是保加利亚作协接待国外作家代表团指定的旅馆。这旅馆虽说在市区中心，条件就比波兰的差远了。也是一个人一个房间，但房间小，床和椅子款式都是老式的，每个房间配一台十四英寸的电视机，虽说是彩色的，但在国内很少见了，属于隔世之物。房间的钥匙是老式的，插进去，扭动才能打开。国内所有的宾馆都不用这种钥匙了。国内所有宾馆的钥匙都信息化了，一个卡贴上去，"吱"的一声门就开了。拿着那老式钥匙，何的思绪回到了中国改革开放前。中国改革开放前的旅馆就是这个样子。叫人怀旧的还有旅馆的电梯。那电梯是二十世纪七十年代的产物，空间小，人进去后机械门就"咔"的一声关闭，到层就响铃儿"咔"的一声打开。保加利亚的经济发展比波兰慢多了，生活节奏也比波兰慢。

吴参赞的话没有错，何一行在保加利亚期间的费用，按事先约定，除了翻译费之外，接待经费都由保方负责。事先做了预算的，由波娃秘书长每天严格按预算执行，所以一切从简。

午饭是在入住宾馆三楼自助餐厅吃的。这自助餐厅是宾馆接待国外旅游团的。虽然小，但各种肤色来就餐的人，三五成群。凭钥匙就座，吃西餐，各人自便。爱吃什么拿什么，无非是牛奶、面包、香肠，当然还有咖啡、饮料和生菜。面包得自己烤，吃多少烤多少。波娃没有参加，盛大也没有参加，由何四人自己吃。何再也不敢在房间里吃方便面咽榨菜了，吃多了，实在是受不了。何就硬着头皮同大家一起吃，看着三位的样子学着用刀叉。看来世间之事都不是难事，只要有耐心，还是能到嘴的。

吃完饭，回房间休息了一会儿。波娃和盛大按时间来了，就带着何一行人参观市中心。索菲亚到底是国家首都，尽管保加利亚国家人口只有七百多万，与何所在的家乡市人口差不多，但作为一个国家，建筑的分量仍在，有罗马时期的教堂、修地铁时发掘出来的罗马建筑的遗址，以及法院大厦门口耸立的颇具罗马遗风的青铜狮子。对于这些建筑，波娃只介绍名称，比方说这是国会大厦，这是议会大厦。其他的就矜持着不说。何就不理解其中的原因。何想，最少要介绍一下这些建筑是什么时候建的，是什么风格吧？但她就是不说。盛大对大家说："波娃不介绍是有原因的。保加利亚被称作国家十大建筑的，都是社会主义时期苏联援建的。那些天主教堂和法院大厦门口的青铜狮子是罗马时期留下的。保加利亚人不认为是自己的。这是保加利亚人的痛苦。保加利亚不像中国有完整的历史。"团长笑了，对盛大说："你说得对。中华文明自从盘古开天地，三皇五帝到如今，元朝也好，清朝也好，最终都是一种文化的传承，一种精神的延续。都是自己的，都能骄傲和自豪。"B君说："保加利亚人的历史观是剥离的。不是自己的不算。保加利亚没有完整的历史。保加利亚被土耳其统治了五百年，之前是拜占庭王朝，再之前是古罗马，还有近代苏联主宰了近百年。这使他们找不到文化之根，所以保加利亚人精神上很痛苦。"B君的话使何陷入沉思，原来对于人类的发展有两种历史观：一种是包孕，它使人幸福；一种是剥离，它使人痛苦。何问B君："为什么一定要剥离呢？包孕该多好！"B君说："关键的是你想包孕，无法包孕。谁同你包孕呢？"这就无话可说。

何对那发掘出来的罗马遗址很感兴趣，那遗址埋在地下五十多米深，那古老的建筑风格，那古老的绘画，那地板上留下的"十"字形的花纹，仿佛在时光中复活，让何如醉如痴。耳听为虚，眼见为实。何对考古有瘾，想多看一会儿，在历史的烟火味中享受，但是波娃带着人走马观花，匆匆而过。

四

第二天波娃带着何一行从索菲亚出发，参观保加利亚的一个在深山的修道院。保加利亚有许多教堂和修道院，随处可见。上车前盛大说："这个修道院与别的修道院不同，是保加利亚民族独立思想的策源地，是保加利亚人用精神和肉体筑成的民族精神高地，是保加利亚人格外珍惜和向外介绍必不可少的地标性的建筑。"波娃没有这样说，但从她的严肃认真的态度，可以看得出来。

还是两辆车，都是出租性质。事先做了计划的，每天由保加利亚作家协会付油费和适当的补助。波娃开一辆，带着 B 君和领队在前。波娃叫来在社科院工作的朋友列娃开另一辆车，带着团长、盛大和何随后。上车之前波娃给每人发了一张光碟，那光碟包装朴素，印着波娃的剧照和演出场景。波娃对开车的列娃交代开车途中就放这张光碟。波娃微笑地对大家说了一席话，通过盛大翻译，那话的意思是："不好意思，这是我的作品，路途比较远，如果大家不介意，就请欣赏，多提宝贵意见。"开车的列娃与波娃的年纪差不多，也是金发碧眼，戴着太阳镜，光彩照人，只是比波娃胖。何就上车，列娃放波娃的光碟。通过与列娃交流，盛大翻译，何才知道原来波娃的作家协会秘书长是兼职的。如今保加利亚同波兰一样，国家作家协会改成了群众组织，不设专职。波娃的正式工作单位在保加利亚国家歌剧院。波娃多才多艺，能歌善舞，又能作曲和编剧。所发的光碟是她根据要去的修道院里那个民族英雄的传说编剧作曲、自己担任剧中主角的现场演出版。车子顺着高速公路向山影暗叠的东南方向行进。波娃的歌声就在车中荡漾。歌词一句也听不懂，那优美的旋律和那饱含深情的美声唱法，在何听来就同意大利有名的歌剧一样。视频上同步放着波娃演唱的身姿和观众欢呼的场面，使坐在车前副驾驶座位上的何深受感动。

由于是星期天，一路的车很多。外国游客很少，大多是保加利亚本国人，都是去朝圣的。盛大说得对，那个修道院是保加利亚民族独立的精神之根。车在路上行进，一刹一刹的，看来列娃的开车技术不高。原来车不是她的，是从朋友处借来的，所以不熟。盛大说："在保加利亚小车是平常之物，非常便宜。同样牌子的车在中国买一辆的价钱，在保加利亚可以买三辆。因为关税很少，几乎为零。在保加利亚的路上可见世界各国的名牌车，可惜没有中国出产的。"盛大的话没错。公路两边二手车市场一个接着一个，停在里边车的规模，壮阔无边。盛大说："在保加利亚用一万元人民币就可买到一辆六成新的名牌车。"

出城不久，列娃开的车便被交警拦住了。波娃的歌声也被迫中断。车停在山路边。列娃下车同交警交涉。出示所有的证件，这才知道没有出城证。原来在保加利亚，车子在城里开与开出城是两个概念，对于驾驶技术有严格的规定，没有出城证，是不准出城的。何就拿出国内的经验，通过盛大对列娃说："叫她说是接待中国作家代表团参观的。"盛大翻译了，列娃耸肩摊手说"No"，接着说了一句保语。那意思就是总统来了也没有用。于是同波娃联系。波娃掉头赶来。波娃同交警交涉半天，还是没用。结果还是被训导半天，开了一张罚单，罚了五十列弗。列娃耸肩苦笑，说了一句保语。何问盛大："她说的什么意思？"盛大说："她说这两天白干了。"

车子继续朝前开。列娃又放光碟，波娃的歌声继续优美。团长不再听波娃的歌声，同盛大探讨终极问题，从国际到国内，从政治到经济，从宗教到人种，无所不及。在波娃优美的歌声中，团长侃侃而谈，条条有理。何闭目养神。盛大洗耳恭听，不时点头称是。水远山高，波娃的光碟放完了。何睁开眼睛，发现车窗外的风景竟与家乡大别山相同，那山溪，那岩石，那花那草那树，似曾相识，勾起了何的乡思。何惊呼："是不是到了大别山？"团长笑了，说："老何，用不着大惊小怪，世界上有许多不同的，有许多相同的。此处纬度与你们鄂东相同，所以山水与物种大同小异。"盛大连连点头。于是何就拿出手机放储存在里边的鄂东民歌《八月桂花遍地开》，作为文化交流。"八月桂花遍地开，鲜红的旗帜竖呀竖起来，张灯又结彩呀，张灯又结彩呀，光辉灿烂闪出新世界！"优美的旋律让开车的列娃听得如醉如痴。列娃用中文问何："民歌？"何说："是的。"列娃问："你们家乡的。"何说："是的。"列娃说："真美。"于是何就通过盛大与列娃交流。原来开车的列娃是保加利亚社科院研究国际语言的专家，对于中国的语言和文化并不陌生，会说简单的中文。找到知音，于是车上的气氛就活跃。于是何就产生交流的欲望。何问团长："团长，我能问她几个问题吗？"团长说："只要她愿意回答。"何对盛大说："我问，请你翻译。"盛大说："行。"何问她："请问，你们社科院现在是国家正式机构吗？"于是盛大就翻译。她说："以前是国家正式机构，有一百多人。后来国家经济困难，总统为了压缩开支，撤销不少上层建筑机构，社科院准备同时撤销，最终还是保留了，因为议会说什么都可以不要，但作为一个国家不能没有社科院。于是削减了人员，压缩了经费。现在只有三十多人。"何问："请问您是什么职称？"她说："研究员。"何问："如果不介意的话，能不能问一下您每月拿多少工资？"她说："每月拿八百多列弗。"盛大翻译时将列弗兑换成人民币，说："相当人民币一千六百多元。保加利亚除了车便宜之外，换算之后房价和物价都与中国相当。"一个国家级社科院的研究员，每月拿这些工资，就令人吃惊。何想与保加利亚相比，中国社科院的专家，包括他自己在内，真是幸福。何虽说在基层，但每月拿的工资是列娃的三倍。

到那个修道院朝圣的保加利亚人真多。车子排成长队，要想找个停车位，插都插不进去。他们只得将车停在一公里之外，人下车步行。那修道院里人山人海，来的人大都是祖孙三代。圣像前，老人白发苍苍，双手合十，喃喃自语，阳光中闪耀着泪花。那是祖父和祖母内心的独白。中年人牵着孩子，在圣像前朝拜，诉说经典的故事。那是父亲和母亲的传教。一双如花似玉的眼睛，不时仰望头上的天空。那是儿女们的渴望。古老深山的院落，饱经沧桑，里边并不平坦，铺着石头。那石头好像是原始粗糙的，不像中国佛教的院落，将石块成形，刻意铺平。来到这里，你才明白，什么才是保加利亚民族解放和独立精神的精髓。

中餐是在离修道院不远的路边一家餐馆吃的。这路边的餐馆就好像是中国的农家乐，只是比中国的农家乐更精致，更具有诗意。树木参天，绿草如茵，鲜花开放，流水潺潺。木桌木椅用遮阳伞撑着，透亮流风。六个人共一张桌子，吃的分餐。每人一盘深山产的冷水鱼，配香肠、烤肉、面包和饮料。这冷水鱼是此地的名产，生长周期长，一条筷子长的要长三年。通过几餐的训练，何使用刀叉到了不致让人笑话的程度，自然也就放松。

回程的路上，列娃不放波娃的光碟，要何拿手机出来放鄂东民歌《八月桂花遍地开》。她说她很喜欢，想再听一遍。何放着《八月桂花遍地开》，望着车窗外阳光中流动的景色，心里很温暖。

五

回到索菲亚，波娃带着何一行，到一家音乐院大门外小吃摊吃晚餐。这音乐院好比国内的音乐茶座，只是比国内的高档。通过波娃的介绍、盛大翻译，才知道这是索菲亚诗人喝茶听音乐交流作品的沙龙。晚餐除了波娃和列娃以外，还有一个索菲亚的诗人陪同。这位男性诗人身材高大，满头银发，精神内敛，眼光沉稳，是保加利亚得过很多大奖的有名的诗人。诗人与波娃坐在一边，不时用保语交流，看起来平常关系很好。看他的样子，何以为他有七十岁了，通过盛大翻译交流，才知道他只有五十八岁，比何还小。他原来是保加利亚作家协会的专业诗人，后来国家作家协会改成了社会团体，他失去了工作，没有工资，但他仍然写诗。他以主人的身份招待何一行，何以为这家音乐院是他开的。

晚餐之前波娃让他带着客人进去参观。这音乐酒吧很有档次，中间有小型的演奏舞台，四周有供人喝酒和饮料的圆桌和沙发，靠壁的壁柜分隔摆着保加利亚出产的各种葡萄酒，任人选择。环形墙壁布置着世界十位名作家和诗人的画像和格言。没有中国的。李扬通过盛大翻译问他："你知道中国的世界级名人吗？"他直接用中文说："姚明。"这没错，姚明是体育界世界名人，看来保加利亚人有罗马遗风，热爱体育，喜爱姚明。团长问："你知道中国的莫言吗？"他说："知道。他是最近诺贝尔文学奖获得者。"B君问："如果要挂一位中国世界名人的画像和格言的话，你认为是谁？"他直接用中文说："孔子。"他说他向老板建议，挂孔子的。何问："请问你挂他什么格言？"他微笑了，说："有朋自远方来，不亦乐乎？"

原来这音乐院不是他开的。他只不过帮着策划，拿点薪水，让生活有保障，可以继续写诗。波娃之所以与他熟悉，一是共同写诗，二是波娃经常在这里开演唱会。这骄傲诗人的境遇就令人惆怅，不禁唏嘘。怪不得他如此内敛，如此沉默寡言，而又保持着如此的高贵。

波娃拿出保加利亚出产的各种名葡萄酒，有红的，有白的。诗人善饮，何一行也不含糊，于是放开了，用母语说疯话，畅怀大笑。只是客人始终保持内敛，举止得体。

醉意七分，列娃告辞。波娃带何一行步行回宾馆休息。波娃送到宾馆门口，波娃与大家招手说："再见！"径直走了。不像中国人分手时那样拖泥带水、藕断丝连的样子。李扬怕何不理解，对何说："老何，我告诉你一个常识。这是欧洲人的风格。欧洲人说再见后绝不回头。"何酒喝多了红着脸，说："谢谢领队，不吝赐教！"

李扬怕何醉了，让盛大回房陪何一会儿。其实何并没有醉，心里明白着，也乐意盛大陪他。有盛大陪，他可以进一步请教盛大一些保加利亚的情况。于是海阔天空地聊。何问到保加利亚的国防，盛大说他也不是很了解，只听说保加利亚以前有三十万常备军，警察除外。保加利亚七百八十多万人口，那时候平均十三人中就有一个当兵的。后来常备军精减到三万。何问："三万军队如何守如此广大的国防线？"盛大说："国防线不守。这三万军队的主要任务是配合联合国维和。"何问其他情况，盛大说："何老师，对不起。'知之为知之，不知为不知。'"何拍着小伙子的肩说："'是知也！'我没醉。谢谢你！你回去休息吧。"小伙子愣了半天，说："不好意思。何老师，那我走了。"

夜往深里沉，何躺在床上睡不着，有些事他想得通，有些事他想不通，比方说关于保加利亚常备军的事，任他怎么想就是想不明白。于是何就想简单的。何想此时天上的太阳照到东方去了吧？这里的深夜应该是家乡的白天。于是就朝家里发短信，女儿及时回了，说正在吃午饭。

一会儿就有敲门声。何把门打开，原来是李扬来了。李扬问："老何，没醉吧？"何说："哪能呢！"李扬说："出门在外，醉了很危险。"何说："谢谢领队关心。"李扬手里拿着一沓纸，是来分配任务的。李扬说："团长叫我把这分发给各位。这是国际文化交流任务。请各位认真阅读，到时候与作者适当交换一下意见。"李扬问，"适当的。你听明白了吗？"何说："我听明白了。"李扬说："那就这么说。"于是就随手带上门走了。

于是何就看。送来的是波娃的长篇小说的节选，题目叫《扇子》。波娃参加过上海国际笔会，此是笔会作品，是经保文翻译成英文，从英文翻译成中文的。该小说在上海一家出版社出版过。此是节选。节选不长，中文五千字左右，是该小说的核心部分。节选写的是不同国度的男女在海滨交往过程中，通过扇子传达的双方的爱慕之情，文笔优美，感情细腻。扇子本来是中国独有的文化，没想到在波娃的笔下竟如此动人，将人性写到了至纯至美的境界，犹如天籁。异国他乡，酒后看美文，犹如梦境赏花，别有一番滋味。何感动了。感动之后就提笔写感受，那感受就是诗哩。何将那诗认真地抄在稿纸上。

清早起来，何就把那诗送给团长和领队看，当然有审查的意思。外交无小事，不能随便。团长和领队看了何的诗，一致说好。何问到他们读后的感受，他们都说看是看了，酒喝多了，没有多想。团长对领队说："这样吧，到时候就让老何做代表，代表我们。"B君说："领导英明。"李扬说："老何，你真是太有才了！"大家一致通过，何就无话可说。

天晴得很好。吃过早餐，同隔日一样，仍是两辆车，一辆波娃开，一辆列娃开，从索菲亚出发，到保加利亚第二大城市普罗迪夫参观。普市是保加利亚从前的首都。保加利亚同波兰一样，在历史上为了生存和发展，首都都有一个从山区到濒海平原迁徙的过程。车沿着山脉开，越过山脉，开了一会儿就到了普市。

普市是保加利亚古老的城市，是典型的山城，街道窄，街道两边停满小车，可见来参观的人多。波娃带着何一行参观坐落在山上的古城堡，在古城堡旁边正在维修的房屋前，好不容易找到了一个停车位将车停了，一行人就下车步行到古城堡去参观。普市的古城堡保持着罗马时代的原始风情。拱形的古老城门，高大厚实。古老街道是用石头铺成的，那石头高低不平，原始粗糙。何想不明白，为什么保加利亚修道院和古城堡里的路，不将石头铺平？问盛大，问波娃和列娃，都不知道原因。古城堡里有古老的罗马时代的斗兽场，用围墙围着，依山就势，圆形的看台对着中间的舞台，只是比典型的罗马斗兽场简陋，而且小。古城堡的街道两边是古色古香的民居，民居里都是私人开的艺术馆，卖各式各样的民间艺术品，供游人选择。当然同时开着餐馆，供游人吃喝。古城堡里都是罗马时代的遗迹。何对古遗址情有独钟，见一群人在一处罗马遗址上动工，以为是考古队在发掘。带着盛大去看，原来不是考古发掘，是在古遗址上安装电子屏幕的。这就令何吃惊。在中国，所有的古文化遗址都要依照文物法规定予以保护，但在保加利亚竟然可以随便动土。保加利亚人认为这些不是他们民族的，这使何很痛心。

六

中餐是在一家私人餐馆里吃的。普市作家诗人来了十几个，与何一行共进午餐，同时进行文化交流。一排长桌分宾主坐下，由波娃主持。先是团长讲话，中国作家们做自我介绍，盛大翻译。接着是波娃介绍普市作家诗人，盛大翻译。然后由普市作家诗人提问，让中国作家们回答。普市的作家诗人们最关心的问题是中国作家的体制、稿费、版税、文学刊物和出版社文学作品的印数。这由领队一一作答。中国作家们的待遇使普市的作家诗人很羡慕。普市的作家诗人都是业余写作，靠稿费和版税过日子是过去了的梦。诗人们出诗集自费印三到五十本，主要是送人交流。也经常由赞助商出资主办一些诗歌大赛，评出奖项，让参赛者得点奖金，显示价值，温暖心灵。但普市的作家诗人们是骄傲的，面对何一行的提问，问所来的中国作家代表中有无人得过全国大奖的。团长急了，因为他是地方作协的行政领导，领队也是中国作协的行政领导，而B君则是编理论刊物的，他们没有人得过。何只好出面回答。何说他得过国家文化部的小戏奖和全军的优秀作品奖，作品入围过茅盾文学奖。这些奖在国内不足挂齿，但盛大翻译过后，迎来了普市作家诗人们的掌声。普市的作家诗人又问，所来的中国代表团中的作家，作品出版最高印数有多少？一部作品能得多少钱？何说，他的一部长篇小说由一家国家级出版社出版发行，印了两次，共印了五万册。这部作品的版税加上各级得奖，加上电视剧的改编版权，一共得了五十多万元人民币。这次普市的作家诗人们的掌声更热烈。何在国内文学界算不得什么，但为了国家的名誉，他不得不站出来王婆卖瓜。座谈会结束，于是就吃午饭。午饭是分餐制，一人一份西餐。何的刀叉用熟了，出不了洋相。

吃完饭的情景是叫何最动容的时候。普市的作家诗人们因为要去挣钱养家糊口，先后离开席。离席时同波娃计算过后，各人把钱掏出来，摆在桌上，付自己所吃一份的钱。由普市作协领头人收齐，再交给波娃。何以为按照中国的惯例，这餐饭钱是由保加利亚作协支付，没想到竟是AA制。而且他们都习以为常，非常自觉。

叫何更难为情的事，是在吃完饭离开时发生的。吃完饭列娃开着车顺着古老的街道朝回开，何感觉到车子颠得非常厉害。街上一个行人指着车子大叫。列娃将车停住，下车发现车轮没气了。不是一个车轮没气，而是两个车轮都没气。原来列娃将车停在那里时，两个车轮都被人扎破了。列娃同波娃联系，波娃将车开回来，费了不少的力气。花了两个多小时，才将车胎补好，可以上路。究其原因，原来在保加利亚，城市之间也有偏见。

普市有人瞧不起索菲亚人，你将车停在他的门前，他见是索菲亚的牌照，忿不得，将你的车两个前胎一齐扎破。你牛什么？我们普市原来是首都呢。这在中国就不可思议，一个地方城市的人见了北京牌照的车，只有羡慕的份，哪有敢扎的气？波娃只有摊手，耸肩，无可奈何，连说："对不起！对不起！"团长和领队说："没关系，没关系。"

开车返回索菲亚，回到宾馆休息了一会儿，就快到吃晚饭的时候。何为了着装的事与领队发生了分歧。那时候团长正在房间里上厕所。领队在走廊上宣布："各位，按日程安排明天就要结束访问，今天晚餐由保加利亚作家协会设宴，正式招待我们。各位要认真对待，以饱满的精神状态出席。"何问领队："着正装吗？"按规定出席这样的场合需要着正装，虽说是秋天，但天气太热，着正装有点穿不住。关于着不着正装，领队有点拿不准，于是就说："要是团长着正装打领带，大家就着正装打领带。如果团长不着正装，大家就不着正装算了，穿短袖衫也行。"何一听就笑，说："这样的事哪能随便呢？领队，你们随团长我不管，反正我要着正装。因为正装是你叫我特置的。你说出国访问正规场合按规定要着正装。"听了何的话，领队哭笑不得。于是何就回到房间着正装打领带，衣冠楚楚地下楼来。

四人会齐了，那衣着就四个样子。团长只穿衬衣，B君穿的是短袖衫，而领队则只穿西服没打领带。团长就对何笑，说："老何，你是好样的。"何说："报告团长，我这套行头是为出国特置的，在波兰穿了一次，让我再穿一次。回国后我不会再穿。"领队问："为什么不再穿？"何说："没有机会。"如此一说，大家就笑。团长说："你穿怕什么？"何说："回家后穿，我怕老婆认错人。"李扬说："老何啦，你大大地狡猾。"B君对领队说："你这时候才看出来？我们老何最大的缺点是太有个性不好领导。"何说："不是缺点，而是特点。"

晚宴在保加利亚作协开的餐饮店里进行。这也是保加利亚作协原来的房产，由私人承包的。中国驻保加利亚文化参赞也来参加了。宴会上保加利亚作协主席同波娃，领着保加利亚作家诗人的代表，同何他们交流探讨了关于文学的终极问题。保加利亚作家协会主席是兼职的，正式职务是国家出版社社长。保加利亚国家出版社原来有一百多人，现在只有七个人了，看来出版业很不景气。他们都处在焦虑和深思之中。晚宴过后，主席同大家握手道别。何一行走在大街上，听见街道上小伙子骑着摩托车，"嗷"的一声像炸弹叫。盛大说："这些小伙子是把摩托车的消声器卸掉了，全速飞奔。"这使何想起国内改革开放之初的情形，那时候国内的不少小伙子，就是骑着这样的摩托车在大街疾行。

明天就要离开保加利亚，盛大此次的翻译任务完成了。回到宾馆，盛大到房间同大家一一告别。何整理行李，装方便面的编织袋子完成了历史任务。何把没有吃完的两包方便面和一包榨菜拿出来送给盛大，将那编织袋弃在垃圾桶里。何生怕盛大不要，没想到盛大把两包方便面拿在手里，感动了。盛大说："谢谢何老师！我很长时间没有吃国内的红烧牛肉方便面和榨菜了。见到它们，闻到它们散发的香味，我就想起了祖国，想起了我的父母、妻子和孩子！"盛大把那两包方便面拿在手，像得到宝贝一样。何忘掉了几天来关于榨菜和方便面给他带来的种种不快。原来榨菜和方便面有着神奇的魔力。何那时候面对这个纯真的孩子，百感交集。盛大把自己的名片拿出来，双手递给何，说："何老师，常联系。这就是我。"

何一行同波娃道别，是第二天上午在索菲亚机场登机楼的入口处。那时候何代表全体团成员，把写在一张纸上的关于《扇子》的评语交给她。那评语是中文的诗句。波娃要求盛大用保语翻译念给她听。盛大看了一遍，然后饱含深情地用保语念："如果有爱，用什么都可以表达，比方说扇子，比方说风，比方说酒，当然还有水。还有游泳，还有有意和无意的接触，还有馈赠和眼。风的爱怜不要有结果。故事是庸俗的，只是扇子扇出的风，没有国度，不分人种，直抵心灵。"波娃很感动，张开双臂，同何他们一一拥抱。波娃很挺拔，很美丽，黑色的裙裾，动着情，旋着风，叫何忘不了。那是东欧女性成熟动人的情怀。

何一行是太阳落山时转机从法兰克福国际机场飞回北京的。飞机起飞，夜色下坐落在莱茵河畔的国际机场格外动人，机翼下的城市灯火辉煌，像明珠一般灿烂。如今的德国是美丽的，城市夹在森林中，沃土无垠。叫何不可思议的是这么美丽、这么物产丰富的国家，在人类历史上竟然发动了两次世界大战，使生灵惨遭涂炭。何想，在这个美丽的星球上，从古到今，文明和野蛮交织着，无孔不入，无处不在。凡是有人群的地方，哪怕只有两类人，其中的一类就必定感觉良好，自以为是，自圆其说，自觉或不自觉，以种种堂而皇之的名义，妄图占有别人的财富，继而奴役别人的思想，使这个星球的人类处于分裂状态，从而动荡不安。何生物钟全部紊乱了。何想累了，坠入深深的梦里。那梦往夜里沉，朝黑里陷。一觉醒来，舷窗外阳光灿烂。原来飞机是迎着日出飞翔的，那夜就短。

何落地回到家乡温暖的怀抱后，过几天恢复了时差，于是随着日出日落，一如既往，从事他的编辑和写作生涯。只是看人看事的眼光，比以往就成熟了许多。

那进步是明显的，必然的。

第六章

一

何退休那年，得知了八十六岁的本地农民作家最后的代表张老师逝世的消息。何同市文联副主席、县作协主席一行人，驱车从黄州赶到三角山下绿杨乡那个叫作冷水井的小山村，将张老师送上山。

那是张老师漂泊半生，梦牵魂绕，落叶归根的地方。那葬礼与普通山民没有什么区别，是解放后一代农民作家最后的葬礼。何去参加那葬礼，是理所当然的，因为去的人都是张老师的后辈。古往今来，文以载道，文以人传。如果没有文，何以载道？如果道上没人，何以传人？

何有幸转成国家编制调到市里后，成了地级市作协主持工作的副主席。在相当长的时间里，盘点本地作家时，何始终没有忘记张老师，把张老师铭记在心。何知道作为农民作家的后辈，不能数典忘祖。"两岸青山无疑路，一溪风月有小桥。"这是何在送给张老师花圈上的挽联。意思很明白。如果他们是桥的话，后辈们都是从那桥上走过来的；如果他们是路的话，后辈们都是从那路上走过来的。

那时候四位农民作家中的三位相继去世了，只剩下一个张老师了。张老师仍然活着，是因为张老师在四位农民作家中，年纪虽然不是最小的，却是最豪放的。然而岁月无情，当年最豪放的，也终将随岁月老去，就像山冲后他家老屋边的那棵老枫树，到了冬季，在寒风中飘尽了黄叶，褪去了身上所有的色彩，渐渐淡出人们的视线，混同于普通的山树了。不是圈子内的人，不知道张老师是什么人。但何知道张老师是什么人，而且只要有机会就要告诉圈子内的后辈们，不要小看了那个老人，那个老人曾经是文学创作界引领时代风云的人物。因为何的血液里，流淌着张老师的文学基因，也希望张老师的文学基因，在圈子里后辈们的血液里继续流淌。

与其他三位文学前辈相比，何对于张老师的记忆，是关于豪放的。想当年张老师年轻时，响应党的号召，拿起笔来歌颂新生活，那是何等地豪迈。那时到了秋天，他在家乡三角山绿杨乡里砍柴，逢集日走十几里山路，挑到洗马镇上去卖，卖完柴将所写的诗歌稿子卷着，用草绳子系着，放在冲担尖儿上，像一面飘扬的号旗，送到当时的洗马文化分馆，请县文化馆下乡来的辅导老师们看，那是何等地自信。人家卖柴，他除了卖柴，还卖诗哩。

那时洗马文化分馆设在一家祠堂里，一进三重，有天井漏着天光。天井边明亮处，设着桌椅，那是县文化馆的辅导老师们现场接待业余作者的地方。那时候文学风气多么接地气，那现场看稿、辅导业余作者的场景，想起来就让人温暖。他见到县文化馆下乡的辅导老师时，并不叫老师，从冲担尖上解下那些诗稿，说："同志，你看看。这是我写的。都是新鲜的。看你们要不要，值不值到两盒烟钱。"那时候文化馆下乡的辅导老师们，都比他年轻。他不叫"老师"，而叫"同志"，这就与众不同。他写的那些诗都是口语化的，鲜活押韵，符合那时候的形势，表达的是山里新一代农民喜悦的心声。县文化馆下乡来辅导的老师们，喜欢他写的顺口溜，现场看了之后，就与他商量，将有些句子略作修改后，就决定拿回去在文化馆编的演唱材料上发表。那时候经过现场修改定发的稿子，就有稿费，不多，两三角钱。也不用寄，现场登记在册子上，让作者签字盖章后，就可以领现钱。这就是那时激励农民作者们创作热情的最好方法。那时候两三角钱，就能买两盒好点的纸烟。他是吸烟的，就有成就感。他不心疼钱，拿着现钱，到街上将烟买回后，把那烟拆开，丢入桌子上，让围观的人，见者有份。文化馆下乡来辅导的老师们都不抽烟。他就将烟拿到门外的街上，见人发。不管熟人生人，见人两支，发完算事。接烟的人问："你有什么喜事？"他说："这是我写诗得的稿费，请客。"接烟的人就笑："你看发完了哩。"他笑着说："没事，我回去再写。"所以那时候镇上的烟民们，到了集市的日子，就喜欢到文化分馆去围观，分享他发烟的喜悦。他的事迹就通过烟民们，在洗马镇上传开了。烟民们说："绿杨冷水井出了个会写诗的人，写的诗得的稿费，可以买两盒好烟。"此事传到他的家乡冷水井，乡亲们问他："听说你写诗可以卖钱买烟，有这事吗？"那是回来吃中饭的时候，他扛着冲担，站在太阳地里，人长影子也长，一眼的青山绿水。他哈哈大笑，说："你不相信吗？还剩两支，你拿去抽。"是不是剩的，不好说。他口袋里常年装着烟哩。这是传说。但这传说传神，传出他那时候的精神境界，豪放可见一斑。烟算什么呢？写诗不是同样可以卖钱买烟吗？柴不是一年四季能砍，但诗一年四季可以写呀！

后来他就被县文化部门看中，选到了文化分馆，也不是干部，叫作文化辅导员。做什么呢？写诗，也写小戏。写的诗先抄在墙报上，然后被县文化馆辅导干部们润色修改后，推荐给省里下乡来辅导的老师看。那时候省里的辅导老师们经常下乡来办点。来的不是一般人，都是大家、专家。省里的辅导老师们看中了他写的诗，就带回去，推荐到省里的报刊上发表。他渐渐有了名声。他写的小戏开始是为乡剧团服务的。写出后就先在乡剧团里排，排出来后，就在乡里巡回演出，然后作为优秀剧目参加县里一年一度的会演。那时候他作为文化辅导员，算得上全才。他会拉胡琴，那是受乡间算命瞎子的影响、无师自通的。先拉的是工尺谱，后来他也拉简谱。那就是他钻研好学得来的。他会写小戏，以一个人物或事件编故事，起承转合，晓得设计冲突，然后达到高潮。小戏写多了，他就自写自导。导的戏上台后，说的时候说，唱的时候唱，晓得突出重点人物，很像那回事。他的毛笔字也写得不差。演出之前，不是要出海报吗？那海报上的字，就是他的手笔。可以说在四位农民作家中，他算得上多面手。他是个聪明人。生活中有了点子，能写诗的，他就写诗；能写戏的，他就写戏。写诗得诗，写戏得戏，只是不写小说。他是个激情四溢的人，会抒情文字，比方说诗歌，比方说唱词，他张口就来，拿笔就写。对于叙事文字，他就要差些。不是

218

不能写，而是不耐那个细烦。他不像写诗的王老师那样需要苦吟，也不像写小说的徐老师那样需要严谨，他只需要快感哩。这一点与魏老师有些相像。

在何的印象里，张是很会将生活与艺术完美结合的人。你就没有看到他在生活中有什么苦恼。他一天到晚总是笑哈哈的，没有什么事可以难倒他。他大声说话，大手大脚做事，豪爽得像没有乌云的天空。那时候业余创作界的人，称他为"张太白"。

那时候何就深受他豪放的感染。比方说何第一次到他家做客，那时候何被选到了家乡文化站工作，是县文化馆的副馆长南海带何去的。同行的还有本县业余创作界的一帮人。那是春节过后。他坐落在绿杨山冲冷水井的家，门前山岗上绿树掩映，顺山路走上去，一路是松树的清香。他家大门贴的春联，就是他自己作的，自己写的。一边是"青松带露任人栽"，一边是"绿竹随风由我排"，横批四个字"紫气东来"。他家的大门正对着东方。他领后辈们先进他的书房，先看他的书法。大幅的，也不是宣纸，宣纸太贵了，他用的是写春联的普通红纸，并不裁开，一书就是一张。书的是伟人诗词："才饮长沙水，又食武昌鱼。万里长江横渡，极目楚天舒。"粗犷，大气。虽然没有认真临帖，但也气韵生动，是他自己的体。看完书法，就领后辈们到他家的后院喝茶。他家就有后院，松竹相围，劈竹为篾，略加编辑就成。院子里也有茶花红，李花白。也有石凳石桌，可以坐下来喝茶。茶是他自家的产品，园里摘的，锅里炒的，用井里的水烧开泡的，经泡得很，喝得出山里的味道来。他的哑巴儿子，人长得树大了，虽然眼睛会说话，却找不到媳妇，忙进忙出，鞍前马后，晓得给客人提壶续水。他那时候在外比较忙，偶尔回到家中，那哑儿与他格外亲，就像他的书童。那时候他的前妻已经因病去世了，女儿出嫁了，留在老家守屋的，只有他的这个哑儿哩，并不见他有戚色。于是就喝酒，得知客人要来，酒菜早办好了，烧柴灶大火炒就行。哑儿将酒菜掇到后院的石桌上，他打开自己酿的米酒，带着后辈们喝。让后辈们喝得气畅了，他进书房拿出挂在壁上的胡琴调弦拉曲子。拉什么呢？拉《北京喜讯到山寨》。有风声，有鸟叫，有欢乐的流水声。竹园里都是他的节奏，他的欢乐。

他的豪放是山水相连，与生俱来的。没有这样的豪放，他能写出"绿杨有个涂家坳，共青水库修当中。龙女探亲回东海，错把水库当龙宫"吗？他能写出"山石多，占地多，快快给我滚下坡。不！滚也先听我发落，我要把你锤成链，我要把你锤成锁，锁住山，锁住河，锁住肥土不下坡"吗？他能两次进京开会，受到当时党和国家领导人接见，同毛主席两次握手吗？写得出"只听鼓掌如鞭炮，只见满园闪红光，只看人人都在望，头上升起红太阳"吗？他能以一个农民的身份，加入中国作家协会吗？他是四位农民作家中，唯一的中国作家协会会员。那时候偌大的黄冈地区加入中国作协的只有那么几个。其他三位农民作家，虽说也有名，但只是省作协会员哩。那时候中国作协会员，要求比较严格，不是你想入就可以入的。哪像现在这样宽松，入的人多。

当然还有他写的小戏《三考鲜梅》和《灯》，都演出得奖了，剧本都发表了。那可是当时全国叫得响的作品呀！多少评论家评过，轰动一时，传为佳话。他与其他三位文学前辈，被典型了，固化了，成为时代的化石。但他随遇而安，没听他埋怨，活在晚年世俗的日子里，如鱼在水，快乐逍遥，自由自在。

二

何是那年春节过后，与文学后辈们到望江山下小桥边的那个山村，参加张老师入赘酒的。那时候张老师还没有完全退隐文坛。何调到县文化馆当副馆长，县里举办的文学活动，有时何也请张老师来参加，也安排时间请他为文学后辈们传授写作经验。

那时候张老师在会上，就不知道说什么好。说着说着就旧话重提，说他当年参加全国的文学盛会，毛主席同他两次握手的事，背他那时候写的诗《头上升起红太阳》。对于这些，文学后辈们耳熟能详，他一开口，会场的文学后辈们就一起背将起来，朗朗上口："只听鼓掌如鞭炮，只见满园闪红光，只看人人都在望，头上升起红太阳。"背完了，于是笑成一团。他就觉得不好意思了，哈哈一笑，说："算了。好汉不提当年勇，前风吹过有后风。老张是来听课的，当个学生也光荣。"说这些话他是行家。大家一起鼓掌，让他坐下来歇气。文学后辈们大多是吸烟的，有孝心，纷纷将各人带的烟散过来，让坐在张老师旁边的那个嬉闹的学生，用指头整齐地摆在张老师的桌面上，不断地给他点火，让他一支接一支，有抽的。

张老师带着本子哩。后辈们发言时，他就将老花眼镜架在鼻梁上也做记录，记着记着记不赢，就打断发言的后辈，问："你刚才说什么？再说一遍。"发言的文学后辈，都是抢口快的角儿，被他打断后，就接不起词儿来，望着他发愣。主持会议的何就说："张老师，您不记算了。"他笑着说："我一生开会不爱记笔记。当年发的笔记本，我一个都没写完哩。"他哪是开会做笔记的人？他是他说别人记的角儿，辜负了那些本子。

那时候他一点不关心他的待遇。他不像王老师那样，一有困难就挂着拐棍，晓得层层找领导叫。他那时候待遇全是沾了王老师的光。如果不是王老师，他一点也不可能有。王老师与他不同。王老师有困难找县里的有关领导反映时，敢于写书面材料和报告送上去。县里的有关领导接到书面材料和报告后，就在上面签字，要县财政局解决他的困难。那么张老师的困难，也能一并得以解决。领导知道他俩是同一个命运的人，哪能厚此薄彼呢？于是王老师有几多补助，张老师也有几多。王老师就骂张老师："那个老壳子，就晓得吃搭食儿。"骂传到张老师的耳朵里，张老师也不计较。他知道没法与王老师比。王老师无儿无女，孤人一个。他有儿有女，有什么脸面去找领导？有，就搭着沾个光；没有就算了，自食其力吧。

张老师到绿杨桥河东李班主家入赘时，也是有待遇的人。那时候他与王老师一样，一个月有几百元财政给的生活补助。后来加到一千多元，那是若干年后随着物价涨起来的。那时候张老师基本生活有了着落，老伴死

221

了多年，他就想再找一个。这也不是难事，他是有名的人，年纪大的人提起来，都知道他。那时候张老师并不很老，六十多岁，身体健康，又是一表人才，他就物色到了一个爱人。这个爱人比他小十多岁，是早年他领导的所在乡剧团的演员，叫李鲜梅。张老师与她早年就熟。她就是张老师当年所写的小戏《三考鲜梅》中的原型。张老师就是依据她写的戏，戏中主角的名字，就是她的。可见张老师那时候就喜欢她。那时候张老师手把手教她演戏，把她当干妹子。她叫他"老师"，敬佩有加。张老师叫她"鲜梅"，她声叫声应。后来乡剧团解散了，她嫁了人，生儿育女去了，于是二人见面的机会不多。但日子里只要碰面了，那亲热劲还在。

改革开放后，乡剧团又应运而生了。又可以走村串户，靠演出收入为生了。她因为有原来演戏的底子在，就挑头组织起乡剧团，俗称草台班，当起了班主。改革开放初期，传统文化回潮，草台班演传统戏成风，而且是连台戏。连台戏大多没有剧本，是根据通俗小说编出提纲，将角色分配了，演员们按剧情发展朝下演的。那说词没有固定的，演员们可以现编，唱词也没有固定的，琴师定了调板，演员也可以自己编词朝下唱，只要韵脚不错就行。这功夫是长期练成的，如果是生角儿，你就"吃"不下来。作为班主，她精明强干，当然是演传统戏的好手，不管什么角色都不在话下。演旦角，只要妆化得好，虽说是五十多岁的人，但那腰肢在台上也灵活，那眼睛也传神，迷得住人。演青衣也可得，举手投足，晓得庄重，一声叫板，让人眼睛一亮。演男角也是好手，穿戴齐全了，换男声吆喝，扬鞭打马，台下也是掌声一片。接场子的地方，舍得给钱。那时候她就找到张老师，叫张老师到她的剧团去镇场面。做什么呢？当她的坐台师傅。坐台师傅是干什么的呢？一是负责写提纲戏。每场不要写好多字，顺着剧情，有个大概意思就行。二是躲在幕布后，负责给临时忘词的角儿提词。于是两个人处在一起了。一个是班主，男人死了很久。一个是师傅，妻子离世多年。二人都单着哩。乡剧团那个敲梆鼓的老师傅，就建议他俩将铺盖合起来做个人家。

那一天，敲梆鼓的老师傅趁空，让二人坐到一起了。老师傅当着二人的面，把事情挑明了。都是过来人，不存在难为情。那时候李班主就晓得找张椅子坐稳。张老师没坐，就站在旁边。这样的事，是以女方为主，男的为次，叫作"痴"男不"痴"女。坐稳了的李班主想了半天，觉得此事也不是不可以，少年的夫妻老来的伴，人老了有个暖脚说话的人也好。但是李班主有个条件，那就是她不到张老师家去，让张老师到她家来。这叫入赘。"入赘"是文词儿。这样的事鄂东通俗的说法，叫"招夫上门"。招夫上门一般是家景不好的儿，找不到媳妇，到女家去做人家；嫁男，不嫁女；男的不改姓，生的儿女，都随女家的。两个人都没有生育能力了，不存在儿女姓什么。为什么李班主要求张老师这样做呢？李班主有她的想法。因为李班主那时候女儿虽然出嫁了，但她的细儿还没有成家，同意张老师到她家上门，是想以此拴住张老师的心，二人齐心协力做人家，让她的细儿找房媳妇。当着老鼓师的面，李班主问张老师："你要是觉得合适，我就叫你老张。如果觉得不合适，我还是叫你师傅，桥归桥，路归路，井水不犯河水。"那时候站在旁边吸烟的张老师，朝门外绿杨桥爽朗一笑，说："山下兰芽短浸溪，松间沙路净无泥。萧萧暮雨子规啼。谁道人生无再少？门前流水尚能西！休将白发唱黄鸡。"这是苏东坡当年被贬黄州、游浠水清泉寺的词哩。唱戏的李班主当然听得懂，彼时眼泪流了出来，说："委屈师傅了！我代儿一拜！"李班主双膝朝张老师面前一跪。张老师双手将李班主扶了起来。二人的手就没有松。这门婚事就这样定了下来。

张老师再婚，找了个老伴哩！消息传开，何就领着文学后辈们乘车，到李班主家去喝喜酒。两家离得不远，只隔一条绿杨河。河是小河，并不宽。桥也是小桥，并不长。张老师的家在河东冷水井，李班主的家在河西绿杨坪。一座绿杨桥就成了两家过往的纽带。有了这座绿杨桥，两家山不隔，水不隔，风儿涣涣，花儿常开。何与文学后辈们去参加张老师的婚礼，事先张老师也发请帖，去时何与文学后辈们也随份子钱。婚礼是老鼓师主持的。梆鼓敲定，喜乐喧天，婚礼既定。张老师和李班主也是新人，胸前戴着大红花，也喝交杯酒。那是喜气洋洋。文学后辈们也晓得盘新郎。嫁女盘新娘，嫁男盘新郎，这是风俗。文学后辈们要张老师现场作诗。一个喊："新郎来一首！"大家一齐鼓掌。胸戴红花的张老师哈哈大笑，张口就来："绿杨山下绿杨水，河绕山转桥到位。绿杨桥边风光好，有人戴花有人陪。"文学后辈们一齐喊："还差一句哩！"他们要张老师搞赶五句。这难不倒张老师，他马上加一句："酒不醉人被花醉。"还有什么话说呢？祝愿张老师晚年幸福美满。

那一天还唱戏哩。当然是李班主的班子。喜事自己唱，这不用花钱。唱的是楚剧《百日缘》片段。老鼓师调弦拉胡琴。李班主饰七仙女，张老师饰董永，七仙女用悲雅腔与董郎路遇，唱的是槐荫树开口做媒的片段。听得何与文学后辈们感动不已。

只是没过几年，李班主不幸得了癌症，花光了演出所得的积蓄，没能诊好，离开了人世。夫妻本是同林鸟，大难临头各西东。这时候李班主的细儿结婚生子了，于是张老师成了多余的人，没有理由再留在桥西了。张老师只得离开那个家。张老师离开时，是背着装换洗衣裳的袋子，手里拿着那把胡琴，离开那家的。离开那天写了一首顺口溜，也是赶五句："你说戴花我戴花，你笑我也乐哈哈。说好我俩一起走，你却离我不算话。心随老泪走天涯。"那是何等的心情！

张老师走到绿杨桥头时，坐了会儿，开始拉《小河淌水》。他边拉边唱："月亮出来亮汪汪，想起我的阿哥在深山。哥像月亮天上走，山下小河淌水清幽幽。"拉不下去，唱不下去了。秋风扫着落叶，桥下的水瘦了，枯了。张老师朝天望，一轮秋日冉冉升。他叹了一口气，就那样走过那座伤心的桥，开始他漂泊不定的晚年生活。

三

张老师并没有回到桥东的冷水井。虽然那是他的老家，还有一个哑儿住在家里。但哑儿四十多岁了，能料理自己，父亲在不在身边不要紧，钱才是他生活的希望。不时给些钱用就可以，他没有必要回去住。老父哑儿，种不了田，下不了地，回去后到哪里去找活路？哑儿需要的是钱呀。

张老师没有回去，还有一个更重要的原因。他是一个极爱面子的人，曾经是大红大紫过，全国著名作家哩。前半生人前人后，体面风光惯了，哪能回去让人看他的笑话？他不想让乡亲们看到他们父子生活的困境后，说出"得势的猫儿雄似虎，落毛的凤凰不如鸡"之类的话儿来。

张老师一生是个聪明人。饱经风霜，久经文场，见多识广。他知道古之贤者，"小隐隐于野，中隐隐于市，大隐隐于朝"的道理。他不是官，人也老了，不会像苏东坡那样，做东山再起的梦。他尽管不是民，但还是民，做不了陶渊明那样"采菊东篱下，悠然见南山"的梦。只能做一个"八十岁老汉割鱼蒿，一天不割没柴烧"，自食其力的人。那么隐到城里去，寻找商机，才是正确的选择。

张老师就隐到县城去了。县城他很熟悉。一条浠水河从城中穿过，两岸就是错落的城区。他就在一个叫作胡弄的地方，租了两间房子住了下来。胡弄就在河边，一条小街弯进去，两边就有铺面对着开。这里原来并不是城区，只是郊区的一个集市。也热闹，人进人出。由于不是主城区，那里的租房价就便宜，两间后院搭的偏房，租下来，一个月主家只收五十元。主家的小院子有后门，给了张老师一把钥匙，张老师就可以从后院自由进出。这就符合张老师的心情。张老师知道不能在城区中心租房住，城区中心熟人和学生多，如果被熟人和学生们碰见了，他难为情不说，更怕学生伤心。选择在这个地方隐居起来就蛮好，人不知道他，他可以知道人。清静，可以想做点什么就做点什么，甩脚甩手，自由自在，过他晚年自食其力的日子。

隐居起来的张老师靠什么自食其力呢？他想到磨炸米粉卖。炸米粉并不是用稻米磨的。炸米粉是用炒熟的大麦磨的。这是鄂东地区青黄不接时的传统吃食。古往今来，鄂东地区冬天的时候播小麦，也播大麦。好地种小麦，山坡地种大麦。第二年初夏，小麦成熟迟，大麦成熟早。大麦成熟时，早稻还在抽穗儿扬花，小麦虽然由青变黄，但离成熟还有一段时间。这段时间就叫青黄不接，就让大麦帮助人们度过这段饥荒。

人们就将大麦割回来，炒熟了磨成粉，叫作炸米粉。大家人口，煮一锅稀粥，将炸米粉分到各人装稀粥的碗里，用筷子拌了后，那粥就稠了，吃起来特别香，与青藏高原的青稞炒面有得一比。大麦由于产量不高，改革开放后很少有人种它。但还是免不了有人种，物以稀为贵。因为山里还有人家熬麦芽糖，那麦芽就是用大麦发的芽。麦芽还是做啤酒的原料，还有人来收购。这是专业户。还有的人家老人在山坡上种大麦，小块的。种着做什么呢？不是为了卖钱，只为城里的子孙们尝鲜。吃不了卖不完，就有多的。张老师就瞄准收购大麦。他知道大麦磨的炸米粉，在城里有销路。

张老师就买了一辆人力车，三轮的。这样的车，人坐在车头用脚踩，后面有车斗，可以装东西。他头戴草帽，踩着三轮车到乡下收大麦。虽然不多，但也有收的储藏着。于是在租住的屋子里，将大麦炒熟后，磨成粉。张老师并不用石磨磨。那是原始的磨，人工操作费力气。张老师用什么磨磨呢？时代进步了，市场上不是有家用的小钢磨卖吗？电动的，便宜，又省力。张老师就用买回的小钢磨磨炸米粉。炸米粉磨好后，他用白色尼龙小袋子装着，袋子是白的，炸米粉也是白的。透明，干净，卫生，一目了然。那些小袋子，也是从商场买来的。不能装多，一袋一斤，封好。炸米粉讲究干燥着吃，开封后就要吃完，不然受潮就变味了。一次不能磨多，就二十斤，好卖。张老师有品牌意识，将他磨的炸米粉，取名叫作绿杨牌传统炸米粉。磨好装好封好后，他就在人力三轮车上铺着一块白木板，那块木板干净醒目。他将装炸米粉的袋子排在木板上，踩着到街上去卖。晴也好，阴也好，一顶草帽子遮住他的头，可以遮阳，也可以避雨。他戴一只罩遮住嘴脸，让人觉得卫生，也让人看不出他的脸面。他在人力三轮车前装着铃铛，用手摇就梆梆响。他边摇铃边吆喝："栀子香，茉莉香，比不过绿杨炸米粉香。"人问多少钱一袋，他就将车刹住，说："不短斤，不缺两，一袋五块随你装。如果你要多买的话，价钱我俩好商量。"他吆喝的顺口溜像诗哩。人们就围了上来看热闹。买的人买，看的人看，生意就好。五元钱一斤的炸米粉，除去成本，每袋可赚两块钱。一次磨二十斤，一天卖完了，可以赚四十元钱。他不时将卖的钱，送回去给哑儿用。他哑儿的精神就好，见人一脸笑。

开始租房时，他闲下来，并不拉胡琴。因为一拉胡琴，就会惊动人，特别是主家。主家住着两个老人，男的是退休的老师，女的是退休的护士，儿女们在城中心各有新家，老屋只有两个老的住，他们喜静不喜闹。张老师只是说诗，说诗也不朝本子记。有感觉时，自己说给自己听，说了笑了就算了。"我来胡弄住，草帽遮颜色。米粉沿街卖，银钱随我得。"哈哈，这是进门摘帽时说的。"门前一条河，涨落随雨水。燕子寻来了，闻我杯中味。"哈哈，这是喝酒之后说的。三轮车踩累了，他也喝一杯解乏。喝到微醺时，他多想从壁上取下那把胡琴，拉一曲《江河水》，或是《春江花月夜》。但是不行哩。客随主便，主家是喜静的人，你一个农民作家显什么摆？人家可是知识分子。张老师不愿打搅主家，更不愿意暴露他的身份。

时间不长，张老师还是暴露了身份。张老师暴露身份，并不是别的原因，而是由于钢磨声。张老师磨炸米粉在清晨五点，磨二十斤炸米粉，要得半个小时。那半个小时的噪声是定时的。主家的那个退休老师就觉得吵人，踱到后院来看张老师在做什么。张老师租房时是女主人出面的，那位退休老师才不管这些闲事。他是一个会享受的人，有退休费，日子里喝茶、与人下棋，怡然自乐，平时不会关注租房人。那位退休老师到了后院，看到张老师吱吱作响，在磨炸米粉。张老师见他来就不好意思。那个退休老师问张老师："你这是干什么？"张老师说："加工副食。"那个退休老师看到张老师加工的炸米粉，当然知道那是什么东西，说："你很有商业头脑哩。赚钱吗？"张老师笑着说："在香不在钱。"那个退休老师说："你会说话，很有才的。"张老师就请那个退休老师，尝他磨的炸米粉。那个退休老师用手指头沾一些放到嘴呷，久违的味道就暖到心里。张老师送一袋给了他，让他和老伴尝鲜。那个退休老师就笑着说："你磨吧。你磨的炸米粉好吃。赠人米粉手有余香。"张老师说："不好意思，让你受惊了。"这就不是普通之人能说出的话。那个退到院子里的退休老师，就盯着眼睛看张老师，问："您是不是那个农民作家？"张老师再也瞒不住了，说："是的。让您见笑了。"那个退休老师说："'绿杨有个涂家垅，共青水库修当中。龙女探亲回东海，错把水库当龙宫。'是您写的吗？"张老师说："是的。好汉不提当年勇。"那个退休老师说："哎呀！想当年这诗家喻户晓，妇孺皆知哩。当年那个共青水库我也去修过呀！您写得真好！"那个退休老师就折回来，仔细参观张老师的屋，见屋里条条有理，桌上摆着书，壁上挂着胡琴，说："张老师，您到我家来住，蓬荜生辉。怪我有眼不识泰山。我知道您是多才多艺的人，不要忍着。该磨的时候磨，该拉的时候拉，该唱的时候唱。斯是陋室，何陋之有？可以调素琴，阅金经。"一席话说到张老师的心坎里，让张老师感动不已。

于是日子里就没有主客之分。张老师虽然不到主家前面屋里去，那位退休老师却不时到张老师租的后院来。二人烟酒不分家，也拉琴，也唱戏，也下棋。日子里成了知音。

如今做个隐者不容易。没有不透风的院。张老师在胡弄租房磨炸米粉卖的消息，还是在文学圈子里传开了。这时候张老师彻底淡出了文坛。开创作会，搞活动，作协主席不好意思再叫他参加了。何必再去打搅他平静下来的生活哩？后辈们只是心里不是个味儿。想当年引领文坛的风云人物，竟然落到如此地步！只是不时打听他精神旺不旺，身体好不好，知情人说："他红光满面，身体好得很。"这就让人放心。

四

张老师是那天骑着三轮车卖完当天的炸米粉，在胡弄的河边那棵大樟树下遇到捡破烂的占婆婆，结下缘分的。

胡弄河边有一棵大樟树，相传是胡姓祖先江西填湖广迁徙到浠水河边时栽下的，枝繁叶茂，像把巨伞，被荫亩余。树下横直交叉有一条大路和一条小路。大路进城，小路到江边兰溪码头。大樟树下开着一家茶铺，古来就有，是胡姓人开的。树下屋外搭凉棚，阔而大，有桌数张，有椅数把。过去是供骑马坐轿之人累了，略作休顿的场所，可谓民间驿站。如今时代变了，有钱的人坐小车速度快，道路宽阔，不屑在这里停留，于是成为劳作和闲散老人休息的地方。河边没人要的闲地里，总有人种菜，种菜的都是老年人。老人们将当天菜地里的事料理完了，就要进来坐。路上总有进城靠卖苦力谋生的老人们过往，走到这里，如果时间充裕，见风景好，也进来歇一会儿。老人们爹爹多，婆婆也有，聚在一起，坐下喝碗茶，说闲话，拉家常，有时候也唱戏唱歌儿，搞精神会餐。唱的有话筒，是店家提供的。伴奏的有胡琴，也是店家办着的。一碗茶收一元钱，水可以随时添加。话筒和胡琴是免费的。当然还有象棋，棋子在棋盘上摆好了，有会下的，兴趣来了，可以杀几盘，也不收钱。

这样的地方自然吸引了张老师和占婆。张老师卖完当天的炸米粉，就将三轮车停在路边，进到茶铺来，喝碗茶。占婆是沿途捡破烂的，肩上挑的两个大袋子装满了，放下担子，也进来歇会气。占婆是节约的人，舍不得用一元钱买茶喝。她带着一个大瓶子，装满水，可以喝半天。她进来做什么呢？听人拉家常，说故事，张家的李家的，她觉得都是人间烟火，听得津津有味。她更喜欢听人唱歌唱戏，歌和戏都是她爱的东西。店家也不嫌弃她。因为她进店后，会见事做事，帮店家抹桌子、收茶碗、扫地下。勤快人哩，讨人喜欢。

那一天茶铺有个老头子拉二胡。拉什么呢？拉《骏马奔腾保边疆》。这是过去那个时代的名曲。这曲子有难度。那个老头子拉得不流畅，哽哽咽咽的。张老师听了一会儿，就笑。那个老头子停了拉，问："你笑什么？你会拉吗？"张老师心痒了，就搓着手儿说："我试试。"那个老头子就将胡琴递给张老师。张老师拿琴在手，拉弦调音。音调准了，就运弓拉起来，拉得跟网上名人拉得差不多，听得一凉棚的老人眼睛亮了。那个老头子问张老师："你是什么人？"张老师笑着说："我是卖炸米粉的。"那个老头子说："你骗我。你怎么可能是卖炸米粉的？"张老师说："我就是卖炸米粉的。"那个老头子说："你卖什么炸米粉？你卖艺呀！"张老师说："卖艺没得卖炸米粉香。"

这时候店家出来打圆场，对那个老头子说："你不知道他呀！他就是全国著名作家张庆和。"店家是胡弄本地人，早知道张老师隐居在这里。店家说出名字后，喝茶的老人都知道张老师的大名哩，于是拍巴掌，掌声响起来。店家说："张老师，听说你小曲儿拉得好。能不能拉一曲让大家听听？"张老师说："那要把人唱。有人唱，我拉得更有味。"于是店家就过来，对占婆说："占婆，你陪张老师唱一曲。"由于占婆来得多，店家与她熟，知道她会唱小曲儿。占婆说："我不会唱书上的，只会唱我小时候娘教给我的。"张老师问："你会唱什么？"占婆说："好多。娘教的我都会唱。"张老师笑了，说："只要你会唱的，我就会拉。"占婆说："真的？我唱《十二靠楼台》，你会拉吗？"张老师说："会的。哪能不会呢？"于是占婆就开口唱："佳人一靠玉楼台，隔岁期君不见来。日子渐长身渐倦，蜡梅放尽望春来。相意久，信音乖，牛郎闻道在天台。料得眠花并宿柳，少年心意好难猜。"这是鄂东民歌不错，但这歌词是经过落魄文人加工的，用典雅的词儿，描绘佳人倚着"美人靠"望夫，有柳永词人的遗风。占婆虽然没有读过书，但记性好，那词儿全都记得，一字不差。张老师随着占婆的唱，拉得如泣如诉。哪晓得拉到"三靠"时，"戏"就来了。占婆情不自禁，按着张老师拉琴的手，说："我不能再唱，你不能再拉！"众老人看呆了，晓得这就是缘分。

老人们散了。店家叫住张老师，就对张老师介绍占婆的情况。占婆是什么人呢？占婆是农村男人死早了的婆婆。她早年因为家庭困难，兄弟姐妹多，没有进过学堂门，虽然有儿有女，但儿和女都在农村，生活困难，儿要进学，女要读书，没能力养她。她觉得自己还年轻，也不想吃闲饭，就到胡弄姐姐家的后院，讨一间闲屋住下来，捡破烂糊生活。这就与张老师同病相怜。占婆比张老师年轻十多岁。占婆的姐姐同情妹妹，总想托人给妹妹找个合适的人，老了有个靠山。张老师就心动了。人老了日子里要个人陪着说话，三病两痛时，也要个人端茶倒水料理。店家是个好心人，将张老师的情况也告诉占婆了。这叫信息对称。

那天天气不错，落日黄昏，晚霞照亮一边天。于是张老师就主动邀请占婆到他租屋里去坐。信息对称了，占婆当然知道张老师的心思，就随张老师去了。二人进院子，在租住屋坐定之后，张老师取下壁上挂的胡琴，说："你会唱，我会拉，今天我俩配一曲如何？"张老师是会说话的人，晓得话怎么说。占婆问："唱什么呢？"张老师说："今天我俩唱《刘海砍樵》。"张老师就拉胡琴调弦。占婆问："我要唱'刘海哥你是我的什么人'吗？"张老师拉着胡琴："合适吗？"没想到占婆眼睛红了，哭着说："那我就配不上！"张老师就问："为什么？"占婆说："你是大作家，我是不识字的婆婆。一个在天上，一个在地下。"于是张老师哈哈一笑，拉起琴来，占婆不唱，他边拉边唱。那词儿是他现编的。不是花鼓戏的调，是楚剧的悲腔："妹子呀——！好汉莫提当年贤，如今我俩是一般。我磨我的炸米粉，沿街叫卖不肯闲。你捡你的破烂卖，收购站里兑现钱。我俩都是勤快人，赚起钱来不为难。不多不少管够用，可买粮油可买盐。我拉琴来你唱歌，鱼帮水来水帮船。幸福生活天天过，人羡我俩似神仙。"入情入理。那时候天边的晚霞映红了窗棂，二人就在画儿里。要说的都说了。还有什么可说的呢？占婆就回去同姐姐将铺盖搬来了，那前后两间出租屋就成了他俩的家。

消息在圈子里传开，文学后辈们知道张老师又找了个老伴，心里欢喜。张老师的晚年不再寂寞。文学本不是寂寞事，张老师本不是寂寞人。张老师与占婆结合后，那个后院子，他俩租住的家，就经常有文学后辈来。文学后辈中分两种人。一种是张老师的学生，他们当业余作者时，受过张老师的教益，从政之后，记起张老师的恩情，过年过节提礼物来看他。一种是刚入门的年轻作者，他们是带着稿子和礼物来慕名拜访的，希望得到张老师的指点和提携。当然还有县作协的负责人，他们是代表组织来例行慰问的。"闻道有先后，术业有专攻"，这些人理所当然都是张老师的学生。

学生们进了后院，来到张老师租住的屋，就没有先前的酸楚，感觉到了家的温馨。因为张老师身边有个占婆哩。人生在世，宜室宜家。室里有了婆婆，家就是完整的。男人是太阳，女人是月亮。学生来了，有干净体面的占婆招呼，学生们的心就更安。那占婆与张老师结合后，人就变了样。原来的占婆，出门捡破烂时，穿着不讲究，让人觉得碍眼。占婆与张老师结合后，张老师就对她说："人要晓得包装自己。"占婆说："捡破烂的包装什么？"张老师说："马靠鞍装，人靠衣装。你听我的，出门时，你把好衣裳穿上，人们会觉得你是高尚的，并不影响你的事业。"张老师就领着占婆到商场，给她选了两套好衣裳。占婆出门捡破烂时，穿上好衣裳，就与城里退休的婆婆一样。张老师给占婆配了捡破烂的手套、口罩、钳子，同时向居委会为占婆申请到了一个红袖章，红袖章印着黄色的五个字：卫生志愿者。占婆用上这套装备，捡破烂时，人们看她的眼色就亲切，她就受人尊重，占婆每天的心情就比往日的好。有人主动将破烂送到她的袋子里。特别是小朋友，将手中的纸袋，送到她的袋子里，说："奶奶辛苦了！"奶声奶气的。这就是人间的福音。

学生们来看张老师，占婆尽管不识字，但她总是开门后，站在门口笑脸相迎。学生们不论大小，见张老师之前，进门时就要喊一声："师娘好！"她听了后就格外地感动。落座之后，她就给学生端茶，将果盘摆到学生面前，笑着请学生吃。张老师同学生们说话时，她不多言不多语，坐在一边静静地听，不时起身给学生们续水。为官的学生，来了同张老师不谈文学了，只嘘寒问暖。慕名来访的学生，是带着稿子的，想请张老师看，指引迷津。那稿子就不是短的，长篇的多。如今网络发达，一写成名的人多。张老师眼睛花了，哪能看长篇？再说就是看了也没用。张老师退隐文坛多年，不看文学作品了，不知道现在文坛的套路和风向。于是张老师就叫学生谈所写作品的梗概和故事。学生谈作品的梗概和故事时，他也笑，也补充，但所说的都不见得有用。但是这样的学生，还是非常感谢他的教诲，将张老师的接见，视为骄傲。这样渴望成名的学生，对张老师敬若神明，对占婆也是一样的。出门时，对张老师鞠一躬，喊："老师再见！"对占婆同样鞠一躬，喊："师娘再见！"学生们走了后，占婆就羡慕张老师，说："叫你老师的人真多！"张老师哈哈一笑，说："叫你师娘的人，不是一样多吗？"占婆说："我要是有这么多学生就好。"张老师说："你要是读点书，像我这样搞创作，也是一样的。"占婆叹口气说："此生不行了，只有修来生。"张老师说："有一个就行了。我是老师你师娘，我俩竹子一般长。"占婆笑了，说："我沾你的光。"张老师说："莫打断我哟！还有两句哩。"占婆说："你说。"张老师接着说："晚年修得同船渡，你扫地来我铺床。"

到了晚上哩，院子里，窗子外的桂花树上，有画眉鸟儿跳着叫。一只叫，一只应。声叫声应。叫得多好，跳得多欢。风儿也好，电灯也亮。二人精神焕发，红光满面，就觉得这日子是人过的，有味，幸福。

五

占婆与张老师结合后，在胡弄那后院里的两间出租屋，过了几年幸福快乐的日子。人总是要老的，后来日子里的张老师得了糖尿病。也吃药，也打针，但随着张老师年龄增大，身体的免疫力下降，那全身的皮肤烂得好不了，住院也没有用。后来查出张老师的心脏也有问题。医生对日夜不离料理张老师的占婆说："你要做好思想准备。"医生的话占婆当然听得懂。占婆默默无言的。

这期间何作为市级作协负责人，到医院的病房里去看张老师。张老师居然没认出何来。何对张老师说："我是何括呀！"躺在床上的张老师一双白眼望着何半天。何说："我是您的学生呀！"张老师这才回过神来，"啊"

了一声。何与张老师很熟，但是何还是想采访一下他，了解当年伟人在北京接见他的细节。张老师就说，左一句，右一句，说的都是何知道的。张老师说不起劲，何也听不起劲。张老师就背《头上升起红太阳》。这诗张老师一句没忘记。何不忍打搅他了，拿出事先准备的五百元钱给放在他的手边。张老师摇头说："我再不需要这东西了。"何就给了占婆。出门时，何对占婆鞠了一躬，叫了一声："师娘！"眼前的占婆比何大不了几岁，也只六十多岁。占婆默默无言地送何到走廊，就回到张老师的病床前。

不久何就得到张老师逝世的消息。何打电话给省作协创联部。张老师是本省文学创作的名人，告知消息是必要的。省作协创联部的年轻同志不知道张老师，就请示有关领导。有关领导指示何代表省作协送一个花圈。何就领着市作协还有县作协负责同志，去送花圈。

张老师的葬礼，是在他的家乡绿杨山下冷水井进行的，由他出嫁的女儿操办。那形式与普通山里过世的老人一样。何没看见占婆在场，只看见张老师的女儿忙着接人接物。人是家里的亲戚和何领的一行人。物是挂祭的毯子和钱，以及花圈。

何的那行人就将花圈送到了，索然无味，没有参加张老师的葬礼。张老师下葬之后，像普通山里老人一样，墓碑上没有标明作家，只是写"张公庆和之墓"，生于什么时候，死于什么时候。落款是孝男他哑儿的名字，孝女是他女儿的名字，女儿的名下是外孙的名字。

张老师下葬之后，绿杨山下冷水井张老师的家中，只有他的哑儿一个人过日子。父亲死了，他的哑儿每天总要到父亲的墓前发呆，精神恍惚了。这时候占婆就来到张老师的家中，给那哑儿洗衣裳，做饭给哑儿吃。冷水井的人就问占婆："你还来做什么？人家不承认你这个后娘哩！"占婆一哭，抹着眼泪说："你不晓得呀！张老师生前学生来看他，总喊我师娘哇！我和张老师夫妻一场，他的儿就是我的儿。人心都是肉长的。张老师走了，师娘哪能丢下哑儿不管？"冷水井的人就感叹、唏嘘，夸占婆是天底下难得的好人。

张老师的女儿叫人来给她父亲送葬。何领着圈内一行人送花圈的时候，放的是杨洪基唱的明代杨慎写的《临江仙》："滚滚长江东逝水，浪花淘尽英雄。是非成败转头空。青山依旧在，几度夕阳红。白发渔樵江渚上，惯看秋月春风。一壶浊酒喜相逢。古今多少事，都付笑谈中。"杨洪基唱过之后，再放毛阿敏唱的《历史的天空》："暗淡了刀光剑影，远去了鼓角铮鸣。眼前飞扬着一个个，鲜活的面容。湮没了黄尘古道，荒芜了烽火边城。岁月啊你带不走，那一串串熟悉的姓名。兴亡谁人定啊！盛衰岂无凭啊！一页风云散哪，变幻了时空。"

这是电视连续剧《三国演义》的片头、片尾曲。《三国演义》拍得非常成功，无论俗人雅人都喜欢看，家喻户晓。这丫头不愧是张老师的女儿，晓得给她的老爸一生定调子。

作为文学后辈，何送走了四位农民作家中的最后一个。日子里只要想起他们来，耳边响起的就是这两首歌儿。老师们，你们在天堂还好吗？你们是不是在与杜甫老先生一起吟诗？吟那首："好雨知时节，当春乃发生，随风潜入夜，润物细无声。野径云俱黑，江船火独明。晓看红湿处，花重锦官城。"呜呼！作为文学后辈，无以相报，只有掏出心来，用一眶热泪祭奠你们。

2022 年 6 月 13 日完稿于工作室
2022 年 7 月 18 日修改于工作室